风行水上

凤凰树下随笔集

南帆 著

厦门大学出版社
XIAMEN UNIVERSITY PRESS
国家一级出版社
全国百佳图书出版单位

图书在版编目(CIP)数据

风行水上/南帆著. —厦门:厦门大学出版社,2017.3
(凤凰树下随笔集)
ISBN 978-7-5615-6389-2

Ⅰ. ①风… Ⅱ. ①南… Ⅲ. ①随笔－作品集－中国－当代 Ⅳ. ①I267.1

中国版本图书馆 CIP 数据核字(2016)第 324545 号

出 版 人	蒋东明
责任编辑	王鹭鹏
装帧设计	李夏凌
责任印制	朱 楷

出版发行	厦门大学出版社
社 址	厦门市软件园二期望海路 39 号
邮政编码	361008
总 编 办	0592-2182177　0592-2181406(传真)
营销中心	0592-2184458　0592-2181365
网 址	http://www.xmupress.com
邮 箱	xmupress@126.com
印 刷	厦门集大印刷厂

开本	720mm×1000mm　1/16
印张	16.25
插页	2
字数	250 千字
版次	2017 年 3 月第 1 版
印次	2017 年 3 月第 1 次印刷
定价	40.00 元

厦门大学出版社
微信二维码

厦门大学出版社
微博二维码

本书如有印装质量问题请直接寄承印厂调换

编者的话

　　厦门大学,一所闻名遐迩的高等学府,经过近百年的岁月洗礼,她根深叶茂,茁壮成长。厦大校园背山面海、拥湖抱水,早年由南洋引入的凤凰木遍布校园的各个角落,于是,一级又一级的海内外求知学子满怀憧憬地相聚在凤凰树下;一届又一届的毕业生依依惜别于凤凰树下。"凤凰花开"成了学子们对母校的青春记忆,"凤凰树下"成了厦大人共同的生活空间。

　　建校近百年的厦门大学现已成为学科门类齐全的国家"211"、"985"工程重点大学。厦大人秉承"自强不息,止于至善"的校训,铭记校主陈嘉庚建设一流大学的嘱托,在较少政治喧闹、较多自由思考的相对安静环境中,做着相对纯粹的真学问,培育着一代代莘莘学子。一大批厦大人在不同的学术领域里成果卓著,他们除了发表论文、出版专著,贡献自己高深的科研成果之外,亦时有充满灵性的学术感悟文字、感时悯世的政治评论短札,时有思索道德人生的启示益智言语、情感迸发的直抒胸臆篇什。这些学术随笔其文字之精练，语言之优美，内容之丰富，思想之深刻，不仅体现了厦大学人深厚的学术积淀，而且也是值得传承的丰富文化宝藏和宝贵的出版传播资源。

厦门大学出版社秉承"蕴大学精神，铸学术精品"的出版理念，注重挖掘厦门大学的学术内涵。我们将以"凤凰树下随笔集"的形式，编辑出版厦大学人的学术随笔、学术短札，在凤凰树下营造弥漫学术芬芳的书香氛围，让厦大校园充满求真思辨的探索情怀。年轻学子阅读这些书札，或能获得体悟，受到激励，走向深邃的学术殿堂；社会大众阅读这些书札，或能更加切实地品读我们这所大学的真实内涵，而不至于停留在"厦门大学是个大花园"的粗浅旅游观感层次。

我们更期待"凤凰树下随笔集"走出校园，吸引全球更多的学者走入这片凤凰树下，让读者感受到这些学者除了不断有高精尖的科研成果问世外，还有深沉的文化艺术脉搏在跳动，还有浓郁的人文精神、科学精神在流淌。

厦门大学出版社

Contents

目　录

第一编　文学趣味

3 〉时尚与文学趣味

8 〉传媒与娱乐霸权

11 〉传媒·幽默·历史

23 〉面具之下

27 〉诗与日常主义

30 〉《阿凡达》:视觉技术的消费

33 〉作家的出生

35 〉游戏感

39 〉文如其人
　　　　——读书小札

44 〉穿花蛱蝶深深见

57 〉论"闽派批评"

第二编　分享学术

65 〉七七级

75 〉 心智的自由
　　　——《敞开与囚禁》自序

79 〉 写作撬动了什么？
　　　——《理解与感悟》再版后记

86 〉 分享学术

90 〉 我们要向古人学习什么

93 〉 投缘与默契

95 〉 谈《读书》

97 〉 囤书

99 〉 可扔之物

102 〉 纯粹的知识分子

105 〉 找到自己的生活

109 · 大学的骄傲

111 〉 市场、世俗与"人文精神"

第三编　前提与盲区

117 〉 出镜

126 〉 机器之瘾

139 〉 为金鱼换水

141 〉 可以删除文科吗

144 〉 第二种境界
　　　——医学院新生欢迎会上的讲话

148 〉 挑战自然

150 〉 科学让我恐惧什么

158 〉 方程式的前提

161 〉 隐匿的盲区

164 〉 技术主义的迷思

167 〉 危险的戏剧性

169 〉 假做真时真亦假

172 〉 华丽的枷锁

175 〉 盛大的游戏与象征

180 〉 "大妈"的崛起

183 〉 房价的豪赌

189 〉 虚假的出走

第四编　记忆或观感

195 〉 那时的电影

199 〉 魔术般的物质

205 〉 山幽水远读不尽

208 〉 醉来稳作芦花梦

210 〉 北望长安大明宫

213 〉 风高雨疾镇海楼

217 〉 提梁壶

221 〉 无限玄机

224 〉 一个业余围棋手的足球观感

230 〉 较真

234 〉 魔术与伪奇迹

237 〉 单眼皮

240 〉 深夜不眠人

243 〉 无知的想象

245 〉 钱

文学趣味

第一编

凤凰树下随笔集

时尚与文学趣味

"时尚"这个概念正在变成时尚。谈论时尚是文化和身份的表现,文学当然不甘落后。文学担任过灵魂工程师,还承担过启蒙、主体、自我或者别的什么,现在轮到处理时尚了。

何谓时尚?服装款式,流行歌排行榜,电影明星,畅销书,化妆品品牌,休闲方式,轿车档次,MBA……时尚就是流行的大众文化符号。时尚没有历史之根,没有悠久的传统。因此,时尚可能由于一个偶然的原因突如其来,盛况空前,甚至咄咄逼人;时尚也可能毫无理由地遽然而灭,不知所终。当然,时尚总是人多势众,大规模的互相摹仿是时尚的基本特征。时尚运动古已有之,"楚王好细腰"就曾经形成先秦的一种时尚。现代社会已经拥有种种制造时尚的复杂技巧,因此,现代时尚具有强大的蛊惑力。这也是文学遭遇的压力。文学迟迟不愿意向时尚投诚,这种固执已经被许多人视为可笑的自闭症;然而,如果文学只能混迹于模特儿绯闻、宠物的护理和进口女性内衣的赞辞之间,人们还有什么理由期待文学撼动世界,作家还有什么理由像巴尔扎克那样夸口——用笔完成拿破仑未竟的伟业?这个时候,诗人们的字斟句酌不过是有闲阶层打发无聊的游戏罢了。

时尚的拥戴者必将提到时尚的积极意义。的确,千人一面的时代没有时尚。或者说,千人一面的时代只有一个偶像,一种风格,一套语辞和一副表情。时尚的时代证明了标新立异的勇气——这个世界开始允许形形色色的个性露面。一些人大胆地亮出自己,领先潮流,更多的人群起而仿之,共同时髦;这即是时尚的启动。时尚的大部分内容就是推广个性,一直推广到没有个性为止。这时,时尚的改朝换代来临了。一种个性腻味了,人们就会考虑换一种。李谷一的气声,崔健沙哑的吼叫,乔丹的耐克鞋,比尔·盖茨的《未来之路》,贝克汉姆的鸡冠发型,F4或者"我的野蛮女友",如此等等。既然文学崇拜个性,为什么还不尽快戴上面具,加入繁闹异常的时尚化装舞会?

　　时尚背后聚集了一大批乌合之众。这肯定影响了时尚的声誉。一个白领居然与街头的贩夫走卒拥有同一个明星偶像，小县城里的闲人也大咧咧地穿起了电影导演们流行的马甲，这太叫人扫兴了。时尚的结局是通俗，个性的先锋意义迅速败坏了口味。然而，这不就是大众文化的形成吗？大众文化的确有些粗俗，有些鱼龙混杂，缺乏必要的精致和深刻，但是，大众文化生气勃勃。它将强烈地冲击纤弱苍白的精英文化。大众文化之中洋溢着民间的气息，明朗、感性、乐观、轰轰烈烈。书斋里的无病呻吟或者钻牛角尖在这里没有位置。大众文化奉行流行原则。流行就是价值，为什么一定要追求不朽？所谓的经典无非是圣上册封，是有闲文人的玩物，是学院体制的霸权象征。大众文化垂青快感，让深刻的哲理留给教授们自己享受好了。拜托——不要动不动就唠叨主题或者意义，大众已经被所谓的主题和意义弄得十分厌烦了。大众就是愿意跟上金庸快意恩仇，寻找葵花宝典；强迫他们回来考虑哈姆雷特的"to be or not to be"不是累得慌吗？大众刚刚从工厂的流水线或者田野上撤下来，疲惫的躯体和内心都需要抚慰。白日梦就是放松一下，不要再用符号学或者弗洛伊德困扰他们。时尚代表了大众的自觉追求。大众心甘情愿地为时尚付钞。知识分子热衷于标榜民主，为什么遇到了时尚后面的大众又畏首畏尾，叶公好龙？他们真的没有发现时尚具有的革命姿态吗？

　　不可否认，"个性"或者"民主"都是现今的褒义词。令人生疑的是，现今的时尚承担得了这两个概念吗？一个大牌明星颐使气指，她的一个书名就卖了几十万——这个时尚文学圈津津乐道的例子怎么看也不太像"民主"的做派。从某种个性演变为某种时尚，大幅度的推广需要强大的能量。权势曾经是大部分时尚兴盛的动力。王室成员的习性，上流社会的服饰，贵族们沙龙之中的辞令，这些都曾经因为大面积的摹仿而成为时尚。如今，时尚正在成为消费主义的俘虏。时尚的潮起潮落往往与市场交易的繁荣或者萧条遥相呼应。许多时候，时尚的生产由商人们一手控制。商人们通常善于为他们家的账本制造相宜的时尚。制造时尚是一种投资，他们当然有把握在追星族的尖叫或者某种风行一时的装束之中收回成本，赢得利润。这时的时尚业已丧失了"个性"或者"民主"的革命气息而更像一种商业性的圈套。

　　不少人当然要争辩说，他们从未被迫加入时尚。时尚的确是他们的最爱;市场成交量毋宁说体现了人们的喜欢程度罢了。这种观点往往低估了消费主义意识形态的巧妙伪饰。消费主义决不是愚蠢地摆开一个摊子,大声吆喝某种商品。生产时尚的时候,消费主义的动员必须让人们出现由衷的冲动,迫不及待地扑向某种商品。时尚推介某一种香水时不会如实地标明配料成分,而是告知这种香水将会令人迷醉于夏威夷的湛蓝天空之下。尽管时尚之中的装扮或者言辞日益相似,但是,报纸的休闲版早就放出风声——这就是现今的个性,缺乏这种个性的人无疑是时代的落伍者。为什么电视广告的主打方向是老板文化与明星文化?因为某种商品的购置有助于人们想入非非。总之,时尚善于令人们察觉到自己的欲望——但察觉不到欲望的制造。文学开始与时尚联手的时候,通常也就是文学的个性、尖锐或者历史感开始与商业企图合作的时候。各种消息迅速地在时尚圈子之中流传:某个大导演看上了一部长篇小说,开价数十万;某一部小说尚未出版,盗版已经蜂拥而至;某地出现一个文学奇才,他的所有版权已被境外文化公司高价收购;如此等等。至于标榜美女作家,炒作少年写手,雇佣记者制造某某作品即将被禁的谣言,这都是一些等而下之的手段了。文学的确重视个性。然而,如果某种个性演变为时尚,那么,作家收获的不再是美学风格,而是印数和版税。

时尚的文学应当写些什么呢?酒吧,性,公司总经理与女秘书,俊俏的女企业家赢得了香车别墅,官员、老板、美女记者、警察之间煽情的生离死别,当然还有古装的皇帝、阉臣、后宫佳丽与江湖上的侠客和青楼女子……的确,人们没有多少理由设置文学禁区——这些故事都可以在文学之中赢得一席之地。令人难受的是狭窄的文学趣味。文学必须投合现今时尚的中坚分子——投合小资、中产阶级或者白领阶层,他们的口味通常定位为软性读物。一个超级名模,戴什么牌子的墨镜,挎什么牌子的皮包,什么时候上了时尚杂志的封面,小时候如何顽皮,如何不小心被星探盯上,如何一举成名,如何爱父母,如何喜欢酒吧、蹦迪、音乐,属于什么星座,什么血型,感情是否已经有了归宿,情人节有多少人送玫瑰,最大的心愿是在罗曼蒂克的欧罗巴洲举行未来的婚礼——这就是软性读物的标准设计。这种趣味之中少了许多重要的内容。无助的个人,历史的纵深,内心的搏斗,小人物的苦恼,失业者的悲哀——人们甚至无法在这些读物之中看到一张有皱纹的脸。如果的确想涉入艰难时世,那么,美貌女性的海外生涯是抢手的故事。这些故事当然不是某一个实验室里的枯燥生活,境外的性爱情节才是打入时尚的敲门砖。这个意义上,时尚文学缺乏的是悲天悯人的博大精神。这是文学传统之中最为可贵的人道主义情怀,也是现今文学不可或缺的内核。的确,著书都为稻粱谋,文学不必自绝于商业社会,不屑于充当商品,现今的作家没有理由耻于言利;然而,作家更没有理由因为版税而放弃这种情怀。如果所有的文学都无法出示超越市场关系的人生内涵,如果文学仅仅是一种普通的商品,那么,这种商品肯定是廉价的——不就是几张纸上印了一些字吗?真正的文学无价。曹雪芹为了写出几个小女子而在穷困潦倒之中"披阅十载,增删五次";托尔斯泰耄耋之年离家出走,客死他乡;鲁迅哀阿 Q 们之不幸,怒阿 Q 们之不争——这一切与市场没有多少关系,也不会因为时尚而有所改变。

当然,人们会把文学的时尚考虑得相对复杂一些。老板、明星可以制作成时尚,孤独者、漂泊者或者愤青也可以制作成时尚——只要经过某种特殊的运作。以边缘人或者叛逆者的形象开始,以出版商的宠儿为归宿,这种例子比比皆是。这甚至已经成为某些人投机取巧的手段。商品社会已经如此开放,即使是反商业行为也会被改造为另一种商品。边缘人或者叛逆者形成特定的文化形象之后,另一些人琢磨的是如何把这种形象制作为面具卖个好价钱。既然劳动布的牛仔裤都能成为时尚,一张受苦受难的脸难道会卖不出去?只要耸人听闻,商机就会存在。许多人从布迪厄那里听到了一个概念——文化资本,现代世界的一个特征即是,擅长将文化资本兑换为实际利益。一个作家可以形式主义地先锋一回,然后转向主流的现实主义并且得奖,接下来宣布笃信某种宗教成为另类文学明星,最后将自己的女儿培养成神童式的诗人——他在每一个回合都赢得最大的利益。这种变色龙的作风可以迎合所有的时尚,缺乏的仅仅是内心——一个作家,甚至一个普通人的真实内心。

当然,这一切需要大众传播媒介的配合。电视全天候覆盖,晨报或者晚报深入市民阶层,计算机网络是新一代文化阶层的游弋之地。人们越来越多地同大众传播媒介打交道,实在世界反而渐行渐远。许多时候,人们相信大众传播媒介甚至超过自己的耳闻目睹。大众传播媒介是一个半独立王

国,具有自己的游戏规则。占据大众传播媒介的制高点从而先声夺人远比兢兢业业的振笔疾书有效。时至如今,一举成名天下闻只能是大众传播媒介制造的奇迹。大众传播媒介的制高点在哪里?时尚无疑成为首选。大众传播媒介是时尚的巨大舞台。由于商业广告的中介作用,时尚与大众传播媒介之间互利互惠的循环关系业已十分牢固。这个意义上,时尚的文学才能得到大众传播媒介的垂青。某些作家家喻户晓并不是因为作品的深刻,而是因为他们在大众传播媒介之中的有利位置。大众传播媒介有效地左右公众追捧这些作家,甚至狂热地把他们当成文学的唯一代表。如果仅仅因为读者的人数而将这一切解释为"民间"的兴趣,那的确太幼稚了。真正的民间文学多半会遭到时尚的拒绝,只能以原始的方式流传于草根一族。它们进入不了大众传播媒介,仅仅在一个狭小的空间自生自灭。

时尚同时还派生出一个原则——以新为尊。这不是同文学一拍即合吗?文学时刻渴望新意,恐惧雷同。然而,二者之间仅仅是表面的相似,或者说,二者的骨子里恰恰相反。文学的新意源于感性的特殊洞察,是个人对于世界独到而又积极的探索。时尚尽力怂恿喜新厌旧之风,这在很大程度上涉及资金的回笼速度。如果服装款式一成不变,现今的大部分服装厂和服装商店都要关闭。所以,时尚注重缩短各种潮流的周期。经济学意义上,十年磨一剑的确太慢了。既然如此,文学时尚的转换必须以取消精神深度为特征。没有精神深度的喜新厌旧不存在任何传统的拖累。以往,历史或者传统的匮乏时常被视为令人羞愧的肤浅,然而,后现代主义的历史语境来临之后,作家终于可以理直气壮地放弃精神深度了。也许,这已经成为一个亟待正面答复的问题:后现代主义仅仅是时尚吗?

(刊于《文艺报》2002年10月1日)

传媒与娱乐霸权

几乎所有的人都能察觉,文学乃至文化正在出现剧烈的变化;我想补充的是,传统的文学评价体系已经开始动摇。尽管武侠电影,玄幻小说或者以官场、职场为中心的电视连续剧赢得公众的持续热议,然而,学院里的大牌教授以及驰骋文坛的资深批评家不屑于做出表态。许多人不断地敦促文学批评驾临文学现场,情况似乎没有多少改善。空缺存在了相当一段时间,另一种新型的文学批评终于应运而生。可以在报纸或者网络上发现,各路的记者、自由撰稿人或者雇佣写手空前活跃,一种称之为"媒体批评"的特殊文体已经在他们手中形成。他们不再烦琐地引经据典,堆砌学术行话;辛辣、俏皮或者巧妙的调侃显示了别一种话语姿态。如果说,另类的语言风格叫人耳目一新,那么,"媒体批评"陆续塑造的文学偶像终于挑明了真正的理论分歧。众多迹象表明,一种新型的衡量标准已经开始实行。

绝不能把"媒体批评"的从业人员想象为一批有眼无珠的庸才。相反,这一批人对于才气和创意的鉴赏品味远远超过许多只知道复述经典的教授。"媒体批评"推出的文学偶像往往才气过人,创意十足;从奇诡的情节想象、灵活的叙述句式到感伤氛围的设置,这些作家多半表现出不可掩抑的聪明。不可否认,他们提供的故事相当有趣。"媒体批评"宠爱的文学偶像有什么不对吗?考察和斟酌新型的衡量标准时,人们听到的非议仅仅是——聪明或者有趣并非等同于深刻。的确,"媒体批评"推崇的趣味是机智和快活,没有人自寻烦恼地关注那些折磨人的话题,譬如上帝与灵魂,譬如人性与无意识的幽深,譬如历史的演变与个人命运之间的复杂纠葛,譬如语言内部隐藏了何种惊人的弹性,如此等等。那些话题令人紧张,扰乱心智,无助于在办公室以外构建一种愉快的娱乐生活。

恐怕这就是分歧的焦点:"媒体批评"通常扮演娱乐主题的拥趸,这种角色与传统的文学批评拉开了很大的距离。"诗言志"或者"文以载道"是古代圣贤确立的信条。在传统文人的心目中,追逐徒有其表的华丽词藻近乎玩

物丧志。五四新文化运动进一步破除古典文学的种种桎梏,主张抛弃涂脂抹粉或者代圣贤立言之类恶习,勇敢地介入熙熙攘攘的现实,改造落后而蒙昧的国民性。迄今为止,学院里的文学教育仍然秉承这种观念:文学的意义是济世匡时,拯救世道人心。教授们津津乐道的文学经典多半是这种观念的产物。收集一些传奇炫人耳目,炮制若干笑料消遣逗乐,这无疑低估了文学的效能,甚至是一种亵渎。然而,"媒体批评"不惮于改弦易辙,慷慨地放弃历史、人物命运或者灵魂的拷问这些严肃命题,毫无愧色地退回某些直观的初级评判,例如是否"好玩",或者是否"刺激"。条件许可的时候,"媒体批评"乐于接纳某些尖锐的声音,但是,"媒体批评"青睐的元素是惊世骇俗,而不是深思熟虑。换言之,尖锐常常被视为别具一格的娱乐。开心一刻,娱乐至死,尽情嬉笑的时候似乎到了。当然,更多的人可能心事重重,表情严峻。他们意识到,历史驶入了一个颠簸的路段,各方面社会压力陆续加大,这时,文学是否必须以积极的姿态探索生活的纵深?遭遇这种质问的时候,"媒体批评"时常坦然地宣称:娱乐即是它们设置的对策——娱乐是一个有效的减压阀门。

我曾经表示,一个没有娱乐的社会并非正常状态;卡拉 OK、体育竞技、适度的网络游戏或者演艺圈的八卦传闻有助于松动板结的精神,文学的确有能力为之助兴,例如侦探小说或者灰姑娘遭遇白马王子的浪漫想象。然而,当文学的主要目标锁定为娱乐的时候,人们可能放弃了更为重要的职能。文学史上的众多事例证明,文学包含了改变人生甚至撼动历史的巨大能量。如果"媒体批评"推出的文学偶像形成了强大的势力——如果这些文学偶像的声誉和富豪榜上的名次带来的示范效应导致娱乐霸权主义,那么,"恶紫夺朱"就会成为一个恰当的形容。

多数场合,过度娱乐遇到的是尖锐的道德谴责;没有多少人意识到,大众传媒始终隐蔽地为娱乐主题注入了强大的动力。从古代的瓦舍勾栏、戏曲舞台到现代社会的电视或者互联网,各种大众传媒体系无不潜在地垂青娱乐主题。大众传媒体系愈是强大,建造与维护的成本愈高,大众传媒运营商对于利润的渴求愈是强烈。从印刷术带来的报纸、平装书籍到如今的各种电子传媒,文化生产制造的利润远远超出了人们的预计。3D 电影《阿凡达》转瞬之间吸走了数十亿美元,各种意想不到的奇迹正在陆续诞生。显而易见,娱乐主题提供的商机是种种文学经典所不可比拟的。打开收入的账本,没有任何一部诺贝尔文学奖的当选作品可以同《哈里·波特》争一短长。当然,商业的胜利很快就会要求舆论护航。当大众传媒运营商开始以理论语言包装自己的利润渴求时,这种观点顺利地主宰了"媒体批评"的阐述和分析:一部作品的受众愈多,接受的范围愈是广泛,作品的价值愈高。这时,商业模式覆盖了文学生产及其消费的诸多环节,人们仿佛觉得,市面上的文学与电冰箱或者牙膏的销售遵循着相同的规律。

尽管这种观点持续地发酵,我还是愿意唱一点小小的反调:娱乐主题之外,商业模式不如想象的那么有效。娱乐的商业成功通常以数量庞大的消费者为标志,然而,这个标准的适用范围有限。例如,那些负有开拓使命的文学先锋可能格格不入。开拓总是从人烟稀少的地方开始,文学前沿的探索多半仅仅在小范围内产生反响。各种成功的开拓终将赢得公众认可,这种认可并非一蹴而就。一大批文学名著的普遍接受往往伴随众多批评家的反复阐释,这是许多文学经典的共同命运。当然,文学经典之为经典的一个重要特征是,贮量巨大的内涵几乎使之成为说不尽的话题,一代又一代批评家的拜谒从未空手而归。无论是《西游记》《红楼梦》还是莎士比亚戏剧,这些文学经典迄今还在给人们输送崭新的启迪。相对而言,娱乐主题产生的轰动昙花一现。或许,轰动所维持的时间长短并不重要,重要的是商业模式可能遮蔽的一个问题:商业的成功未必意味了文学的成功。如果说,电冰箱或者牙膏的销量同时是质量的证明,那么,文学的质量鉴别远为复杂。现今,惊悚、悬疑、玄幻、穿越、戏说、无厘头这些文学类型与历史的理解、社会责任以及普遍的同情心没有太多的联系,更多时候,这些文学类型仅仅热衷于制造一个回避生活的虚幻空间;尽管如此,市场意外地表示了莫大的兴趣。这表明文学的生产、消费与通常的商业逻辑存在某种矛盾。无节制地迁就商业逻辑可能扰乱文学的正常生态。如果说,"媒体批评"过多地依赖消费者的数目裁决文学,我愿意郑重其事地指出的是——某些大众所热衷的作品,可能隐藏了损害大众精神生活的内容。在我看来,现在已经到了正视这个事实的时候了。

(刊于《深圳特区报》2012 年 12 月 13 日)

传媒·幽默·历史

一、传　媒

在任何一个自诩为精英分子的人看来,我们的很大一部分日子即是用键盘敲出来的。生活如果没有用互联网的虚拟空间装备起来,那简直是个笑话。伟大的互联网给这个世界铺设了另一套神经系统,我们均是一个个渺小的神经元。

当然,我们的日子里还有电视,还有各种都市报、手机短信,偶尔也会在汽车里听一听广播。后现代主义的世界充塞着各种纷杂的消息:伊朗动态,石油价格飙升,明星绯闻,股市震荡,八十岁的富翁娶妻生子,总统太太拥有上千双鞋子,某种蔬菜有助于降血压,地球的另一面发生了海啸,某一间汽车修理店宰人,这个城市南端的一家私房菜馆名声大噪……总之,我们每天的活动半径超不过一公里,可是,谈起天下大事头头是道,一个斑斓的世界尽收眼底。

这就是我们常常要说的现代感了。何谓现代社会的标志?是人均收入达到多少美元,还是国家拥有多少核弹头?是阳光下闪烁着金属光泽的机场候机大楼,还是家家户户都用上了抽水马桶?正确的答案是,我们被抛入了大众传媒组织起来的社会。秀才不出门,已知天下事,这是老掉牙的古典故事。几个酸兮兮的家伙多读了两本书,猜得出方圆百里以内的事情,就将众多草民唬得一愣一愣的。现今,稍稍活络一点的人都可以上知天文,下明地理。

当然,我们了解的世界大部分是由各种知识和消息拼贴起来的。少量的知识具体、可靠,可以从中体验到世界的质感和重量,例如早餐时方便面的气味,办公室里领导紧锁的眉头,街道上汽车喇叭的刺耳噪音,当年春茶的扑鼻清香……然而,我们的更大一部分世界仅仅是文字、图片和影像连缀起来的。它们不是世界本身,大众传媒是提供这些文字、图片和影像的强大支持系统。如果互联网全部中断,电视关闭,一切报刊停止发行,那么,我们心目中的世界立即会变得极其狭小。

夸张一点说,诸多大众传媒就是我们的文化感官,电视机决定我们看得到什么。正如一个社会学家所言,电视机前的五十个人游行可以制造出五万人的效果。相反,没有进入大众传媒的世界根本就不存在。打开收音机,我们立即听说了千里之外的一场车祸;如果没有报社记者的介入,我们始终不知道同一个街区里的邻居正在吵架。大多数人可以清晰地指出自己寓所的坐标——某个街区、某条马路、某一幢大楼的某一层。然而,没有多少人意识到,我们同时生活在大众传媒提供的某一个知识架构内部。几张报纸、几个电视频道或者几个网站布置出一个大千世界的幻象。我们如同一只蜘蛛爬行在知识与消息的网络之中,蹲在一个小小的节点之上。可是,躺在卧室的床上看电视的时候,手握鼠标点击电脑屏幕的时候,我们总是自豪地感觉到占有了整个世界。

相当多的时候,我们对于大众传媒的信赖甚至超出自己的感官。我们的眼睛哪儿比得上电视摄像机?我们的耳朵哪有互联网的覆盖面?2005年7月7日,我与几个伙伴离开伦敦前往爱尔兰,丝毫不知道伦敦地铁大爆炸。汽车行驶在爱尔兰乡间幽静的小道,我的手机突然收到家人询问安全与否的短信。直至汽车歇息在一幢原木搭盖起来的乡村酒吧,我们才从电视屏幕的滚动新闻之中察觉到紧张气氛。所以,重要的是一个人与电视机的距离,而不是一个人与事件现场的距离。另一个例子是2008年的汶川大地震。我曾经在地震之后的半小时打电话询问重庆的友人,他的答复让人宽慰:震感很强,居民都跑到街上来了,但是没什么严重的伤亡。然而,大众传媒接踵而至的消息惨不忍睹。一个人只看得见小小的生活区域,大众传媒通常拥有一个俯视社会的制高点。

我们已经习惯了将大众传媒提供的知识和消息视为生活。电视里面那些明星进进出出,报纸的版面充斥一批稀奇古怪的轶闻,互联网正在关注某一个有争议的案件判决——生活的各个维度就是按照大众传媒提供的比例展现。只有在某些特殊时刻,这种生活会突然卡在什么地方,出现了几条巨大的裂缝,如同一阵风吹翻了舞台上的布景——裂缝背后是另外一些出人意料的景象。这时我们突然觉得怪异:大众传媒展现的生活为什么如此单薄?

许多人对于这种结论感到了不安——仿佛我们的生活不是真的。什么是真的生活呢?大众传媒仅仅是一些幻觉,某些更有价值的生活因此沉没了吗?我们怎么能保证,大众传媒之外不是一种更没有价值的生活?

《黑客帝国》这部电影无疑将这种模糊的不安挑明了。一堆人蠕虫似的躺在营养液里昏睡,大脑植入的若干电极在他们的意识之中制造出声色犬马的幻象。一个大型的计算机系统操纵着这个虚拟的空间。如果一个人吃到了一块多汁的可口牛排——对不起,那不是真的,手里的刀叉、汤匙以及口腔咀嚼的所有感觉都是计算机虚拟出来的。现今的技术已经如此完善,计算机可以像配制早餐一样提供各种预定的快感:餐桌上的,床上的,安逸地在沙滩上晒太阳或者大把大把地购物,甚至还有拳击场上将对方揍得鼻青眼肿的乐趣——无非是刺激相应的那一部分神经丛罢了。如何从这种虚拟的幻象之中突围?一个救世主式的英雄降临了。他的名字叫尼欧。戴墨镜的尼欧企图率领昏睡的人们冲向"真实的荒漠"。于是,出生入死的情节拉开了大幕。这个世界上,了解真相从来不是一件天经地义的事情。相反,获悉真相常常要付出生命的代价。

当然存在另一种选择:无知是福。另一个名叫塞佛的人物愿意从真实的荒漠返回那个虚拟的空间,只要能够从中得到更多的享受。真实就那么重要吗?如果一个人即将命丧黄泉,真实不真实又有什么关系?"真"这个观念有什么理由如此重要,以至于它的意义甚至超过了生命?

当然,《黑客帝国》顺便还抛下一批问题为难我们:什么是真实?如何定义真相?如果真实或者真相来自我们感官的经验,那么,那个虚拟的空间不是已经征服了眼睛和耳朵吗?另一个更为致命的困惑是,我们怎么能证明,尼欧的结局不是从一个虚拟的空间逃到了另一个虚拟的空间?所谓"真实的荒漠"会不会是另一台大型计算机制造的幻象?

无论是沉溺于大众传媒还是挑战大众传媒,我们都没有很好地解决这些问题。思想史上的先哲曾经用各种寓言表明他们的困惑。"庄生梦蝶"的著名典故之中,庄子无法做出判断——是庄子梦见了蝴蝶还是蝴蝶梦见了庄子?柏拉图想象许多囚犯生来就因禁于洞穴之中,他们将前面墙上的影子当成世界,这些影子是由他们身后的篝火投射过来的。囚犯并不知道自己是囚犯,直至一个解放的囚犯走出了洞穴。解放的囚犯激动地返回洞穴,将阳光之下的各种景象告诉昔日的伙伴。然而,没有人相信他——他被当成了可笑的疯子。

如果这个囚犯的启蒙获得了响应,算不算做了一件好事?鲁迅在他的"铁屋子"寓言之中表示了深刻的怀疑。《呐喊》的序言记载了他的想法:有一间既无窗户又坚不可摧的铁屋子,里面许多熟睡的人不久就要闷死了。从昏睡之中死去并不痛苦。可是,如果用大喊大叫惊醒几个人,以至于他们不得不承受临终的恐惧,这不是更糟糕吗?

当时与鲁迅对话的人是一个乐观主义者。在他看来,既然惊醒了几个人,摧毁铁屋子就存在希望。然而,这个乐观主义者肯定没有估计到未来的问题如此复杂:现今众多的精英分子飞速地敲打键盘的时候,他们甚至不清楚自己是在摧毁铁屋子,还是在继续生产铁屋子?

二、幽默

"将计就计,听说过吧?一个资深的老贼从监狱里出来,洋洋得意地炫耀自己的遭遇:那些警察就是对我没办法呀!老虎凳、辣椒水——没用!老子坚贞不屈!于是,他们用上了美人计。老子将计就计,哈哈哈……然后表演了一番如何将计就计。旁边的一个小贼听了暗暗羡慕,于是自投罗网。老虎凳,辣椒水,这小子一声不吭。警察火了,一声大吼:拉出去毙了!这小贼急得大叫——喂,美人计还没用!"

可以预想的哄堂大笑。一个临时集体之中,擅长说笑话的人多半会自然地成为核心人物。机智和幽默正在成为一种新型的江湖习气。

时代的确不同了。二十世纪八十年代,充当精神领袖的人物必须用诗与哲学武装到牙齿,搬弄起各种深奥的"主义"如数家珍。这些人显然不愿意装扮成楚楚动人的奶油小生——额上的皱纹表明了深刻的内心,络腮胡子象征了男子气概,如果脸颊上有一条无伤大雅的疤痕可以赢得更高的崇拜指数。可是,如今这种偶像已经过时。一本正经地思考世界肯定有些傻,过剩的理论只能造就一副苦大仇深的神情。要在一堆陌生人之中打开局面,笑话绝对比酸文假醋的格言有效。笑一笑,十年少,何必劳心费神地与诗或者哲学苦苦搏斗?令人惊异的是,如今居然冒出那么多能说会道、滑稽俏皮的人物。古人云,三人行必有吾师;今人云,三人行必有幽默大师。从表情、腔调、节奏到耍贫嘴的遣词造句,他们的逗笑本领无可挑剔。即使周围笑得前仰后合,他们仍然可以不动声色,故作痴呆。我猜想,许多人的幽默才能多半是由无数机智诙谐的手机短信训练出来的,就像许多人的歌唱才能来自卡拉 OK 的开发——我愿意相信,多年之后历史学家必定会提出一个可爱的结论:手机与卡拉 OK 无疑是影响中国文化史的两种伟大机器。至于某些电视台那些妙语连珠、满脸坏笑的主持人,每一个表情和每一个动作都会让人喷饭。由于他们的"欢乐总动员",我们时刻生活在喜剧气氛之中——这时我们才发现,以往那些诗、哲学或者什么"主义"让我们活得多么压抑!

据说英国式的幽默具有较高的智慧含量,笑声出口之前,我们的脑子已经转了一圈。英国式的幽默多半含蓄、温婉,即使讽刺也不过电光石火般的一闪。然而,如今我们皮厚了许多,我们的神经由于各种风沙的摔打而逐渐迟钝。这时,只有大酸大辣的表演才能抓住周围的眼睛,令人粲然一笑。这终于酿成了另一种喜剧风格。一个埋没风尘的喜剧演员突然脱颖而出——他擅长的种种无理取闹的逗乐伎俩终于有了一个合法的名称:"无厘头"。周星驰、"无厘头"与《大话西游》出其不意地风靡一时,众多年轻的模仿者每天醒来的第一件事就是念念有词地背诵剧中人的对话。短暂的观望之后,正统的文化机构决定赶这个时髦。北京大学给予周星驰的隆重礼遇表明,他的风格得到了学院精英的首肯。周星驰不再是一个喜剧演员——而是一个文化偶像。粗糙,缺乏细腻的表情,用力过度,穷凶极恶地逼迫别人笑出声来——这些指摘已经没有多少意义。那些学院精英可以调集一大批后现代理论术语证明:我们要的就是这个劲!

尽管考证不出"搞笑"这个术语是由哪一位高人首倡,但是,我深知"搞"这个动词的分量。笑声不再是水到渠成,而是搔胳肢窝似的"搞"出来的。当年,我们多么佩服王朔的喜剧天分——他的小说之中竟然堆积了那么多俏皮话。我们坚决地相信,葛优这种演员是王朔训练出来的。如果没有王朔提供的台词,葛优的冷幽默恐怕只能年复一年地封存在冰箱里面。现在,我们逐渐意识到一个可喜的事实:喜剧天才远比预料的多。那么多"戏说"的电视剧轻松地把血腥的历史调成了斗嘴的文字游戏,《家有儿女》逗得举国上下合不拢嘴,几个以"恶搞"为乐事的家伙竟然把著名导演折磨得捶胸顿足。文人相聚的一个饭局上,我亲眼目睹一个含情脉脉的故事如何被改写为"无厘头"的笑料。一个流浪文人看上了杭州西湖边茶楼里的一个端茶的女孩儿,接下来的故事该怎么办?众多文人一拥而上,分工合作,群策群力。从爱情的表白、遭拒、痛苦不堪到计谋、转机、赢得芳心,每一个段落都得到了"无厘头"式的加工。加工者个个才华横溢,工艺纯熟,以至于最初提供这个故事的作家不得不将深情的眼神改换成玩世不恭的嬉笑。我们身边"无厘头"式的爆笑如此之多,相形之下,相声反而成为一个毫无想象力的乏味节目。

"无厘头"式的狂欢生机勃勃,百无禁忌,甚至大举入侵某些与喜剧无缘的传统领域——例如警察或者侦探的故事。成龙或许算得上始作俑者。警察与凶手的对抗通常以命相搏,惊险万状;然而,成龙竟然在间不容发的打斗之中插入各种小噱头,令人忍俊不禁。我们似乎厌烦了将英雄想象为钢筋铁骨的硬汉——威风凛凛,君临天下——此外,他们是不是也有各种狼狈相,也会给我们提供各种笑料?随后,武侠的故事闻风而动。《武林外传》的诞生表明,那些不可一世的大侠已经被"无厘头"缴械。传统意义上的武功盖世或者侠肝义胆沉没在嬉皮笑脸的油腔滑调之中。

在我看来,"无厘头"最为杰出的胜利是征服爱情领域。相当长的一段时间,男子汉气概是打动芳心的重要筹码。从007、硬汉小说到沉默不语的高仓健,这些重量级的男人始终是爱情领域的风向标。许多知识女性对于弱不禁风的奶油男生相当鄙夷,公然提倡"寻找男子汉"。这个口号的效果是,一批自认为有望入选的男子汉急急忙忙地给自己贴上胸毛。然而,"无厘头"不屑地将所谓的男子汉撇到了一边。《鹿鼎记》之中韦小宝实践的似乎是另一条民间的真理:男人不坏,女人不爱。这个无赖的投机小人竟然在爱情领域频繁得手,一大串女人围绕在他的周围争风吃醋,这充分证明了爱情气氛的改变:这种瘪三式的形象走红的时候到了。"无厘头"如何成功地将传统的男子汉形象挤出爱情领域?韦小宝无疑是一个伟大的象征代码。

坦率地说,我对于"无厘头"没有多少好感——笑不出来。我有时会奇

怪地询问几个学生:为什么周星驰的一个鬼脸就可以让你们开心地笑这么久? 他们暧昧地相视一笑,没有回答——我知道他们想说的是,这个家伙已经老了。为了表示对于周星驰并不陌生,我多少违心地做一些妥协:我承认,《功夫》这部电影的上半部分还是有点意思。几个学生这回忍不住了:啊呀老师,我们不断地重看这部电影,就是等着看下半部分呢!

无论周星驰多么有号召力,我从未担心"无厘头"如同瘟疫似的蔓延。"无厘头"不可能侵入医学领域,谁会让一个医生疯疯颠颠地诊断病人?"无厘头"也不可能侵入金融业。如果一个装神弄鬼的会计扣下一半工资,最虔诚的"无厘头"崇拜者也饶不了他。即使夫妻之间分派谁洗碗,谁打扫房间,"无厘头"也解决不了问题——几句着三不着两的俏皮话改变不了固定的家庭分工。我想说的是,我对于"无厘头"的厌弃来自一个重大的怀疑:我们的生活值得享用这么多笑声吗?

一个电视记者曾经倒扛着摄像机在街上走了一天。整理街头随机拍摄的种种影像时,这个记者发现了一个令人震惊的事实:他所拍摄的全部面容竟然没有一张笑脸。某种程度上,这个事实可以从另一处找到诠释:一位教师在课堂上出示了一幅图画,画面上一对夫妇在午后的灿烂阳光里酣睡——教师出了个题目"突然",让学生自由想象后续的情节。这位教师同样震惊的是,交上来的所有作业均是虚构各种灾难的突然降临,无论是财物被窃、几个流氓的突袭还是一场猝不及防的大雷雨。这么一种集体的悲剧感从何而来? 如果这种悲剧感时刻蛰伏在内心的暗处,"无厘头"提供的哈哈大笑犹如没心没肺的傻乐——"梦里不知身是客"。一个年轻人参加汶川大地震的救援行动后返回故乡,突然感到微笑的可耻。如此惨痛的经验之后,笑成了一种令人恶心的行为——我相信这种感觉。

当然,不管是不是喜欢"无厘头",我们都没有理由否认作者们的奇特想象——妈的,这真是一批聪明人呵。可是,我们的内心同时清楚,没有人会真正地将自己的生活托付给这些聪明人,尽管我们会被他们的喜剧天才逗得哈哈大笑。

三、历　史

是时候了——玩过了政治，玩过了哲学，后来又大规模地玩过了金融，现在轮到玩历史了。某些人的伟大才情即是，魔术般地将历史改造成有趣的玩具。相当长的一时间，历史是一个令人苦恼的存在。维护历史的遗迹是一笔巨大的开销，以至于穷人必须掂量一下配不配拥有历史。现在好了，历史光荣地成为一个获利的行业。门可罗雀的历史系一时人声鼎沸，枯燥的历史典籍、乏味的考古材料以及尘封已久的野史笔记无不成为娱乐圈的淘宝仓库。

一些人肯定对"玩历史"的贬义表述痛恨不已。他们的面孔铺上了一层严肃乃至悲壮的表情，口口声声都是子曰诗云，礼崩乐坏，人心不古，他们授予自己文化复兴者的称号。倡导五四新文化运动的陈独秀、胡适、鲁迅那一批人狂妄自大，胆敢践踏孔家店。数典忘祖，罪莫大焉——现在已经到了续写历史的时候了。克己复礼是一个神圣的使命。商业社会物欲横流，如果只有购物中心、银行、汽车或者电视、手机、互联网——如果没有孔孟之道，人类终将堕落在纸醉金迷之中，甚至万劫不复。于是，他们开始倡导读"经"，并且不失时机地动用"国学"的名义。一国之学，威仪堂堂。当然，仅仅在教室里吟诵"君子和而不同"或者"己所不欲，勿施于人"声势有限，他们干脆儒冠儒服地来到孔庙焚香跪拜，信誓旦旦。

蛰居于学院里的那些白发苍髯的文化大师令人景仰，可是，他们的身后常常尾随了一批势利之徒。老先生可能怎么也想不到，他们的皓首穷经现在竟然与一句时髦的广告用语衔接起来了——商机无限。训诂字句这种烦琐的活计只能搁在后台，重要的是，义理的阐发必须与企业的战略或者工商管理衔接起来。当然，如果可以证明李白武功卓绝或者李清照曾经移情别恋，这些资料一定被重金收购。总之，利用历史文化淘金的时候到了。否则，我们百般辛苦地和历史练什么？一些明星教授到了电视演播厅伶牙俐齿地宣讲《论语》或者别的什么经典，启蒙的工作似乎功德无量。然而，大多数真正的启蒙工作者——例如，幼儿园或者小学老师——挣得到他们的巨额出场费吗？我们还是不要自欺欺人吧——这显然是学术加盟娱乐圈的盛

大表演。另一些胃口更好的人正在高瞻远瞩地盘算，如何把历史端到一个
更大的柜台上出售。例如，构思一个中华文化标志城，开价 300 个亿，这一
笔生意可以获利几许？我的心目中，令人惊奇的毋宁说是这一点：为什么这
么多人蝗虫一般地聚集在儒家学说周围？难道我们真的看不出来，这一切
与儒家大师教诲的"敏于事而慎于言"或者"安贫乐道"的距离有多远吗？

当然，聚集在儒家学说周围多少得读几本经典。不知四书五经为何物
的人只能徘徊在历史之外。然而，近期的情况有了改观。一个时髦的概念
拯救了许多人——中国元素。还有什么必要吃力地啃古籍呢？只要罗列诸
如琴、棋、书、画或者竹、梅、松、菊这些中国传统文化反复呈现的意象，许多
人就会欣慰地觉得，历史终于回来了。因此，张艺谋导演的奥运会开幕式调
集了一些《论语》、传统戏曲、太极拳或者笔墨与国画的片断，那些苛刻的批
评家立即如痴如醉，热泪盈眶：这小子不愧为龙的传人！这个时候，已经没
有多少人愿意想一想，这个光、声、影的嘉年华与中国传统艺术的简约神韵
究竟还有多少联系。

既如同启示又如同讽刺——中国元素这个词的广泛流行源于美国好莱
坞的一部影片《功夫熊猫》。对于熟悉中国武侠小说的人说来，这是一个乏
善可陈的故事：一只笨拙的，同时又极其向往"功夫"的熊猫终于战胜了自
我，练就一手绝世武功，并且成功地狙击了雪豹的暴动。许多人津津乐道的
是影片之中无所不在的中国元素。熊猫无疑是中国的宝贝；此外，我们还可
以挑出一大堆来自中国传统文化的独门意象，例如卷轴、汉服、宫殿、龙头、
鞭炮、面条、轿子、瓷器、庙宇、豆腐、牌坊、斗笠……当然最重要的中国元素
即是"功夫"——由李小龙、成龙、李连杰这一批影星以及大量香港武侠影片
介绍给世界的中国武功，包括螳螂拳、猴拳、蛇拳。据说，《功夫熊猫》的导演
马克·奥斯波恩曾经以美国式的修辞公开表示了对于中国历史文化的神
往——他说，《功夫熊猫》是"写给中国的一封情书"。

我们可以礼貌地向马克·奥斯波恩导演报以微笑，但是，我们必须心中
有数——这是娱乐而不是历史。可以预料，还会有一些聪明的导演别出心
裁地调动中国元素包装为风味十足的仿真版历史。然而，导演脸上故作深
沉的表情无法迷惑我们。我们不会轻易把历史与传统的重量赋予这些零星
的文化碎片。一堆积木搭盖的楼房与摩天大楼的距离有多远，中国元素和

历史与传统的距离就会有多远。神奇的中国元素多半倾倒了西方，犹如教堂、城堡、风车、庄园、画廊、圣诞老人、钢箍长裙与高尔夫球组装出来的欧洲是一个招待东方观光客的形象。如果我们连自己也哄住了，那么，我们将辜负真正的历史与传统。

真正的历史与传统多出来的是什么——千年不绝的血脉。西方可以品尝和赞叹中国元素的异域情调，然而察觉不到血脉的相承，察觉不到我们这个民族抛不开的奇特体验，包括我们的耻辱和不懈的期盼。《出版人》杂志提供了一个意味深长的例子。美国和加拿大网民曾经共同投票，挑选二十个形象的符号充当中国元素——西方人心目中的 chinese element：汉语、北京故宫、长城、苏州园林、孔子、道教、《孙子兵法》、兵马俑、莫高窟、唐帝国、丝绸、瓷器、京剧、少林寺、功夫、《西游记》、天坛、毛泽东、针灸、中国烹饪。许多人可能已经意识到，这些中国元素的认知很大一部分来自旅行社的宣传手册。这里找不到《红楼梦》，更找不到鲁迅。

对鲁迅的评价已经成为专业人士的一个分歧焦点。一些人一如既往地将鲁迅奉为伟大的旗手，另一些人对于鲁迅的文学成就以及性格为人啧有烦言。鲁迅被排除在中国元素之外，这没有什么可奇怪的。鲁迅的辛辣气味不小心就会呛着西方友人；同时，他过多地热衷于"速朽"的杂文以至于没有多少可以向西方世界炫耀的鸿篇巨著。但是，鲁迅顽强地镶嵌在中国历史的脉络之中，如同一块撤换不下的拱石。他是我们自己的，他的愤世之言只有我们听得懂，并且痛彻心扉。讨人喜欢的苏州园林、京剧、兵马俑或者丝绸可以荣耀地列入中国元素的目录供全世界检索，鲁迅仅仅是我们的历史不可或缺的段落。这就是中国元素和历史与传统的深刻分歧。中国元素的文化渊源不可否认，然而，我愿意重复一个曾经表述过的观点：文史知识不等于历史感。

我已经听到了背后的嘀咕：有必要如此认真地折磨自己吗？往左或者往右，中国元素或者历史，无非游戏而已。的确，"戏说"即是他们对付历史的著名策略。从《戏说乾隆》《还珠格格》到《铁齿铜牙纪晓岚》，历史提供了多少笑声！为什么要贮存那么多血腥的记忆烦恼自己呢？"游戏"历史的最高版本的确就是游戏。日本的光荣公司终于将中国的《三国演义》改造成一款新型的电子游戏《三国无双》。关羽、张飞、赵云、吕布均以动漫人物的面

目出现。他们在键盘的操纵之下大砍大杀,最终完成计算机程序赋予的使命。任何一种历史学派的观点都在这里寿终正寝,只有软件工程师和游戏者的拇指决定这些历史人物的命运。这时,历史已经删除了全部意义,除了这些人物之间虚拟的武功较量。

可以与"戏说"相提并论的另一个策略是历史的"武侠化"。万象纷呈的社会被收缩为几个武侠的恩怨情仇,历史成了掌心的一团可以任意捏弄的橡皮泥。抛开烦人的政治、经济问题,我们就不会被迫解释复杂的、声势浩大的历史运动。所以,张艺谋的《英雄》可以把历史叙述得那么轻巧:那个雄视四海的秦始皇仅仅因为一个"剑"字就悟出了天下的至理,那个含辛茹苦、处心积虑的杀手仅仅由于一声劝解就放弃了致命的一击,舍身就戮。当然,他们开心地摆弄历史的时候从来不会为这些问题犯愁:如果历史的怨恨可以处理得如此简单,那么,现今的世界为什么依然烽火连天?设计故事的第一推动力,他们必须构思一些小仇恨小嫉妒,例如争夺武林至尊或者葵花宝典。清一色的铁血男儿多半过于枯燥,他们时常怂恿几个师兄暗恋师妹继而导致仇杀,以至于坊间有"防火防盗防师兄"之讥。总之,金庸小说训练出来的想象力被带入了历史,所有的事件都变得轻飘飘了。我们的企图就是在史料之中发现各种有趣的噱头,例如,一场旷日持久的战事最好可以追溯至某个女人的情史,拯救天下苍生的是一些武功超群的大侠,一本武功秘籍、一张藏宝图或者一种点穴的绝技乃是江山社稷的终极担保。至于经济史、交通史、科学技术的水平以及社会制度的改革统统拒之门外——那些鬼东西一点也不好玩。

从电视台的《百家讲坛》、某些耗资巨大的电影大片到书店里的各种秘史和真伪莫辨的回忆录,我们遇到的历史前所未有的丰富。然而,某些时候,扰人的历史会突如其来地现身,顽强地充当生活之中的累赘。某个城市的房地产开发商看上了一块地皮。拆迁之中,一批民房内部突然发现了一段古城墙。根据有关规定,古城墙必须作为文物加以保护,规划局开始重新考虑在这里修建一座主题公园。那些房地产开发商沮丧地愁眉苦脸——这种麻烦犹如秘密情妇意外怀孕又不肯打胎一样。这个时候,他们的强烈愿望是,历史以前所未有的速度消失。没有历史的日子里我们难道照顾不了自己吗? 有趣的是,没有多少人谴责房地产开发商的实利主义态度。事实上,我们的教授和导演又会好多少呢?

(刊于《天涯》2009 年第 1 期)

面具之下

小说逐渐进入了百无禁忌的阶段,历史风云,军机大事,闲言碎语,宫闱秘闻,小说的胃口从来没有像现在这么好。尽管如此,许多作家仍然不愿意善罢甘休。他们不惮于冒犯传统和舆论,悍然闯进了危险的领域。这些作家的笔触潜入裙子底下,被窝里,正面暴露床笫之事,甚至聚焦畸恋或者异常性取向;另一些时候,小说的血腥和残忍远远超出了一般人的承受限度,尽管作家可能构思出一个复仇或者侠义的情节给予伪装。这时的文学抛开了真、善、美的传统观念,作家认为文学享有道德豁免权,众多道德卫士显然不愿意认可这一点,他们对于文学的堕落痛加抨击。高头讲章的陈述开始之前,道德批评家多半试图用一个诘问考验作家:你们是否愿意自己的女儿阅读这些玩意儿? 当然,道德批评家的愤怒始终没有改变一个倾向:文学史的道德观念愈来愈宽容。福楼拜、左拉以及乔伊斯都曾经被法庭赐予“淫秽”罪名,现在,《包法利夫人》《卢贡—马卡尔家族》和《尤利西斯》均是公认的经典。始于义正辞严的控告,终于弹冠相庆的解禁,这种循环必定要导致一个根本的追问:底线在哪里? 有没有底线?

没有太多的理由怀疑这些作家的个人品质,他们不是色情狂或者暴徒。小说来自想象和虚构,一个晕血的胆小鬼也可能写出尸横遍野的喋血场面。但是,如果性或者暴力的极端叙事如此普遍,人们不得不考虑到想象的文化资源。毫无疑问,弗洛伊德的精神分析学首当其冲。这个野心勃勃的心理学家制造的种种启示和一系列疑问无不成为文学想象的酵母。如果说,宗教给出了一个遥远的彼岸,那么,弗洛伊德就在内心拓开了一个巨大的空间。目前为止,仪器和实验很难证实这个空间,但是,文学早已被弗洛伊德描述的无意识冲突所吸引。由于弗洛伊德的学说,种种神秘难解的言行得到了解释的线索,某些不可置信的情节转折拥有了强大的心理依据。

性本能和死亡本能是支持弗洛伊德理论运转的核心概念。但是,人们不要轻易地将性或者暴力解释为动物神经本能的偶然发作,解释为即将被文化以及理性删除的兽性残余。观察显示,动物远不如人类那么残忍和邪恶。若非饥饿或者遭受威胁,动物一般不具攻击性,更不会大规模杀戮同类。正如弗洛伊德分析"俄狄浦斯"情结所表明的那样,性本能、死亡本能与历史文化的互动形成了复杂的结构。文化可能是性与死亡冲动的掩盖、遏制和规训,也可能是另一种意义上的转移和放大。这种理论图景表明,身体始终在文化内部制造不懈的骚动,生产出种种特殊的文化形式。

很大程度上,文学对于性和暴力的热衷来自身体的发现。文学可以证明,繁复的文化形式内部,身体依然存在,而且能量巨大。这是对现代文化的某种反抗。现代与前现代的界限时常被想象为"祛魅"、启蒙和理性。清晰,精确,均衡,现代社会如同机械结构一般地井然有序,卢梭的《爱弥儿》提供了现代人身心和谐的标本。然而,这些理论设计不过一纸空文。理性仅是一副临时的面具,战争、仇恨、虐杀以及种种人为的灾难显明,一只巨兽潜伏在现代文化背后,蠢蠢欲动。一旦破门而出,脆弱的现代文化体系将被践踏得支离破碎。这个意义上,身体这个概念得到了重新表述。身体不是现代文化内部一个安分守己的齿轮,忠实执行理性的种种指令;按照弗洛伊德的描述,身体内部的欲望、冲动、力比多沸腾不已,现实秩序时常被巨大的压力顶得嘎吱乱响。如果说,铁一般的法律、锱铢必较的经济学和计算、实证基础上的自然科学形成了现代文化的基本结构,那么,文学仍然是一座活的火山。文学的情欲和嗜血表明了意味深长的症候:现代文化的深部还隐藏了一个非理性的深渊,某种巨大的歇斯底里不可避免地周期性发作。或许可以这么解释:文学史的道德观念日益松弛,这意味了人类自我认识的日益深入——文学不仅发现了身体内部的能量,而且表示认可和接受。无论这是一种通达还是一种无奈,总之,文学因此成了现代文化之中的一个异数。

身体的发现是对现代文化的一种反抗——这可能是前现代的回光返照。现代社会的成功往往依赖算计、策划、社会关系网络;仪器设备、官僚体制以及报表或者档案资料成为叙述的基本语言。许多时候,所有的信息一应俱全——但是身体缺席。当广告、传媒、宣传攻势或者精打细算、投机、实利主义原则成为决胜的法宝时,侠义精神与英雄气概消失了。苍白、羸弱、精明、唯利是图、怯于户外冒险成为多数人的表征,标准的模板式生活被形容为"现代"——文学对于这种"现代"表示了强烈的不满。这个意义上,暴

力、血腥、"壮志饥餐胡虏肉，笑谈渴饮匈奴血"是向古老的英雄时代表示敬意，众多好勇斗狠的武侠代表了血性、勇气、强壮的体格和为所欲为的胆魄。因此，刀光剑影和血腥气味隐含了文学对于现代人格的不屑——尽管某些奇异的嗜血欲望可能被悄悄地织入这个主题。

身体、欲望、力比多以及弗洛伊德所说的快乐原则天然地同个人话语联系在一起。不羁的个人冲动时常对社会秩序形成潜在的威胁。个人与社会之间隐蔽的对抗关系始终存在。当历史将所谓的"社会秩序"认定为资本主义体系时，身体、欲望和力比多可能成为冲击资本主义体系的革命能量。西方某些左翼知识分子正是在这个意义上对于身体和力比多表示了莫大的兴趣。作为一个政治经济学的概念，"阶级"的划分逐渐在反对资本主义的革命中丧失了昔日的效力。这时，身体成为左翼知识分子重新关注的资源。将嬉皮士风格或者性解放与一本正经的政治革命衔接起来诚非易事，但是，这里至少可以看到一丝理论的曙光。回到文学之中，许多富于叛逆精神的西方作家可能没有如此明确的政治意图，然而，他们不约地察觉一个事实：物质主义的、保守的资本主义文化与文学的浪漫和自由格格不入。这时，他们放肆的性描写或者身体的暴露有意地亵渎了故作优雅的绅士趣味。许多现代主义作家玩世不恭地展现知识分子颓废放浪的生活，这些粗野的"嚎叫"是拒绝加入资产阶级文化同盟的明确表态。

这种反抗的效果如何？具有反讽意味的是，许多性与暴力的极端叙事转身成为一种抢手的商品赢得了巨大的利润。将反抗和亵渎卖出一个好价钱，这是现今市场的拿手好戏。所谓的资本主义文化早就具备了收编异类的能力。当然，这可能被另一些作家视为不可多得的机遇。又一个投机的时刻到了。无论是"下半身写作"的惊世骇俗、"上海宝贝"的挑逗还是神情阴鸷地亮出阳具，这些作家的终极追求始终是市场的成功。从强硬的拒绝姿态到委身于市场的诱惑，这肯定是文学史上一段走调的乐曲。

至少在口头上，许多作家不想理睬道德批评家的训诫。他们似乎更乐意考虑文学的内部问题，例如小说本身的精彩与否。这种工匠式的技术兴趣相当普遍。尽管如此，他们仍然可以听到技术意义上的批评：某些小说竭力铺陈的性事或者血淋淋的屠宰如同幻灯片一样没有生气。"自然主义"曾经是批评家常用的一个贬义词，用这个概念批评左拉们无法用适当的想象回避难堪的真实。但是,卢卡契对于"自然主义"的非议别有意味:自然主义制造了一堆肥大笨重的细节,这些僵硬的片断无法有机地植入活的情节。显然,一个相似的问题也可以抛给作家:那些幻灯片能不能植入日常经验?如果仅仅是一个遥远的传奇,没有人会真正地心旌摇荡或者毛骨悚然——蜡人馆式的逼真只能制造短暂的迷惑和感官悸动。传奇是舞台上的事情,只有日常的网络才能将全部重量传给人们。金庸的小说杀人如麻,血流成河,但是,这些快意恩仇都发生在所谓的江湖之上。某一个杀手开始厌恶手掌上的血迹,反复回忆死者咽气之前的抽搐,甚至一种挥之不去的隐痛开始噬咬灵魂——这时,日常就悄悄地临近了。当然,此刻的金庸多半已经招架不了,陀斯妥耶夫斯基需要出场了。某种意义上,这也是《金瓶梅》与《红楼梦》的距离。的确,那些勇气十足的作家可以无视道德底线问题,然而,这是一个不可混淆的命题:道德挑衅不一定是文学的震撼,就像文学的震撼不一定诉诸道德挑衅一样。

(刊于《南方文坛》2005 年第 3 期)

诗与日常主义

北岛、舒婷们刚刚被一些人确认为诗坛盟主没有几天，一场新的艺术台风接踵而至。一批统称为"新生代"的诗人一夜间冒出地平线，开始向新的艺术偶像发出挑战。这些年轻的喉咙齐声呐喊："北岛、舒婷已经 Pass!"新生代诗人数量如此之多，诗人的神秘面纱揭去了，成为诗人仿佛仅需兴趣而不必凭借艺术素质。他们旁若无人地提出种种艺术宣言，邮寄自印诗集，大大小小的诗歌社团如同森林中的蘑菇一样蓬勃茂密。就是这样，诗坛上新的一代在一片嘈杂中无所顾忌地走来了。

除了报刊上有限的几次集体检阅，许多新生代诗作并未正式发表，概述这一代诗作的全貌很不容易。但是，考虑到新生代诗人同北岛、舒婷那一代诗人的分歧时，新生代诗作的一个现象可以视为独特的标记——日常主义。"日常主义"不仅是江苏一批诗人的自我标榜，而且还是许多新生代诗人的普遍姿态。他们不再像上一代诗人那样继续奉行严肃的艺术与人生，而是专注于恢复日常的懒散、无聊与凡俗。无所作为的小人物与现实中零碎的片断、偶然、不确定，成为他们表现日常本质的契机。为了同北岛、舒婷们的美学趣味相对立，他们显出一副玩世不恭、吊儿郎当的做派。种种微不足道的琐事堂皇地进入诗的领地，许多卑微鄙下的闪念、感触、情绪得到记录和放大。在语言上，磨练、推敲与精益求精的传统彻底中断了，聊天和闲谈所使用的大白话郑重其事地被分行，从而大咧咧地自封为诗的语言。新生代诗作的无节制泛滥又一次使诗坛陷入强烈的不安与惶惑。读者刚刚被北岛、舒婷们的诗学观念训练就绪，一切又昨是而今非了。许多读者不禁惊疑相问，这些人想干什么？

日常主义直接导致了新生代诗作的深度丧失，在这些诗人看来，日常现实平庸乏味，诗不过是这种现实片断的一些偶然的速写。诗不必自视神圣，从而撑开架势企图概括整个生活；诗不过是生活的一个小小的碎屑而已。与其将诗想象成庞大现实中的一个关键性榫子，不如说诗只是现实某个角落的一块平凡无奇的贴面——平凡得可以随便安装于任何一个普通的日子里。诗没有必要追求深度，追求历史感，追求哲理式的意味深长；诗人也不过是充满了七情六欲的凡夫俗子，写诗如同抽烟、喝酒或者靠在躺椅上聊天一样自然、随便。所以，新生代的许多诗作看来往往像即兴的、随意的、浅白的，而不是呕心沥血的、蕴藉凝重的、微言大义。他们也许并不反对上一代诗人的口号——诗表现自我，但他们的自我不是个坚实的个体。他们不再以倔强的存在姿势、激动人心的信念和炽烈的情绪表现出与众不同；相反，他们的自我是散漫的，碎片的，无所谓的——他们的自我已经模糊了个性的深度。为了逃离北岛、舒婷们身影的笼罩，新生代诗人不仅在诸多宣言中表白这一代人的不同性格，还竭力使之证诸诗的艺术风格。他们的诗作对于日常心情的津津乐道与口语化倾向乃是消解深度的有效措施。北岛、舒婷们的诗风因为过于讲究、过于优雅而被不耐烦地抛弃了。他们的诗作不再饱含深意，不再借用意象结构曲折地暗示微妙的情绪结构，象征与隐喻已经被视为艺术上累赘的客套程式。于是，他们也很少留下铿锵悦耳的警句让人反复吟诵，那些记录平庸的诗句一如日常现实一样容易让人忘却。

日常主义显然在诗作里保存了平民生活的本真状态，新生代诗人醉心于捕捉生命的种种自然冲动、欲念和情绪，同时又避免将这些冲动、欲念和情绪强行导入某种深刻的意义。为了尊重生命的赤裸裸的独立存在，他们正试图推开一切外在束缚——无论是社会义务还是个人责任。他们强调走向世俗，走向庸常，用日常的吃、喝、拉、撒抵制所有的条令戒律。前者是真实的生存，后者意味着种种程度的矫饰——新生代诗人坚决反对矫饰。他们只认定好诗必须真诚，而不顾及真诚未必都是好诗。从整体上看来，新生代诗人的出现似乎是诗的第二次还俗。第一次还俗是北岛、舒婷们将人从虚伪的教条下解放出来，而第二次还俗所要解除的则是社会文化对于人的所有的观念性约束——尽管这在现实中是不可能的。

消解深度在诗歌美学上的重大冲击是抛弃艺术的永恒性。新生代诗作同样留下了感触、忆念、向往、抗议，但这些诗作缺乏理想的人性光辉，缺乏永久的审美魅力，缺乏透向未来的深刻有力的精神冲击。可以说，新生代诗人多半不在乎他们诗作的流传时间与流传范围。在他们眼里，艺术的永恒性或许已经成为迂腐的古典美学概念了。他们的诗作毋宁说充满了过程性、行动性，为即时即刻的跟前情境所支配。新生代的诗作重视瞬间的真实与强烈，他们的情绪很容易在周围环境的作用下作出随机的转移，写作过程的愉悦与短暂的情绪宣泄快感被突出地强调了。所以有人用"射精"行为形容他们的诗歌生产。也许这一切基于这样的认识：生命的存在本身是即时的，多变的，不可规矩的，诗人没有必要选取某一刻注入虚假的永恒性，从而为了取悦历史而放弃了当下的现实。

目前还很难说清新生代的成因。的确，他们是作为北岛、舒婷们的叛逆者而出现的。但是，他们为什么选择这样的叛逆之路？——这只能由他们自己来解释了。人们所能看到的仅仅是，他们对于诸如"历史""未来""社会""信念""奉献""崇高""优美"这一类字已经没有多少兴趣了。除了用艺术上的恶作剧表示对前辈诗学的亵渎，他们很少表现出执著的激情。"文化大革命"的混乱切断了他们对五六十年代的美好憧憬，而更为漫长的文化传统则不断伴随着民族耻辱的噩梦。他们无法借助往昔去建立辉煌的未来信念。于是，他们只能把握现在的日常生活：自然而然地活着，有时还写写诗。

新生代诗作的日常主义事实上更接近人们平凡的生活，但人们却对这些诗感到陌生——因为这些诗与人们所习惯的诗学观念拉开了很长的距离。人们甚至很难估量这些诗作的价值，人们仅仅可以断定，这些诗不可能充当精神火炬——无法点亮人们的上进之心。不过，在某些时刻，人们或许有兴趣重新想一想：除了精神火炬，诗是否还有其他方面的意义与功能？假如要平等地理解新生代诗人，修正以往习惯的结论是个必要的前提。

（刊于《羊城晚报》1989 年 5 月 1 日）

《阿凡达》:视觉技术的消费

　　《阿凡达》似乎为电影王国带来了一个划时代的奇迹。一些人夸张地认为,电影史可以分为《阿凡达》之前与《阿凡达》之后。巨大的赞叹声浪淹没了全球的传媒,偶尔冒出的几句小小的非议显然已经无足轻重。坐在黑暗的电影院架上 3D 眼镜,绚烂的视觉景象令人久久地震惊。视觉的盛宴终于满足了电影观众愈来愈刁钻的胃口,传媒陆续发布了一系列前所未有的数据:5 亿美元的投资,60% 电脑动画生成,9 项奥斯卡提名,超过 22 亿美元的票房收入;当然,还有詹姆斯·卡梅隆历时 14 年的潜心制作。显而易见,这一套数据是消费主义与技术主义共同造就的指标体系。尖端技术的消费,这种文化时尚就是《阿凡达》赢得无数人亢奋地尖叫的原因吗?事实的确有些奇怪。不难看出,《阿凡达》提供的文学故事乏善可陈,一个似曾相识的成人卡通片。坚船利炮的掩护之下,西方殖民主义者闯入陌生的土地公然掠夺,这种历史曾经由众多的作家再三复述。尽管《阿凡达》将侵略的空间扩大到遥远的星际,但是,故事的主题一如既往。邪恶侵犯善良,从迷惑到觉悟,悲愤与抗争,如此等等,一切都在意料之中。当然,如果根据这个理由过多地挑剔《阿凡达》,我们可能听到的反唇相讥是——不懂电影。影像符号启动的是视觉,文学成分无非提供一个演出的架构。《阿凡达》让多少人叹为观止:他们终于有幸看到了梦中才能浮现的景象。

　　现在,这似乎逐渐成为一种普遍倾向——电影即视觉。例如,从张艺谋的《英雄》《十面埋伏》到《满城尽带黄金甲》,视觉形象愈来愈瑰丽,文学的意义愈来愈单薄。当然,我所说的"文学"并非单纯的故事,而是包含文学遵从的各种内在范畴:人性的拷问,历史的深邃洞察,微妙的内心波纹,意味深长的隽永对白,云谲波诡的人生变局,如此等等。相对而言,许多电影仅仅是一些光和影的炫技式展览。视觉在电影院的封闭空间接受如此强烈的冲击,以至于视神经接收的许多信息无法充分还原为思想。电影热衷于制造奇观,力图让我们见识从未遇到的景象;与此同时,另一个问题的分量不断衰减;从熟视无睹的日常景象之中得到独特的发现。在我的心目中,后者远为困难,远为重要。正如本雅明所言,摄影机械是一个无与伦比的发明。摄影的意义远非真实地复制世界,而是教导我们如何"看"——视觉如何捕获周围各种转瞬即逝的戏剧性。因此,电影充当了我们识别生活的教科书。然而,现今的许多导演更愿意考虑的是电影的"技术含量",例如宏大的巨型景观,栩栩如生的数码成像,航拍,胶片,如此等等。他们不太在乎来自文学的某种异议。文学发源于悠远的农耕时代,篝火堆旁边行吟诗人发明的叙述形式已经陈旧了。电影是工业时代的产儿,影像符号的生产工具是机械、电子器材以及各种尖端技术,哪怕是令人咋舌的巨额投资也足够支持电影的骄傲姿态。

电影具有充分的理由迷恋技术,不惜血本地筹措充足的资金。但是,当技术迷恋演变为技术崇拜的时候,电影可能遭受无形的损害。我曾经在《艺术与技术》一文之中表示:"作为机械文明之下典型的艺术样式,电影要对赖以生产的仪器设备表示足够的敬意。尽管如此,我仍然顽强地相信,电影艺术必须包含着技术以外的内容。如同所有的艺术一样,电影的某些方面同样是单纯的技术所难以穷尽的。制作技术弥补不了思想、智慧和洞察力。钢笔、圆珠笔或者电脑写作出来的文章不一定能够超过庄子或者苏东坡;精致的现代绘画器具也不是逾越蒙娜·丽莎的必然条件。制作技术为电影带来了许多,但电影的衡量还应该有许多制作技术以外的尺度。"当年,引出这几句议论的原因是好莱坞大片旋风一般地登陆。炫目的技术引起一片狂欢,那么,技术即是艺术吗?时至如今,据说《阿凡达》的完美成功令人绝望。不少人断言:可以预见的未来,本土的电影几乎不可能诞生堪与比肩的杰作。我们必须坦诚地向杰作表示敬重,然而,这并不意味了自惭形秽,长吁短叹——尤其是面对美轮美奂的技术制作。

本土电影的最大资源即是本土的经验,这是无可代替的。本土的人情世故,喜怒哀乐,本土的历史和特殊的情结,还有本土的独特表述。技术崇拜以及利润的追逐应当适可而止,尤其是没有理由将《阿凡达》的商业成功解释为某种高不可攀的文明。否则,这种文化逻辑内部隐含的危险倾向可能诱发历史的畸变。让我们回忆一下,这些观点不就是《阿凡达》的启示吗?这一部电影之中,采矿公司和上校为首的武装力量之所以侵入潘多拉星球,并且对纳威族土著大打出手,无非是仰仗精良的武器攫取某种稀有矿物。他们心目中,那一棵参天古树、六条腿的战马、原始的弓箭还是纳威族的集体祈祷、万物有灵的哲学均是低等文明的表征。因此,他们对于自己的入侵、掠夺和杀戮不存在任何愧疚之意——驱逐土著犹如一种文明的拯救。当然,电影的结局令人快慰:良知终于阻止了贪婪的侵略,技术恶魔终将在正义的抵抗之下溃败,这即是《阿凡达》的简明主题。如果由于目迷五色而遗忘了这个主题,那的确有些像买椟还珠了。

(刊于《人民日报》2010年3月2日)

作家的出生

时下报刊介绍新锐作家,出生年代成为一个时髦的品牌。六十年代出生的作家方兴未艾,七八十年代出生的作家又已粉墨登场。惭愧的是,我们这般迟钝的文学爱好者,至今还不善于记住作家们的生日。我们只是习惯于将作家的名字与某一部杰作联系起来,塞万提斯之于《堂吉诃德》,托尔斯泰之于《战争与和平》,曹雪芹之于《红楼梦》,鲁迅之于《阿Q正传》,如此等等。如果不去翻检文学史著作,我们的确说不出这些作家的出生年代。

据说,许多批评家都患有可笑的概括癖。他们擅长在自己的理论作坊加工出"某某流派"或者"某某主义",然后将大大小小的作家编成目录装到一个个档案夹里面。许多名声显赫的作家时常公然表示反感:我就是我,任何"流派"或者"主义"与我无关。但是,另一些势单力薄的作家并不讨厌这样的概括。"流派"或者"主义"拥有一种团伙的力量,水涨船高,人多势众,本来作品不怎么样,"新写实"或者"先锋"一下情况就有了改观。所以,我们不要一概地说,批评家的概括仅仅是那些书呆们玩弄画地为牢的把戏。

不过,我们至少可以期待这样的概括要有一点美学价值。无论是"现实主义""自然主义",还是"黑色幽默派""象征主义",我们明白这是一种美学意义的分类。这样的知识是有用的,它让我们明白屈原为什么运用香草美人喻示理想,左拉为什么对人物的生理遗传特别感兴趣。可是,统计作家的生日,按照十进制的原则划分为一个个圈子,这企图说明什么? 1959年出生的作家与1961年出生的作家真的如此不同? 1973年出生的作家又比1969年出生的作家多了什么或者少了什么? 我们当然还记得,50年代末期有过三年困难时期,那时出生的作家或许会因为营养不良而个子偏矮,1970年代出生的作家多半是独生子女,他们有时要孤独地呆在一个单元房里。然而,这一切与美学问题还有距离——至少人们还要论证二者之间的关系。如果认为这样的十进制原则可以解释"代沟",那就过于简单了——许多造就了一代人的社会事件显然与十年的时间长度无关。另一方面,如果真的十年就有一条"代沟",这样的新陈代谢可能让许多人吃不消。

我们自然都听说了文学与现实的关系。一代人有一代人的文学,这样的观点耳熟能详。但是,谈论作家写作的年代是不是比谈论他们出生年代要合理一些?的确,一批 60 年代或者 70 年代开始写作的作家拥有自己的美学风格,这样的风格时常将他们与 80 年代或者 90 年代开始写作的作家区分开来。然而,写作年代与出生年代不可混为一谈。换一句话说,两个相差 10 岁的作家在同一个环境里开始写作,他们的相似之处决不亚于同龄作家。

每个作家都有自己的出生年代,这没有必要大惊小怪。这就像作家们可能姓张可能姓王一样,犯不着大作文章。当然,我们听到"70 年代作家""80 年代作家"这样的概念时,心里还是浮出了一丝喜悦:自古英雄出少年,长江后浪推前浪。文学的后代已经长大成人。可是,考虑他们作品成就的时候,我们决不会放宽原则。这些作家年龄还小,早晨睡一睡懒觉或者多花些零用钱都是可以谅解的,唯独不能迁就的是评判作品的尺度。如果我们愿意断定哪一个 70 年代或者 80 年代的作家拥有旷世奇才,我们所使用的尺度与评判曹雪芹或者鲁迅的尺度是一样的。事实上,这些作家也从来没有用他们的出生年代要求特殊照顾。谁都知道,艺术的天平之上,年龄是没有重量的。

我们自然相信,热衷于推出年龄品牌的报刊肯定是一番好意——我们只是觉得,强调这些作家的其他方面可能比强调他们的出生年代更有意义。这个广告盛行的时代,包装似乎在所不免。可是如果忘了我们面对的是文学,许多人的力气可能用的不是地方。这些道理怎么也算不上复杂,耗费这些篇幅大约已经足够。最后我想补充的仅仅是一个说明:以上的想法来自近日的报刊阅读,这些想法与我所出生的 50 年代无关。

(刊于《南方日报》1998 年 12 月 16 日)

游戏感

众多的迹象表明,游戏感正在成为一个普遍的文化症候。

许多人眼里,游戏感是当今的时髦,是一种现代人的品质。游戏感就是放松心情,丢开烦恼,开颜一笑泯恩仇。皱起眉头,一脸深刻,弄得跟真的一样,这不好玩。"好玩"是新人类撒娇的口头禅,别用沉重的问题烦他们。擅长游戏才能扮演当今的得宠人物,一个丧失了游戏感的家伙肯定有些老了。

街头购买的贺年片时常印上情绪暧昧的祝辞,手机短信流传露骨的色情段落,广告正在机智地隐喻床笫之事——没有什么可大惊小怪,不就是游戏吗?卡拉OK一曲情意绵绵,《牵手》《读你》"谁都知道我在想你",毫无忸怩之意。如果哪一个听众真的耳热心跳,想入非非,那就是没见过世面的乡巴佬了。谢天谢地,那种晦涩而又倔强的现代主义终于过时,听说后现代的意义就是叫人松一口气。生活如此沉闷,人生如此短暂,及时行乐是一个自我拯救的主题。于是,后现代主义式的游戏恰逢其时。小说的封面背后藏了一个很有情调的小资美女,她一面自如地周旋于三五个位高权重的男性成功人士之间,一面大声哀叹孤独;电视屏幕上出现了一个歌手,朋克式发型,闪闪发光的上装,哑着嗓门耸肩唱一句"扛起民族的未来"——别介意,游戏而已。

游戏感与文学的结缘,王朔肯定功不可没。《一点正经没有》——这是王朔著名小说的标题——首先就是拿作家开涮。什么人是当作家的料?没有任何本事,同时缺乏偷窃的勇气和抢劫的力气,皮厚心黑——那就当作家好了。被骂的作家当然不能计较,谁都得承认这是玩笑之辞。王朔有时也开自己的玩笑,譬如说自己不小心就会写出《红楼梦》,再不济也弄个《飘》,如此等等。

王朔主创的《渴望》就是游戏的楷模。一些批评家——天可怜见——还在自作多情地分析这部电视剧的内涵、象征、典型性格什么的,王朔劈头泼来一瓢冷水。王朔奉劝他们别想那么多,无非游戏一场而已:"那个过程就像做数学题,求等式,有一个好人,就要设置一个不那么好的人;一个住胡同的,一个住楼的;一个热烈的,一个默默的;这个人要是太好了,那一定要在天平的另一头把所有的倒霉事扣在她头上,才能让她一直好下去。所有角色的特征都是预先分配好的,像一盘棋上的车马炮,你只能直行,你只能斜着走,她必须隔一个打一个,这样才能把一盘棋下好下完,我们叫类型化,各司其职。"王朔正确地使用棋类游戏作为比拟:红方黑方,一人一手,严格遵循游戏规则。的确,这种游戏规则的分解之下,生活的许多方面奇怪地隐没了。人们仿佛又回到了孩提时代连环画的阅读经验:正方,反方,一胜一负,现实清晰得犹如棋盘之上的楚河汉界。卡夫卡的许多小说竟然揪不出一个罪大恶极的混蛋,普鲁斯特仅仅热衷于不尽的内心之流,即使《红楼梦》的大观园一时也分不出善恶忠奸,这些伟大的杰作无不显现出某种复杂的生活结构。然而,正是因为这个原因,卡夫卡、普鲁斯特或者曹雪芹缺乏讨好人的游戏感。如今时髦的阅读书单上,这些作家只能占据类似于名誉顾问的席位了。

据说,游戏感有助于释除生活的压力。这是诸多白领离开写字楼之际的最大渴求。许多大众文化产品尽其所能地投合这一批消费者的趣味——例如,007 系列,那个神勇的詹姆斯·邦。惊险,刺激,飞车追逐,拳击格斗,身陷囹圄,风流韵事,钻入一个幽暗的洞穴拆除即将引爆的核弹,从数千米的高空往下坠落……总之,一切应有尽有——除了真正的紧张。枪顶在脑门上也罢,千钧一发也罢,人们明白,邦永远会化险为夷:左手收揽美人,右手击毙狂徒——不论这些狂徒是大毒枭、恐怖主义者还是另一个意识形态阵营的对手。我时常奇怪地从这些故事联想到游乐园里的过山车。那一列小火车缓缓地爬坡,俯冲,下坠,甚至在空中翻转过来,但是,无论如何折腾,它肯定不会逸出封闭的轨道——它终将安全地返回指定的那个小站台。这就叫游戏。当然,正如许多作家察觉到的那样,近时的白领口味有些改变。不动声色的幽默已经不够过瘾,他们——其中很大一部分是她们——不再为性感的詹姆斯·邦而尖叫。007 的故事似乎太费脑子,游戏为什么不能更轻松一些?举手投足至少得有几个夸张的噱头。于是,白领们一窝蜂地转向周星驰的"无厘头"风格,《少林足球》什么的。只有那种笑才能产生健身器材的效果——不笑也得笑。目前,汉语已经铸造了一个新词——搞笑。

笑声不是自然而然地来自内心的集聚,笑声是强行"搞"出来的。的确,许多时候,那些"无厘头"的演员仿佛要冲出屏幕搔观众的胳肢窝。

游戏感愈来愈强烈的时候,真实就渐渐地消失了。几个武功盖世的大侠端足架势飞在空中,抡起一掌就是开山裂石——多少人会愚蠢地把这当成真的?春风得意的总经理突然沧桑起来,口吐几句酸兮兮的格言俘获了女记者的芳心,这种情节怎么看怎么不像。游戏感的另一个特征是作家草菅人命,情节发展不了的时候,作家就打发一两个人去死。死亡是他们故事长廊之中不断出现的 exit。制造一场离奇的车祸,躺在浴缸里切开手腕,从摩天大楼的顶端跳下来,中枪时好歹也得将身体扭得曲折一些。总之,作家一心想把场面拾掇得漂漂亮亮,他们不在乎死者的心里顽强的求生本能。如果打发一两个人到阴间去就像从棋盘上拎起一两个棋子一样,那么,作家笔下的人物肯定没有生命,没有生命的人物不会反抗作家的驱遣。福楼拜、屠格涅夫、托尔斯泰这些古典作家都曾提到一个奇特的经验:他们笔下的人物常常违背作家的设计,自作主张地结婚或者跟谁私奔了。现在,这些人物都成了傀儡,他们只能呆头呆脑地完成一些作家和导演本人也不相信的情节。只要有趣,多死一两个人或者谁跟谁爱一场又有什么关系呢?

游戏感势不可挡地征服了众多的作家和导演之后,转身又侵入另一个领域——历史。当初肯定没有多少人料到,"戏说"历史竟然产生如此火爆的效果。三皇五帝,刘罗锅纪晓岚,那么多埋在史书里的人物至今还能为后人提供笑声,这算得上他们的一个意外贡献。但是,如果游戏的中途突然板起脸,一本正经地发表某种历史的解释,那就会令人哭笑不得。张艺谋的《英雄》就是卡在这么一个尴尬的地段。什么吸星大法、武功秘籍、华山论剑、男女双修之类的玩意由那些武侠小说搬弄好了,用武侠小说训练出来的感觉解说秦始皇,这实在有些不伦不类。一统四海,焚书坑儒,筑长城,修宫殿,书同文,车同轨,这些千秋伟业背后隐藏的是政治、经济、军事和文化的深刻角逐,无数的智慧、阴谋、血腥和仇恨织就了如此沉重的历史段落。然而,《英雄》却将如此沉重的历史化简为书法悟道——秦始皇到底明白了过来:"无剑"可以得天下。迄今为止,这一类哲理业已成为众多武侠小说的陈词滥调。用这种见识衡量中国的第一个皇帝,这是一种僭妄——这犹如用一只纸叠的小船载一个磨盘过河。

　　相当有趣的一个现象是,游戏感竟然成为显示才能的一种姿态。现今,许多作家都愿意模仿王朔的口吻——他们都愿意说自己的文学名声是硬撞上门来的,不要也得要。"二句三年得,一吟双泪流",这哪里有文学才子的潇洒风度?面壁十年,孜孜矻矻,那种苦行僧式的死功夫简直是一种耻辱。柳永、唐伯虎或者亨利·米勒、艾伦·金斯堡,颓废、放浪、一挥而就的作派加上游戏的表情才可能被诠释为大胆的叛逆。正经、刻板、严谨、运用老妈妈式的絮叨诲人不倦,这是如今最讨人嫌的腔调了。

　　我并没有说错——仅仅是"游戏的表情"。某些时刻,这些表情会急速冻结,那些热衷于游戏的人迅速地恢复了精明品格。别指望他们会以游戏的姿态将钱包里的钞票散发给寒风之中的乞丐。不论人事纠纷如何复杂,大大咧咧的游戏者从来不会搞错领导的排序;对哪一个权威人士摆出娇媚的笑脸,对哪一个陪衬的角色连眼珠也不转过去,高下尊卑之间,分寸的拿捏恰到好处。这时,他们竞相显示了一种令人放心的严谨和深刻。或许可以说,这不过是另一种游戏?《红楼梦》之中著名的一联云:"假作真时真亦假,无为有处有还无"——游戏的诀窍就是别当真,包括判断他们是不是在做游戏。

　　(刊于《文艺报》2004 年 3 月 2 日)

文如其人

——读书小札

一

文如其人，这句话似乎很有一些历史了。孟子曰："颂其诗，读其书，不知其人，可乎？"所以，人们特别不能容忍的是，华美的文章风格背后隐藏了一个卑琐的灵魂。西方的理论家也有同感。"风格即人"——布封的名言曾经广为传颂。当然，这个世纪的某些理论家仿佛变卦了，他们试图废除作家与作品之间的父子关系。罗兰·巴特声称"作者已死"。有趣的是，这个惊世骇俗的口号时常是与巴特的个人风格联系在一起的。

如果从报刊上读到了熟人的文章，我竟然会从辞句之间想见作者脸上的皱纹与方言腔调。这或许也算"文如其人"的含义之一。当然，古人或者前辈的著作没有这种形象的效果。他们的文辞之间显现的是襟怀、气度、视域和魄力。

二

"春风又绿江南岸"，小时候就听到许多先生对于这一名句之中的"绿"字赞不绝口。王安石的初稿是"又到江南岸"，后改为"过"，再改为"满"，反复地搜罗了十余字，最后定为"绿"。一个字就笼住春风，这是"绿"的妙处。

近时再读这句诗，忽然觉得"绿"字还是有些突兀。古人作诗有炼字炼句之说，如同铁匠在火炉旁边叮叮当当地敲打。可是，如果某一个字炼得太过了，就会显露雕琢之痕。刻意为之，古人称之为"尖巧"。"春风又绿江南岸"，"绿"字的分量似乎太重，这个句子的中央突然垂了下来。

雕琢不仅损伤了天籁的自然气度，这同时还涉及诗人的胸襟。古人认为,雕琢者机心太重,矫揉造作不免小家子气。大将军不计一兵一卒的得失,大手笔不必纠缠一字一句。孟郊与贾岛痴迷于字眼的考究,人称"郊寒岛瘦"。这个评语不仅是一种语言风格的形容,同时,这个评语还显示了两位诗人的孤峭身姿。许多时候,古人主张气盛言宜,挥洒自如;这种从容旷达的形象比那些忙忙碌碌地寻章摘句的语言工匠富有魅力。

"吟安一个字,捻断数茎须",这是诗的传统。然而,辞句的推敲不是大肆地涂脂抹粉。相反,对于许多诗人来说,反复涂抹恰恰是祈求诗句犹如一气呵成的。所以,古人的另一个主张是意味深长的——"极炼如不炼"。

"大漠孤烟直,长河落日圆"——这一句诗之中,"直"与"圆"介于炼与不炼之间。《红楼梦》之中,香菱跟从林黛玉学诗时读到了这一句。她觉得,"直"与"圆"说不出什么特别,但是竟然找不到其他的字眼可以替换。用香菱的话说,这些字眼含在嘴里如同几千斤重的一个橄榄。

仿佛信手拈来,同时又一铸而定,这就是天才型的诗人了。

<h2 style="text-align:center">三</h2>

前一些日子,董桥的散文风行。董桥的不少散文意味深长,某些篇章有些涩,如同书法之中若续若断的枯墨。这当然有意为之。我们的董桥先生不愿意一马平川,他的行文时有奇峭之处——有时故作奇峭。他曾经于《书窗即事》一文之中为自己辩解:"或曰:拙文过分雕琢,精致有如插花艺术,反不及遍地野花怒放之可观云云,闻下不禁莞尔。尝与陈之藩书信往还谈论文章'自然'之说,其见解甚精辟,大意谓:六朝诗文绘画皆不自然,却凄美之至;芙蓉出水虽自然,终非艺术,人工雕琢方为艺术;最高境界当是人工中见出自然。"这个辩解似乎有些勉强。所谓雕琢,指的是艰涩以至于凝滞;中断了文章的气脉。文以气为主,一口气没有接上,通篇就只剩得散金碎玉。

余光中自称用右手写诗,散文则是"左手的缪斯"。但是,他的散文之中仍然有许多诗的奇警。余光中散文的"日出"是这样的:"火山猝发一样进出了日头,赤金晃晃,千臂投手向他们投过来密密集集的标枪。失声惊呼的同时,一阵刺痛,他的眼睛也中了一枪。"西班牙的风景如何呢?"那风景总是干得能敲出声来,不然,划一根火柴也可以烧亮。"这种想象如同犀利的锋

刃,割得人皮肤发痛。不过,如果时不时就有这样的精彩,整篇散文就会跳跃起来,我们会读得心跳气促,如同乘坐一辆颠簸不断的车子。若是想保持散文的情趣,有一些幽默和智慧,节奏必须从容一些。例如,《我的四个假想敌》与《借钱的境界》就会让人会心地微笑。

钱锺书当然才华横溢。他如此博学,如此机智,以至于种种知识和俏皮溢出了胸膛而倾泻到了文章之中。关于窗子,关于吃饭,关于笑——随便关于什么,他都可以旁征博引,搜罗一大堆我们闻所未闻的典故格言。到了《管锥编》,钱锺书的引经据典已经令人目不暇接。几乎没有人相信,这些援引大部分依赖记忆,钱锺书的家中并没有多少藏书。某些时候,我们或许会觉得,这种汪洋恣肆可以稍稍节制一些。种种资料的地毯式轰炸有时还不如快刀似的一句。

汪曾祺似乎深谙平衡之道。他的大部分散文精致而又散淡,浅白而富有韵致。这里寓含了某种从容不迫的生活态度。可是,我还是不想隐瞒——有些篇章我读不出好处来,我觉得浅而无物。

四

我可以自称是一个学书不成的人。少年时代,父亲嘱我学一些书法。这是一技之长。替人写春联或者往墙上刷大标语,这些都可以换一口饭吃。我乐意练习草书,临摹一本油印的《草字类》。终究是懒,提笔的时间越来越少;不过是闲时看一看字帖——说是"读帖"。所以,至今我的字还是拿不出手。

但是,"读帖"的确是读出了一些趣味来了。渐渐地喜爱了一些人的草书,并且说出了一些理由。忘了在哪里见到一句评论,大意是孙过庭的《书谱》"太滑"。回头再看孙过庭的草字,确有所悟。

不管怎么说,我还是没有资格谈论古人的字。这里,我想提到的是现今几个文化名流的书法,想象他们的字与他们性格之间的呼应。

这一代人肯定在许多地方领略过毛泽东的书法——手书的诗词与信件。无论是延安时期还是五十年代之后,毛泽东的书法都极富个性。落拓不拘,大开大阖,挥墨如同号召千军万马,满纸处处龙吟虎啸。尽管毛泽东的书法之中含有某些怀素的笔意，但是，"不依古法但横行"的胸臆强烈逼人。相对地说，周恩来的书法就稳重敦厚了许多。

郭沫若无疑是最乐于题字的文化名流之一。他的草书透露出一种不可掩盖的才气，神采奕奕。我的一个友人说，这种字适宜陈列于廊庙之上，而不该隐于山林之间。

鲁迅的字也是常常遇到的。不骄矜，不张狂，一个字一个字颇为整肃；可是，细看之下，这些字的内涵之中似乎隐含了某种无奈，某些勾划甚至有些"油滑"——这种"油滑"如同他的小说《女娲》顺便在女娲的两腿之间添上一个小人一样。

见过少许弘一法师的字。一笔一画，横平竖直，干枯，冷寂，敛尽了人间烟火。我偶尔又在不久前的报纸上见到他手书的一张便条，大意是向一位赠送他一套棉衣裤的施主致谢。这张便条是行书，随意之中几丝活气泛出，似乎更加自然。

我曾经在厦门大学听过一位因明学教授虞愚的课。虞愚先生也是书法家，他的字曾经在四十年代的某一次比赛之中得到很高的名次。所以，他纵论古今的时候说，"中国的书法，从王羲之到我，如何如何"，我们顿时肃然。他的字骨架平稳，但笔画的内在里寓有许多曲折变化。

五

多年以前，我就曾经对身边许多小说家的聪明劲十分惊奇。他们小说之中的许多片断处理得巧妙简洁，种种叙事的技术难题得到了轻而易举的解决。我的想象之中，许多小说家日后都会成大器。奇怪的是，他们不久之后出版的小说集常常动摇了我的信心。这些聪明的片断汇集到一起的时候，反而缺了一点什么。我忽然明白，聪明与聪明之间也会产生重复与单调。

我先是在《收获》杂志之上读到《尘埃落定》的某些选段。我想象这是一部杰作露出了冰山之一角。然而，待到有机会通读全篇的时候，我略略感到失望。这部小说有些单薄——这种单薄只有纵观整体的时候方才渐渐地显露出来。

　　我突然想到巴尔扎克。巴尔扎克许多小说的局部相当粗糙。一张脸、一个房间、一条街道——巴尔扎克就是这么笨拙地写下来,不迂回,不躲避,一切都是迎头撞上去。有时我会觉得,巴尔扎克仿佛不会在局部花费心思。必须读完他的整部小说甚至一批小说之后,我们才会察觉小说背后某种强大力量的存在。巴尔扎克的小说的确有些笨拙,但是,这些小说就如同坦克一样缓缓地碾过来,没有什么可以阻挡。这时我们才会明白,巴尔扎克放弃了局部之后换得了一个宏大的整体。

　　（刊于《福建文学》2001 年第 6 期）

穿花蛱蝶深深见

一

"穿花蛱蝶深深见,点水蜻蜓款款飞",杜甫《曲江二首》之中的名句。寥寥十四个字,这几只蝴蝶和蜻蜓轻盈地从唐朝飞到了今天。不过,宋朝的某一年间,这些小昆虫的文学生命险遭不测。一个名叫程颐的大思想家——我想象他是一个表情肃然的老者——不屑地嘀咕:"如此闲言语道甚?"

程颐嫌弃的是诗人的琐杂细碎,玩弄词藻。大丈夫立身于天地之间,思接千载,视通万里,求的是宇宙大道,怎么能仅仅看见三尺之内的小玩意儿,专务章句,悦人耳目?花鸟鱼虫,清风明月,这是浪荡文人喜欢的轻佻游戏。两句三年得,一吟双泪流,刻意种种雕虫小技,抛出半辈子的精力觅得几个工稳的句子,哪里还有心思执意于宏伟的大道?道生一,一生二,二生三,三生万物,这是万事万物的表象背后真正的主宰,古希腊哲学家称之为逻各斯,黑格尔形容为绝对理念。大人物要把精神调到这个频道之上,流连于几只蝴蝶和蜻蜓又算什么?

尽管"诗言志"的古训得到了再三重复,但是,许多诗人还是执迷不悟,玩物丧志。石上清泉,古寺钟声,伤春悲秋之后就是卿卿我我。无非是茶余饭后浅吟低唱的小情小趣,不登大雅之堂。即使换到了些许浮名,甚至博得了权贵社会的掌声,多数诗人还是徘徊于官僚体制的外围,漂泊无依。后世曾经赠予杜甫"诗圣"的美誉,他生前却穷困潦倒。功名利禄靠的是济世匡时的策论,几句平平仄仄的诗词曲赋既不能为君王赢下江山社稷,也不能为自己赢下肥马轻裘。

一日三餐,日复一日,所谓的"宇宙大道"又能为我们的日子增添一些什么?人生无常,世事多艰,悟道之言指引我们泅渡纷纷扰扰的尘世,栖息于某一个思想或者信念的高地。怀抱宇宙大道可以修身养性,窥破生死,不惧凡俗的纠缠，每一个普通的日子都与高尚的价值衔接起来了。相形之下，那些绚丽的文采意义何在？"开轩面场圃，把酒话桑麻"，诗并没有甩下日常的烟火气息；即使是"脚著谢公屐，身登青云梯。半壁见海日，空中闻天鸡"，这种高蹈终将返回地面："忽魂悸以魄动，恍惊起而长嗟。惟觉时之枕席，失向来之烟霞。"文学又有什么用？古往今来，这个问题始终若隐若现地跟随在背后，叫人心神不宁。千方百计地把篮球投入篮板上的铁圈或者猛地一脚将足球踢进长方形的门框，这些运动徒然消耗热量，既不能增添粮食，也不能生产钢材，可是，那些肌肉发达的运动员从来不为"又有什么用"伤神。只有忧心忡忡的文学知识分子长吁短叹地自寻烦恼。

当然，古今的文学家从未停止不懈的辩护。立德、立功、立言三不朽，文以载道，我手写我口，文学是战斗的，大半个世纪之前，我们还逐渐熟悉了一个概念——典型。所谓的典型，本义为"模子"，文学的典型指的是某种类型品质的收集以及提纯。个性显现共性，现象显现本质，如此等等。所以，典型性格的许诺是，从一个马车夫身上察觉千百个马车夫，或者在一个资本家的身世之中认识千百个资本家。一个感性的具象凝聚种种形而上的真谛。至高的"道"终于回响在文学之中。一花一世界，一叶一菩提，文学不再心虚或者理亏。虽然仅仅收集若干意象，或者几个人物，但是，文学的内核是普遍的哲理，是宏大历史的模型。这是额手称庆的时刻：典型拯救了文学。

尽管如此，这个散发出黑格尔气息的概念并未如愿以偿。热衷于推敲的人很快察觉一个明显的软肋：当哲学或者社会学直接露面抛出标准答案的时候，文学积存的意象或者人物是不是立即成了臃肿的赘物？如果文学企图提供的仅仅是马车夫或者资本家的典型性格，我们就会察觉种种多余的文学成分。有什么必要栩栩如生地再现街道上一块古老的碑石，或者一阵凛冽的寒风沿着河岸刮过来？小巷里叫卖鱼丸的悠扬吆喝与账房先生鼻子旁边那一颗醒目的疖子又有什么意义？当然，还有杂乱的汽车喇叭声，树梢之间漏下的月光，餐桌上呛人的辣椒，一只蚯蚓正在吃力地从泥土之中拱出地面……这时，那几个单薄的理论命题远远追不上庞杂喧闹的文学。罗兰·巴特说过，艺术无杂音，存留下来的即是必然。文学叙事执行自己的标准——文学的聚焦和分辨率。日常景象以及种种细节发育的文学有机体液汁饱满，无法化约为逻辑组织的某种梗概。

　　二十世纪八十年代曾经刮起一场文学飓风。诗、小说、戏剧、电影大面积地主宰社会的精神生活。所谓的"朦胧诗""先锋文学"或者"第五代导演"形成了一个又一个争论的锋面。可以清楚地看到，这是文学的"内部"争论。不同的流派、风格、艺术传统，种种表现形式的竞争。然而，二十世纪九十年代之后，文学"内部"的各种声音逐渐缩小了比例，以至于无关痛痒。现在谁还在乎哪里冒出了一个新的诗派，或者哪一部小说大胆地探索另类的时间叙述？金融、股票、房地产，农民工子弟如何就读，高昂的医疗费用能不能降一些，李嘉诚、比尔·盖茨和马云哪个更有钱，某个足球明星的离奇八卦或者某个电影明星的豪华婚礼……铺天盖地的互联网和微信之中，一波又一波万众瞩目的消息挤占了新型的公共空间。即使乐意享受传奇制造的快感，我们记起的情节多半是八面威风的腐败官员如何一夜之间戏剧性地沦为阶下囚，而不是哪一部情节曲折的小说。文学仍然龟缩在纸张装订的书本之中，犹如史前动物。不思进取，"你 out 了"。对于许多新生代说来，"文学"仅仅是一个含义模糊的名词。这个玩意有什么用？疑问卷土重来。实利主义的时代已经开始，没有人还会宽容地放过这个疑问。如何就业？如何挣钱？如何赢利？经济学有助于国计民生，医学有助于救死扶伤，法学的前景是法官或者律师，工商管理学培养企业家，哪怕一手好厨艺也能给自己做一顿可口的晚餐。文学呢——如同刚刚发现的引力波吗？

　　对了，我们的手中还有一个概念：审美。某种感动、激愤、憎恶、忧伤或者愁绪杂乱地漫过内心，据说这种模糊不清的意识波动称为审美。然而，疑问并没有释除。这个世界愈来愈坚硬，审美既不能增加商店的营业额或者改善与上司的关系，也无法充当婚姻指南。一个刚刚从矿井升到地面的煤矿工人抑扬顿挫地朗诵一首诗，这种场面肯定有些滑稽。不合时宜的"文艺腔"显得矫揉造作。不少人认为，审美是精神奢侈品，只有悠闲的贵族配得上这种雅好，例如钢琴交响曲，或者博物馆里的现代主义绘画。柏拉图对于审美具有不遏制的厌恶，在他看来，审美带来的感伤和哀怜可能消磨男子汉气概，造就一批神经兮兮的家伙。这肯定不利于国家——危急时刻，这一帮人怎么上得了战场？因此，他坚决主张将诗人驱逐出理想国。幸而后世的众多美学家并未附和柏拉图的主张，他们似乎更乐于援引康德的思想。当然，没有多少人愿意清晰复述康德的"三大批判"，从而将审美视为这个严密逻辑架构内部的一个理论关节。美学家谆谆告诫我们,必须对审美保持宗教般的虔诚,为之热泪盈眶,而不是庸俗地询问可以兑现哪些实用目的。"无用之用"是一些美学家时常使用的短语。如今看来,多数人并没有被这个玄妙的表述吓住。我们受过科学训练,这种表述缺乏必要的严谨。科学知识鄙视那些貌似机智的矛盾话语。一个工程师可以精确地告知铸造技术、电冰箱或者无线通信可以向社会提供什么。但是,墙上的那一幅油画为什么可以售价百万?不就是薄薄的一张画布吗?画布上几个苹果、一颗白菜、花瓶里插了几枝花。然而,苹果、白菜、花瓶不是已经在桌上了吗——为什么还要重新画一遍?

争论早就蔓延到文学的"外部"。

二

关于文学,能不能谈一些简单而有趣的事情?例如体验,身体的经验。

身体是"自我"的首要标志,也是"自我"的边界限制。五官、四肢、百骸、身份、固定的社会关系、母语、文化传统、国界:身体陷入重重叠叠的枷锁。没有人可以甩下自己的身体自由地飘荡。可是,"生活在别处"。声称不在乎"单身狗"这个称呼,声称乐意品尝和享受孤独感——可是,即使锁好居室的大门,甚至拴上链条,我们的无意识仍然期盼一个意外的叩访。当然,没有人敲门,只有一份报纸如期地塞入信箱。我们巨细无遗地读遍新闻版面,哪怕是两个版面之间的夹缝:股市下挫,新款的奥迪汽车降价,十字路口的红绿灯失修多时,城郊的湿地发现某种久违的候鸟,太平洋上的一个台风几天之后可能影响本地……我们没有考虑购买汽车或者带上长焦镜头拍摄候鸟,然而,这些消息表明偌大的世界与我们同在。现在更多的是社交网站和满天飞的微信。据说我们每四分钟就会看一次手机,我们与电脑屏幕相对的时间肯定超过了与亲朋好友聊天的时间。某一个网站曾经直播一个人的一日三餐,居然观者如堵。强烈的窥视欲显示了身体内部的熊熊火焰。我们仿佛安详地倚在一把靠背椅上,漫不经心地摆弄计算机键盘,可是,我们的内心多么渴望踏入别人的日子。

那么,为什么不试试文学呢?我曾经说过,我读过的新闻数量远远超过了文学,我记住的文学数量远远超过了新闻。每一天的生活之中,新闻占有相当大的比重;十天乃至半年的生活,新闻的分量几乎消失——谁还能想得起半年之前的新闻?可是,我们想得起两百多年前的文学,例如《红楼梦》,甚至想得起一千两百多年前的文学,例如李白的诗。读新闻仅仅是局外人的隔岸观火,文学是一种内心的进入,让我们以关云长或者安娜·卡列尼娜自居。以某某自居即是另类的体验,想象另一个身体接收的信息。互联网正在加速虚拟空间的研制,一套电子装置可以体验某些异常的情景,例如航天飞机驾驶舱,极地冰川,甚至销魂的性爱情节。当然,文学的语言符号提供的是精神遨游的大世界。苍茫大地,万物生长,千姿百态,三教九流,那么,让我们试着做一回孙悟空、林冲或者贾宝玉如何?怜悯,哀怨,残忍,激怒,恋恋不舍,澄明的顿悟,一事能狂便少年,老去诗篇浑漫与,文学持续地制造种种微妙的内心震颤,这一切终于酿成精神的脱胎换骨。

这种观点是不是有些夸张?现在的气氛已经改变,终于可以放肆地公开抵制文学教授了。所谓"精神的脱胎换骨"云云,无非是训诫教诲的另一种形容。抛入观念的戈壁滩,文学的乐趣迅速地蒸发、干涸。福楼拜或者陀斯妥耶夫斯基沉闷无比,那个表情阴郁的鲁迅为什么拥有那么大的名声?不要相信什么文学经典,《红楼梦》几乎无法卒读。谢天谢地,幸好没有人逼迫我们啃那一本天书一般的《尤利西斯》,真是折磨人。企业或者实验室忙碌了整整一天,文学就不要再增加负担了,拜托。许多人的文学兴趣之所以维持下来,显然是因为金庸的存在。武功盖世,快意恩仇,葵花宝典,独孤求败,一会儿悬念丛生,一会儿血脉偾张,不读到最后一页就是放不下书本。现在,这种文学已经遍布互联网。武侠江湖之外,宫廷戏的魅力长盛不衰。《步步惊心》《芈月传》扣人心弦,《琅琊榜》是江湖与宫廷的再度联手——据说,电视连续剧之中那些俊俏的小哥搅得众多姐妹芳心不宁。教授们,别在课堂上故作渊博了,文学在这儿呢。

文学教授勃然大怒。孽障!这是欲望,而不是文学。的确,精神分析学意义上的"欲望"。按照弗洛伊德的构思,欲望是想象的驱动力,我们在文学白日梦的体验之中获得隐蔽的满足。对于我们这些庸人说来,谁愿意体验一个悲苦的乞丐或者无聊的看门人?当然是君王,富翁,英雄,情场上的得意者。低三下四的小混混也行,只要拥有韦小宝那般运气。手无缚鸡之力

的韦小宝安然地闯过刀光剑影,手握黑白两道,最终收获了七个美貌的太太和一大笔横财。洪福齐天,修成正果——这就是金庸讨人喜欢的秘密。如何称得上一个好故事?惊险万状,跌宕起伏,最后平安着陆,"从此过上了幸福的生活"。这是故事情节的理想原型,也是我们内心的强大欲望。

欲望并非那么卑鄙,即使是弗洛伊德念念不忘的性欲。文学想象始终拥有这一支血脉。然而,弗洛伊德企图证明的是,跨入社会即是欲望的受挫。现实的"超我"构成了封锁欲望的无数禁忌。体验欲望制造的幻觉仅仅是一个游戏。game,天真地按照游戏的规则构思生活肯定摔得鼻青脸肿。神秘的江湖在哪里?为什么始终没有在芸芸众生之中发现身著白袍的英武剑客?那个多情而俊俏的师妹何故迟迟还未现身?这时,文学教授叹了口气拍拍年轻人的肩膀:孩子,别等了,没有江湖、剑客和师妹。如果沉溺于幻觉而久久回不过神,这种状态的名称叫做"癔病"。沉吟片刻,文学教授开出的药方是——男的可以读一读《堂吉诃德》,一个疯子如何把风车当成了巨人;女的可以读一读《包法利夫人》,那种伪浪漫只能乞求致命的砒霜收拾残局。

就算可以穿越到唐朝的大明宫当一个千娇百媚的妃子,还是会被一脚踢回二十一世纪,踢回那一间无聊得透不过气的办公室。听不懂唐朝的长安话;不知道唐朝的礼仪习俗;不会骑马,偶尔坐一回马车屁股颠得生痛。没有卫生间,诸事不便;没有手机,无法在微信上和闺蜜分享唐明皇的风采。穿越之前特地耗资不菲到韩国整容,可是唐明皇连眼珠子都没转过来——他感兴趣的那些宫女并不漂亮呵。归来吧,一个人只能适应自己那个时代,点点滴滴无不来自历史的塑造。这时,文学教授开出第三帖药方——历史。

利用文学认识历史。摆脱弗洛伊德而回到马克思,正如弗·詹姆逊——美国那个著名的左翼理论家——对于第三世界文学的期望。无论是杜甫的蝴蝶、《红楼梦》的钗黛之争、鲁迅的"狂人"和阿Q,还是巴尔扎克"人间喜剧"之中的各色人等,一切无非历史的寓言。封建社会大厦将倾,资本主义必然灭亡,历史剧变的症候可能烙印于几句争辩、一场宴会或者某种奇特的性格之上。咫尺万里,见微知著,必须让个人的曲折命运或者情节的必然结局隐含宏大的历史规律。文学终于掠开了众多烦琐细节和杂碎的欲望,荣幸地领取到一个重大的使命。

三

文学乃"正史之余",古人之中相似的观念比比皆是。史学家常常抱有特殊的自豪。"经国之大业,不朽之盛事",这种评语仿佛是授予他们的。史学家拥有渊博的学问和不凡的见识,还有秉笔直书的气节。帝王将相通常充当了历史的主人公。因此,史学家时常侍奉于君王左右,大多数时候享受尊敬,偶尔享受厌恶乃至杀身之祸。尽管梁启超讥讽二十四史无非二十四姓的家谱,陈陈相因,不堪卒读,但是,史学家想的事情是三皇五帝,三纲五常,以史为鉴,安邦定国。相对地说,许多文学家仅仅热衷于轻浮的恭维之辞。李白号称"天子呼来不上船",为人桀骜不驯,醉醺醺入宫的时候,居然吆喝唐明皇的宠臣高力士脱靴子。尽管如此,落到纸上的诗句依旧是"云想衣裳花想容"或者"一枝红艳露凝香"。所以,文学家只能发配给史学家打下手,提供一些补充材料。现代史学的关注范围已经远远超出了宫廷的围墙。制度、革命、贸易、战争、地理大发现与交通、国家的独立、民族的解放……史学家不断地描述各种巨型景观,一轴绵延的长卷。这些构图的许多局部模糊不清,文学家负责填充和修补。

可是,"以诗证史"只能是一种松散的、间接的呼应,不可古板地刻舟求剑。"天姥连天向天横,势拔五岳掩赤城""乱石崩云,惊涛裂岸"——把李白的"天姥山"或者苏轼的"赤壁"作为具体的史料填入史学论文可能造成巨大的误差。我们会在某些时刻惊讶地发现,史学与文学的递进关系失效了。一首诗或者一部小说无法稳妥地安置在历史长卷指定的方位,美学的锋芒甚至扰乱了各种图景之间预定的秩序。很久以前,文学的不驯就曾经给古人带来了麻烦,以至于不得不请那些引经据典的训诂专家出面灭火。孔子一时不慎,竟然将"关关雎鸠,在河之洲。窈窕淑女,君子好逑"这种打情骂俏的言辞收入《诗经》。作为补救和掩饰,日后的汉儒不得不强词夺理地论证这首情歌颂扬的是"后妃之德"。时至如今我们已经明白,文学时常在史学家绘制的长卷内部制造塌方事故。王维的诗、沈从文的《边城》或者纳博科夫的《洛丽塔》如何衔接制度、革命、战争?令人头痛的难题来了。

也许,我们不得不迂腐地字斟句酌:何谓"历史"?既然愿意为"历史"耗费精力,确认这个名词的若干基本含义并非多余。历史是过往的一切事情,这个观点不至于有多少歧义。那么,历史是一个先验的、固定的存在,还是人工合成的?我们仅仅是发现历史——如同发现一个煤矿吗?历史会不会由于不同的认识扩大或者缩小自己的边缘,或者打开一个前所未有的空间?历史是如何叙述的——一个固定的实体与非他莫属的语言吗?叙述之外的历史如何存在?只有史学家有资格叙述历史吗——文学能否充当另一种方式的历史叙述?这时,提问将遭到断然的阻止:怎么可能?天方夜谭。

现在是指出一个混淆的时候了——因为延续多时而根深蒂固:史学家的历史著作常常被视为历史本身。我们无法在历史著作之外目睹过往的事情,因此,史学家的叙述行为多半遭到了遗忘。当然,遭到遗忘的还有另一个问题:文学叙述为什么不能分一杯羹?

史学家的叙述不仅注重所谓的"真实"实录,而且注视的是各种大规模的社会事件,主角之外的大众仅仅潦草地填塞于事件轮廓各种缝隙之中,成为一群面目模糊、频率相似的平均数。历史著作的叙述对象是社会,游离于这个主题的无数细节、人物性格、现场氛围遭到了干脆利落的删除。文学的"虚构"为什么不是谎言从而赢得了道德的豁免?古希腊的亚里士多德已经为之辩解。这个哲学家的结论是,诗比历史更富于哲学意味,因为前者利用"虚构"显现了存在的深刻"可能"。然而,我关注的是文学的聚焦和分辨率。相对于历史著作所叙述的"社会",文学叙述的是"人生",人的命运。许多被"社会"主题抛弃的内容将在文学之中复活。额头上的皱纹形状,抽什么牌子的香烟,火车站的偶遇和情人的笑靥,雨中枯叶带来的几丝伤感,身材矮小潜伏的自卑感如何演变为争强好胜的能量,那一天一件不得体的西装如何摧毁了一场朦胧的恋爱事件……总之,那些从各个方向触动和修改"人生"以及命运的日常细节。相对于历史著作的民族、国家、制度、经济、军事,文学兴趣的焦点是性格、命运、恩怨、情结和情绪,精神创伤或者无意识,等等。

小题大做——总之,文学有些"小"。所谓的"大/小"即是意识形态赋予的感觉:以体积比拟不同的重要程度。相对于天道、诸神、族群、国家、社会,个人的"人生"以及命运始终是"小",犹如一砖一瓦之于巍峨的大厦。没有一砖一瓦的积累,巍峨的大厦从何说起?这种观念的颠倒是现代性来临之后的产物。从人文主义运动到市场经济世俗气氛的推波助澜，众多学科的合力缓缓地转动了方向盘。文学史遗留下这种转变的痕迹。古代的神话传奇没有日常生活，我们见不到那些英雄人物的家庭财务开支、如何换洗衣裳以及在哪儿如厕。现实主义小说开始描写日常环境和普通人：肖像，家居，服装，沙龙里的语言机锋，法庭上犯人的神态，甚至细致到大门上锃亮的铜把手和马车轮子上的螺丝钉。现代主义"意识流"试图扫描内心的微小波纹，还原个人的内在图景。文学按照自己的聚焦和分辨率叙述"过往的事情"，再现了史学家粗大的叙述线条无法勾划的节点。这些普通人以及日常近景之所以不可化约，恰恰是因为显现了另一种不同于历史著作的"历史"。这种"历史"可能证实史学家提供的巨型景观，也可能证伪，或者发现某些史学家无暇涉及的故事：那些为正义而献身的人也会嫉妒、耍小心眼或者制造谎言，几个对手令人敬重的程度甚至远远超过自己的队友；埋葬旧时代的壮举不仅凯歌高奏——我们的内心或许还隐隐回响着另一曲低沉的挽歌，众多神圣的、面容黝黑的底层大众可能存在各种陋习——吝啬，懦弱，言而无信，低效率以及缺乏时间观念，粗野或者不卫生，如此等等。历史著作无法简单地收编这些故事，文学叙述的"历史"毋宁说增添了另一些主题，例如人的质量、信义与道德、暴力的意义、手段与目的、入世与超脱、世俗功名与"不知老之将至"的喟叹……我们肯定会在某一时刻冒出一个疑问：如此另类的主题持续积累，哪一天会不会突然倾覆了历史著作？

有一利必有一弊，洞见与盲视始终如影随形。沉溺于斑斓的近景，文学可能再也察觉不到历史的韵律。卢卡契曾经批评左拉的"自然主义"：日常景象的就地扩张，细节肥大症。细节的洪流过于粘稠，以至于凝滞不动。某些现代主义文学推出的是孤立、静止的个人，一切社会关系俱已斩断。内在的运动停顿之后，表象的无限复制仅仅是没有生命的堆砌。这种文学无法与历史著作对话、抗衡。

允许文学从历史著作之中出逃，决非怂恿文学傲慢地自诩为大众独一无二的信仰。另一些学科的知识并未失效。文学家并不能回避经济生活或者法律条款，也不能脱离医学和生物学的庇护。当然，政治学、社会学、物理学、数学、气象学或者地理学也从未离开。林林总总的知识积聚成巨大的话语平台，文学以独立的身份投入多维的对话网络，甚至在激烈的博弈之中抢夺领跑的位置。文学的声音可以洪亮或者微弱，但是，不能没有文学的声音。

四

这一段时间，全世界都在谈论"阿法狗"（AlphaGo）与李世石的围棋对垒。李世石意外地4：1落败，震惊的范围正在扩大。棋手、科学家、人文知识分子、军事专家或者金融人士纷纷露面发表感想，人工智能的挑战开始让万物的灵长感到惊慌了。数千年的文明彻底打垮了深山老林的虎豹豺狼，但是，文明内部的某一个部位正在产生不祥的异动。多年之前，我曾经对机器自不量力地问鼎围棋表示不屑："围棋体现了人类智慧的深邃。不言而喻，人的记忆和计算不可能超过电脑，但是人能够构思、奇想，制造种种意料不到的局面。这使人永远握有一份主动。"然而，现在我愿意开始收回草率的结论。

围棋的变化是一个　　　　的棋盘存在 361 种可能，落下第一子之后存在 360 种可能　　　　在 359 种可能，照此类推的计算是 361×360×359×3　　　　总数是 10 的 172 次方。据说前三手就有 46655640 和　　　　能对这种数字望洋兴叹，有限的脑容量不得不遭受机器超强计算优势的镇压。因此，我们预定的策略是，绕开数据较量的方阵制造出其不意的棋盘局势，应变和独创往往是机器之短。然而，"阿法狗"的表演令人吃惊。所谓的独创并非突然的心血来潮，数据分析是各种研判的强大依据。李世石祭出各种异常招式的时候，"阿法狗"多半可以应付裕如。

如今，"大数据""云计算"似乎正在成为新型的神话。那些贮存于硬盘之中的枯燥数据具有神一般的魔力，它们时常下凡，从各个方面重塑生活，制造一些令人匪夷所思的情节。从导弹发射轨道、金融数据分析、嫌疑分子的监控到交通导航、基因测序、电子商务，计算机正在众多区域颠覆传统世界。一种如此强大的机器正在全面入侵，我们还能安然入眠吗？所以，许多人将围棋的失守解读为意味深长的历史信号。

接受了"阿法狗"的强硬存在之后，我所关注的是一大一小的两个问题：

一是人工智能会不会对人类形成致命的威胁？二是人工智能可否代替作家成为文学的生产者？我的心目中，上述两个问题存在特殊的联系。

据媒体报道，斯蒂芬—霍金和伊隆—马克斯等人强烈呼吁人类警惕人工智能将会带来的巨大危害。所罗门的瓶子已经打开。如果研发人工智能是人类的最大错误，那么，这也可能是最后一个错误——此后不再有人类。或许这并非危言耸听。"阿法狗"的成功证明，人工智能令人骇异的发育速度是人类缓慢的生物进化无法匹敌的。一种乐观的估计是，人工智能的神速进步可能在某一道无形的门槛面前自动停下来，无法逾越，人类的大脑恰恰在门槛的另一边。当然，必须追问的题目是——谁可以保证这一道门槛的真实存在？由于无法描述人工智能的内部构造，我宁可注视一个重要的外部标志：当人工智能可以独立地生产人工智能的时候，危机即将来临。如同人类的自我繁殖，人工智能将以另一个"类"的面目问世。那一天的世界是：男人，女人，机器人。

当然，拥有制造技术并非拥有同等的制造意愿，正如一个育龄女子不一定乐于生育。制造技术与制造意愿来自不同的编程，后者属于情感范畴——现在轮到了文学发言的时刻。

如同敲开围棋的大门，人工智能肯定不会绕过文学这一片沃土。刚刚传来的消息是，日本诞生了四部人工智能系统制造的小说。两部小说的主要零件——例如出场人物、故事大纲——由人类提供，人工智能负责自动生成一个完整的故事；清华大学的机器人"薇薇"写出了二十五首古诗，"梅花不可知，何处东风约"之类。尽管专家还没有打出很高的分数，但是，地平线上已经曙光初见。"阿法狗"贮存了数十万盘的棋谱，这是机器与李世石一争短长的资本；某一个硬盘如法炮制地贮存全世界的文学经典，文学"阿法狗"是否如期降临？"熟读唐诗三百首，不会作诗也会吟"，作家不就是如此炼成的吗？

可以想象人工智能率先突破某些流行文学类型，例如武侠小说、侦探小说或者宫廷戏。分析众多成功之作的节奏和各类读者心理波长的数据，人工智能可以概括精确的叙述公式：多长的距离抛出一个悬念，多长的距离安排一场格斗，什么时候插入一段小小的感情戏，什么时候分配几个人物死亡，穿插多少花絮掩盖叙述公式的重复与刻板，大结局由几支线索的曲线交

汇为多大跨度的高潮,等等。人工智能可以轻易地运行类似的文学写作软件。然而,如何仿制无章可循的文学经典?所谓的"独创"表明,每一部文学经典的成功理由各不相同。不论"阿法狗"与李世石的搏杀如何复杂,"赢棋"是处理所有棋局的唯一意图。文学"阿法狗"编程遇到的首要问题是,文学经典的共同追求是什么?

种种心理产品可以视为文学的成效,例如曾经提到的感动、激愤、憎恶、忧伤或者愁绪。这些情感范畴与超强的计算几乎没有联系。围棋的对弈之中,"阿法狗"可以娴熟地使用"弃子"战术——牺牲局部的若干棋子,换取全局的有利形势;局部与全局之间的利益换算难不住人工智能。然而,一个战役遇到相似的情况时,决策的将军可能愁肠百结。派遣哪些士兵充当牺牲品?血肉之躯与棋子的区别即是计算之余的情感。

文学卷入的情感范畴涉及生命与生命之间的秘密。为什么被一种表情突然打动?为什么挚爱迅速地转换为仇视?为什么点头哈腰的谦逊隐藏超常的反弹?为什么挥刀相向的瞬间被巨大的怜悯淹没?为什么一张美轮美奂的脸庞——而不是物质利益——居然导致大规模的战争?为什么战争胜利之后还要从坟墓之中挖出仇人的尸体"鞭尸三百"?不可理喻。这些情感症状仅仅是生命之间的呼应而非人与物的关系。多数人厌恶血污,而且被臭烘烘的躯体内脏熏得剧烈呕吐,但是,他们不在乎拆卸一台闹钟或者打开汽车引擎盖观察发动机。至少在目前,人工智能无法加入生命之间的关系,识读各种情感符号。因此,文学仍然是一个巨大的迷宫。人工智能不明白为什么"举头望明月"之后是"低头思故乡"而不能"欣然赴远方",不明白痴情的林黛玉为什么不时对贾宝玉翻脸和恶语相讥,也不明白哈姆雷特为什么迟迟不愿实施他的复仇计划。有人已经发现,擅长计算的"阿法狗"暴露出一个明显的弱点:仅仅遵从正确的计算结果而不会欺诈。兵不厌诈。欺诈时常在情感较量之中获益,例如示弱、哀婉、撒娇、佯狂,等等。情感较量或许是人工智能的陌生领域。例如,甄别凶手与受害者的时候,人工智能会不会迷惑于伪装的痛苦表情或者虚假的愤怒口气?对于老练成熟的表演者,现有的测谎器过于粗陋了。

然而,"阿法狗"的发育速度隐藏了一种令人生畏的可能:不远的将来,人工智能会迅速地弥补缺陷,掌握各种情感范畴,继而拥有无与伦比的"情商"。谈论"阿法狗"与李世石围棋对垒的时候,一句玩笑之辞曾经让我大吃一惊:"阿法狗"会不会佯装失败——当我们威胁要拔掉机器电插头的时候?大臣与君王对弈的时候常常表情灿烂地认输,这是人类社会司空见惯的甜蜜骗局。某一天当"阿法狗"精通这种策略的时候,这个世界的另一种深刻变化就将开始。并非没有预警,我想起了电影《机械姬》。亚里克斯-嘉兰任编剧兼导演。一个神秘的富翁邀请公司一个男性员工来到深山之中的别墅,测试一个以女性面目出现的智能机器人"艾娃"是否存在"自我意识"——当然包括情感。后续的情节表明,"艾娃"不仅会嫉妒、怨恨、得意,而且,它的哀怨表情成功解除了观察者的戒心。故事的结局是,"艾娃"设计杀害了富翁逃出囚牢,自如地步入红尘滚滚的街道。"多么不真实啊!"我记得富翁临死之前的感叹。我想指出的是,继计算和记忆击败人类的大脑之后,如果人工智能进一步清晰地洞悉人类的情感逻辑结构,那么,防范这个对手几乎不可能了。

人工智能攻陷人类情感防线的标志是什么?——文学。当文学"阿法狗"赫然现身之时,当人工智能津津有味地阅读《红楼梦》或者写出可以乱真的古典诗词之际,机器将全面控制人类的精神领域。我不知道这一天还有多远,因而建议定期举行测试。每隔一段时间,我们可以向人工智能输入几句诗词,观察机器产生的后续反应。当终端屏幕显现某种令人愉悦的曲线时,我们要立即瞪大眼睛。当然,许多人肯定猜到了,我推荐输入的第一句诗就是——"穿花蛱蝶深深见,点水蜻蜓款款飞"。

(刊于《十月》2016 年第 5 期)

论"闽派批评"

　　"闽派批评"的称谓一度流行于二十世纪八十年代,当时,为数众多的闽籍批评家同时跻身于文坛,登高而呼,雄辩滔滔,许多重大命题的确立隐含了他们的思想贡献。强烈的理论兴趣无形造就了一个醒目的群体,"闽派批评"即是对这个群体的命名。正如人们所见到的那样,文学史上许多命名并非精心策划或者深思熟虑的产物,相当一部分美学潮流或者学术派别的命名由于不无偶然的历史机缘,例如"现实主义""浪漫主义""朦胧诗",或者"形式主义学派""达达主义""耶鲁四君子",如此等等。"闽派批评"之称并非来自学术特征的严谨概括,这个命名毋宁说源于一个简单的事实:闽籍批评家的人数明显超过各个省份的平均数。

　　可以列举的闽籍批评家名单洋洋大观。一部分批评家长期身在京沪,例如谢冕、张炯、刘再复、陈骏涛、童庆炳、程正民、何镇邦、张陵、李子云、潘旭澜、朱大可,等等。他们多半是年轻时外出求学,毕业之后就职于京沪的学院或者研究机构。另一部分批评家长期活跃在闽地,例如孙绍振、许怀中、刘登翰、林兴宅、王光明、俞兆平、朱水涌、杨健民、谭华孚、南帆等等。个别批评家的活动轨迹相对复杂。陈晓明当年已经在闽地崭露头角,继而求学、定居北京;谢有顺求学于闽地,登上文坛的时候已经栖身于粤地。

　　如此多元的成长背景显明,闽籍批评家并未承传某种共同认可的文学观念。因此,"闽派批评"并非一个彼此师承或者同声相应的学派。从传统的现实主义、人道主义到主体论、科学主义、后现代主义,闽籍批评家活动在跨度巨大的理论场域,分别充当不同主题的领衔主角,譬如谢冕、孙绍振之于新诗论争,刘再复之于文学主体性,陈晓明之于后现代主义。

　　为什么闽籍批评家如此之多——如此旺盛的理论兴趣是否具有地域性的文化渊源?朱熹、李贽、严复不仅是闽籍著名的思想家,同时,他们的文学观点与哲学思想、政治理念相互呼应。闽地的历史上还出现了一些文学批评家,他们在诗论方面尤有建树,譬如严羽、魏庆之、刘克庄等等。严羽的

《沧浪诗话》最负盛名，"以禅喻诗"之说在诗歌批评史上影响久远。辜鸿铭、林纾、林语堂、郑振铎均为文化大师，他们分别具有独到的文学理解、文学实践与文学评判。总之，历史上的闽籍思想家提供了丰富的理论思想资源，以至于坊间有"闽人好论"的戏言。尽管如此，我们仍然无法考证，二十世纪八十年代集体崛起的闽籍批评家具体地受惠于哪些思想线索。他们相对一致的认识是，地域性的文化渊源无非是一个遥远的背景，"闽派批评"的浮现更多地取决于特殊的历史机遇。

二十世纪七十年代末至八十年代初，解放的叙事逐渐成为主旋律。作为解放叙事的先锋，文学承担了摧枯拉朽的使命。文学批评的意义是扩大战果，开拓理论纵深。闽籍批评家接手的第一个理论战役是"朦胧诗"之争。七十年代末期开始，一批风格迥异的诗人开始集结。他们的诗作充满了象征、意象和反讽，情绪忧郁、悲愤、孤寂，音调嘶哑。八十年代初期，这些诗作陆续出现在刊物之上，立即引爆了激烈的争论。对于习惯颂歌与战歌的批评家说来，这些诗作古怪艰涩，主题朦胧——令人气闷的"朦胧"是当时的著名评语，也是"朦胧诗"之称的来源。这些诗人的中坚之一舒婷居于闽地，她的诗作被视为尖锐的挑战。这是一种什么样的诗风？《福建文学》率先发起争论。一时之间，应者云集，诸多批评家见仁见智，蔚为大观。这一场争论成为许多闽籍批评家的发轫之处。

《福建文学》策动的论争延续到1980年的"南宁诗会"，掀起了一次新的波澜。闽籍批评家谢冕、孙绍振勇敢地为"朦胧诗"辩护，张炯担任会议的组织者和主持人。会议之后，谢冕在《光明日报》上发表论文《在新的崛起面前》，继而又在《诗刊》上刊登《失去平静之后》。如果说，谢冕的主旨是告诫人们沉住气，保持宽容，勇于接受挑战，并且历数文学史上成功的变革，那么，孙绍振力图阐发的是新诗背后的美学原则——"与其说是新人的崛起，不如说是一种新的美学原则的崛起"。他的论文标题即是《新的美学原则在崛起》。异于颂歌与战歌的传统，新诗追求的是"生活溶解在心灵中的秘密"。在孙绍振看来，这种美学原则的深刻根源是人的价值标准发生了巨大的变化。至少在当时，这些观点惊世骇俗，以至于谢冕、孙绍振不得不承受学术之外的巨大压力。时至如今，"朦胧诗"已经得到文学史的认可，谢冕、孙绍振的"崛起"之说酿成新的理论话题。王光明、陈仲义等闽籍批评家之所以能够对新诗进行卓有成效的后续研究,他们的开疆拓土功不可没。

"朦胧诗"争论之后,众多闽籍批评家共同卷入的另一个理论事件是"文学批评方法论"的论争。由于解放的叙事纵深扩展,思维方式的改变是迟早的事情。二十世纪八十年代,文学批评再度走到前面。如何解读文学?是不是仅有社会历史批评的唯一视角?各种零星的尝试和试验之后,理论的总结势在必行——"全国文学评论方法论讨论会"于1986年春天在厦门召开。当时,符号学、精神分析学或者接受美学等诸多西方批评学派尚未登陆,打动批评界的毋宁是以自然科学为范本的科学主义。信息论、控制论、系统论被奉为时髦,不少文学研究论文以列举图表、数据与数学公式标榜科学精神。厦门会议的论辩之中,林兴宅抛出一个大胆的命题:"诗与数学的统一"。马克思曾经认为,任何一门科学只有充分利用数学才能达到完美的境界,诗与数学的统一显然是这种观点的美学追随。不过,过度的科学主义引起另一些闽籍批评家的非议。在他们看来,科学方法仅仅提供各种描述真实的视角。如果无法确认文学批评力图阐述何种价值观念,批评家又怎么知道选择哪一种描述视角?因此,没有理由用貌似客观精确的科学话语覆盖人文情怀。

几乎与文学批评方法论的讨论同时,闽籍批评家刘再复提出文学的主体性,这种观点是文学对于主体哲学的致敬。刘再复分别阐述了作为创造主体的作家、作为文学对象主体的人物形象和作为接受主体的读者和批评家。尽管现代哲学对于主体概念的种种质疑不可避免地波及文学主体性命题,但是,多数人深切地体会到隐藏于这个命题背后的苦心:构筑一个以人为思维中心的文学理论与文学史研究系统。这个意义上,闽籍批评家的理论工作显示了一脉相承的连续性。众多闽籍批评家的知识谱系相距甚远,可是,他们不约地围绕相近的问题持续地思考,这只能解释为历史的迫切性。

"闽派批评"的出场引起广泛的关注。当年,王蒙曾经针对文学批评发表过一个颇具影响的观点:"闽派批评"堪与京派、海派呈三足鼎立之势。籍贯、地域文化渊源、历史机遇——"闽派批评"命名的依据显然是三种因素的相加,尽管三者的意义并不相等。然而,这个命名之所以普遍流行,显然得益于几次影响广泛的批评实践。没有批评实践的支持,种种人为的舆论吹嘘走不了多远。必须补充的一个事实是,福建省文联八十年代创办的一个理论刊物《当代文艺探索》为"闽派批评"的粉墨登场提供了重要的舞台。尽管这个刊物仅仅存在三年多的时间,但是,京、沪、闽三地众多闽籍批评家担任这个刊物的编委,刊物发表了"闽派批评"的许多重要论文。因此,谈论"闽派批评"的组成范围,通常会提到《当代文艺探索》的主编魏世英,副主编王炳根、林建法、林焱和编辑王欣。

二十世纪九十年代,"闽派批评"之称逐渐淡隐。当然,这不等于闽籍批评家销声匿迹。一些批评家虽然年事已高,但是,老骥伏枥,他们仍然密切注视文坛的动向,不时发表真知灼见。更多的批评家精思不辍,开拓不已:谢冕对于诗歌一往情深,他的主要工作始终聚焦于诗歌领域;王光明、陈仲义与谢冕相近,诗歌的信徒是他们从未放弃的身份;相对地说,孙绍振的学术战线辗转不定,他曾经涉入普遍的美学问题,继而转向微观的文学写作、经典文本分析和中学语文教育;刘再复移居海外多年,置身于另一种文化环境沉思中国文化传统的种种重大课题。如果言及闽籍批评家转身幅度之大,刘登翰或许是一个特殊的例证。他于九十年代逐渐转向海外华文研究,不仅成绩斐然,而且形成学术梯队,其中佼佼者如刘小新、朱立立。九十年代之后,"文化研究"的学术背景将性别研究推向前台,闽籍批评家林丹娅积极介入女性主义文学批评。至于陈晓明、朱大可、谢有顺,俱已卓尔成家,他们广泛涉及当代文学及当代文化的各种问题,指点江山,激扬文字。由于学院造就的良好学术环境,许多出生于六十年代、七十年代、八十年代的闽籍批评家正在迅速地成熟……相对闽籍批评家二十多年的工作状况,这些描述无疑挂一漏万,我企图借助这些描述提出的问题是:面对如此之多的学术资源,是否到了重提"闽派批评"的时候了?

重提"闽派批评",制造乡贤的学术聚会或者地域文化表彰仅仅是次要目的。重要的是发现新型的话语平台,召回曾经活跃的批评精神。闽籍批评家是不是可以如同当年一般犀利骁勇,积极介入各种重大的文学话题,正本清源,激浊扬清?很大程度上,这同时是文化环境的迫切要求。

现今的文化环境之中,文学批评正在滑向边缘。娱乐新闻、明星八卦以及形形色色的游戏节目占据大部分传媒的版面;许多人心目中,网络文学几乎等同于文学的范本。与此同时,经典文学体系的声望急剧下降,严肃正在某些人心目中演变为令人厌倦的品质。这时,文学批评何为?文学批评将在这个时代文化之中扮演什么角色?愈来愈多的批评家意识到这个问题的分量。二十世纪曾经被称为"理论的时代",繁盛的理论生产为文学批评提供了多种考察文学、考察世界的视角。批评家可以发现各种文学话题,还可以借助文学话题阐述对于世界的各种观点。"闽派批评"的历史证明,由于批评家不懈的呐喊、辩驳、阐发和倡导,某些显赫一时的声音消失了,另一些大逆不道的观念逐渐成为共识。作为文化空间的开拓,文学批评的意义远远超出了文学范畴。如果说,"闽派批评"的称谓曾经贮存了丰盛的文学记忆,那么,许多闽籍批评家即将开始面对另一个新的故事:这个称谓如何内在地织入文学的未来?

(刊于《人民日报》2014 年 10 月 28 日)

第二编

分享学术

凤凰树下随笔集

七七级

一

报纸宣称,近些年冒出了许多文学神童,小小年纪就写得一手好诗,甚至直接写多卷本长篇小说。但是,我还没有听说哪一个文学神童打算写回忆录。回忆至少是年过半百的老家伙才能玩得动的游戏。这些哥儿们曾经彻夜不眠地谈事业,谈女人,谈如何周游世界的五湖四海;现在,他们腆起肚子,膝软牙松,裤兜里藏一瓶救心丹,空闲的时候就凑在一起聊养生。一把年纪的人已经写不出动人的情书,要写的话只能是回忆录。

"很久很久以前",这是许多故事经典性的第一句。他们的故事得从哪里开始呢?许多人毫不犹豫地直奔三十年前——1977 年。1977 年是一大批人共有的幸运年份。这些人老少不一,天各一方,星星点点地散落于广袤的田野或者破旧的厂房。1977 年的时候,尘封已久的大学校门吱呀一声打开了,他们就在这个时刻一起苏醒了过来。社会上的许多人还来不及回过神来,他们已经成为第一批历史的受惠者。这就是众所周知的"七七级"。刚刚跨过大学门槛的时候,这一批人穿着皱巴巴的中山装,或者梳着长长的辫子,几件行李草草地塞在木板箱子里,偶尔也会因为打破了热水瓶或者丢失了一两本杂志烦恼拌嘴。但是,不俗的书生意气是这一批人共有的特殊神情。据说 1977 年大学录取率不到百分之五,被挑上的多少都算个人物。我所就读的厦门大学,这一届学生不仅读书用功,而且擅长在辩论中使用政治大概念,演话剧、诗歌朗诵、大合唱或者各种球类运动都能露一手。三十年弹指之间,"七七级"之中的一部分人已经身居要津,目光远大。公众舆论之中,1977 年考入大学的二十七万人逐渐成为一个神秘的方阵,"七七级"如同他们之间特殊的联络暗号。"七七级的吗?""七七级的。"于是心领神会地点点头。江山代有人才出,1977 年迄今已经有三千多万的考生闯关夺隘涌入大学。尽管可以听到大大小小的天才们许多有趣的故事,但是,他们的光荣只能属于个人——后来的考生再也享受不到"七七级"这种特殊的集体荣誉。

尽管我是这个团队的一员,可是对于写作这一篇回忆仍然犹豫再三。我不太愿意利用这个集体荣誉怂恿自恋主义情绪。"七七级"之中的确藏龙卧虎:一些人进入大学之前已经熟读马克思的《路易·波拿巴的雾月十八日》,围在乡村的火塘旁边议论民族国家的命运;一些人隐在北京的平房里或者在白洋淀的芦苇荡写出一批风格神秘的诗句;还有一些人始终孜孜不倦地钻研数学或者外语,仿佛早就在那儿等待破冰的一刻。至于各地的小头目、小秀才、小名流,"七七级"之中比比皆是。一个家伙感叹地说,他在当地好歹也算一个跺跺脚地皮就会抖的人物,怎么搁到了"七七级"就无声无息了?"天生我材必有用",读书的种子,精英气质,未来的栋梁,这些事后的褒扬渐渐汇聚成了"七七级"的固定评语。"七七级"如同一颗掠过夜空的彗星,它的明亮尾巴一直拖到了三十年之后的今天。

可是,这似乎不太像我。虽然我已经出版了若干部著作,提出了几个略为得意的文学观点,但不可否认的是,1977年的时候,我经历简单,资质平平。那个时候,我表情冷漠地游荡于乡村与城市之间,心灰意冷地对付"知识青年"的困窘生活。我的确暗地里下过决心,要像一只皮球那般顽强,无论被按到多深的水里都要竭力上浮。然而,这仅仅是一种倔强的生活信念,丝毫不存在对于社会乃至历史的真知灼见。我已经不止一次地坦白,我的期待只不过做一个不错的乡村木匠,在砰砰的斧凿声和清香的木板刨花之中娶妻生子,安家立业。1977年的时候,中学功课的残存碎片帮助我冲破了那几张考卷设置的栅栏,这或许是幸运的偶然。我们这些混入"七七级"队伍的庸常之辈已经占了不少便宜,就不要再借用"七七级"的名义为自己做什么文章了。不写也罢。

改变我这些想法的是一个来自外省的民工。因为修缮房子,我需要买一些建筑材料。我在社区门口的一堆沙子和几摞砖头旁边看见了这个晒得黝黑的家伙。他纠集另外几个民工,干一些欺行霸市的勾当。他的沙子和砖头卖得特别贵。如果社区居民到别处购买建筑材料,他就会想方设法刁难运输的车子,甚至把他们打跑。我用江湖气十足的口吻和他搭讪了一阵,暗示说我有一个当警察的弟弟。这多少吓住了他。压下了价格之后我点一支烟和他聊起来,他告诉我前几年不过差了两三分没能考上大学,只好离开家乡满世界混生活。因为脑袋好使,周围几个老乡成了他的喽啰。我当时心里咯噔了一下——如果考不上大学,或许我也是这副模样?我历来不太善于将自己的形象估计得高大一些。因为意外的运气而成为百万富翁,因为某种神秘禀赋而过上特殊的日子,这种幻想在我的脑子里逗留的时间越来越短。没错,不进大学我也能活得头头是道,只不过我的全部才能恐怕得挥洒在尘土飞扬的街头。

我就是在此刻明白过来:我的确用不上"七七级"的崇高声望——我只配享用附加于这个历史事件的一个小小主题:大学彻底改变了我的个人命运。一张录取通知书神奇地将生活截成两段。湿滑的田埂,水田里叮在大腿上的蚂蟥,三伏天挥汗如雨地割稻子,压得人直不起腰的担子,楼梯边上的大坟茔,房子后面那一口冰凉彻骨的水井,跟着手电筒光圈曲折蜿蜒的银环蛇,夜风里零零落落的几声犬吠……这些灰头土脸、汗水腌透的日子被远远地阻拦在大学围墙之外,如同另一个时代拍摄的黑白老电影。1977年开始,我的日子仿佛用透明塑料薄膜仔细裹好藏进了保鲜柜,鲜嫩光滑。如今看来,入学与否的确是人生途中的分岔口。当年一起下乡的知识青年之中,大约三分之一的人先后考上各类学校,毕业之后安居乐业。剩余的知识青年在随后的日子里陆续返回城市,前几年多半又陆续下岗待业。

二

我依然记得,2002年的时候曾经应约写过一篇小文《分量》,纪念大学毕业二十周年。《分量》之中保存了一些记忆、心情和若干的细节,干脆全文照录——

1977年的夏季,我是一个手执镰刀、衣裳褴褛的农民伫立在田头。我的手心结了很厚的老茧,内心日甚一日地迟钝。恢复大学考试的传闻断断续续地飘来,我并没有意识到什么。"大学"这个字眼距离我的生活已经十分遥远,我从未觉得那一圈围墙里面还会和我有什么联系。我的理想是争取做一个不坏的木匠。

可是,消息日渐一日地明朗,周围都在蠢蠢欲动,考试终于成了一件事。当然,也就是一件可以试一试的事情而已,我不允许自己寄予过多的乐观想象。那时已经没有志气将爱因斯坦之类的科学家作为后半生的偶像,学术如同天方夜谭,大学录取的真实意义是口粮问题一劳永逸地解决。我不敢轻易地相信命运的慷慨大方。我的父母亲曾经作为下放干部滞留乡村多年,我深知要将户口搬回城市会遇到多少额外的麻烦。这是中断了十年之后的大学考试,预测的录取率不会超过十分之一。这个数字倒是没有吓住我,这个数字比我可能返回城市当一个工人的概率高得多了。

温习功课的时间不长,也没有太大的压力。我自恃比别人多读了一两首唐诗宋词,中学曾经得到语文老师的表扬,于是决定报考中国语言文学系。有趣的是,功课温习奇怪地召回了我的数学兴趣。我徜徉在一批数学练习题之间,乐不思蜀,以至于不想理会我从未读过的历史与地理。幸亏妹妹及时提醒了我。她报考的是理工大学,但她认为我的数学水平早就不亚于她了。日后得知,我的数学几乎得了满分;数学方面的超额收入恰好补偿了历史与地理的亏欠。这也算失之东隅,收之桑榆了。

奇怪的是,现今我再也记不起我是在哪一个考场进行大学考试——估计是我插队所在附近的一所小学或者中学。记住的竟然是考试前后的一些零星片断:时常忧虑准考证丢失,惧怕政治审查受阻而面对表格愁眉苦脸,体检时就着水龙头喝一肚子凉水降低血压,因为嗅不出三个小瓶子里汽油、酱油和水的差别而大惊失色,如此等等。在我的心目中,这一切要比那几张考卷凶险得多。

忙乱过去之后,我就不愿再想这件事了。天气逐渐凉了下来,一年将尽,似乎没有人知道这次考试的结局是什么。一个百无聊赖的下午,我在另一个知识青年家中闲扯。他忽然提到,为什么这么久了竟然没有大学发榜的消息——莫非又有了什么变卦?这话惹出的焦虑让我有些坐不住,我起身回家——到家的时候恰好收到了大学录取通知书。薄薄的一张纸片:厦门大学中文系。悬在半空中的情绪突然松懈了,一时百感难言。这一刻开始,我才真实地掂量出这场考试的分量。

三

一排"七七级"的新生聚集在厦门大学门口,等待各系辅导员分别把自己的人领走。一个辅导员高声问道:"有数学系的吗?""有!"两个男生应声而出,周围嗡地一片低声议论。一本著名的文学刊物刚刚发表一篇长文《哥德巴赫猜想》,主人公陈景润即是从厦门大学数学系毕业。"有中文系的吗?"另一个辅导员高声发问。"有!"另外几个新生站了出来,周围又嗡地响起一阵低语——谁都知道,《哥德巴赫猜想》的华丽文辞出自著名作家徐迟之手。

1977 年的夏季,我浑身湿淋淋地站在水田里听到了大学恢复考试的传闻。当时的环境之中,考上一所大学远比考上什么专业重要得多。我报考中文系,并不是因为讨厌数学系、物理系或者经济系。一片新大陆突如其来地浮现,惊喜之后就是手忙脚乱。气喘吁吁地游向彼岸的时候,我根本来不及甄别、分辨自己的内心兴趣。仰仗中学课堂和父亲闲聊时传授的文学常识决定后半辈子的专业,这不啻一场冒险的赌博。幸运的是,我押对了。

据我所知,许多大学里面的中文系"七七级"风头甚健。这里聚集了一批各地的才子,缠绵的情诗或者情节离奇的小说雪片般地抛出来。二十世纪七十年代末至八十年代初,历史造就了一个短暂的文学时代。激动人心的启蒙号角,交织在苦难之中的爱情,指点江山和纵论历史的气氛,这一切构成了文学的巨大温床。只要一首小诗就可以赢得校园之内众目睽睽的仰望,诗人的风度、说话手势、阅读的书目以及起居习惯立即享有了特殊的威望。多数人把中文系的课程想象为躺在床上跷起脚读小说,枯燥的文字训诂和繁杂的文学史资料没有多少人问津。不少人听说过拜伦的名言:一朝醒来发现自己已经成名,可是只有诗和小说才能如此惊世骇俗。那个时候,经济学、社会学、法学这些学科还在埋头积累,只有中文系的才子们趾高气扬,风流倜傥。不久前遇到一个经济系毕业的教授。他至今仍然愤愤不平:当年中文系的才子们掠走了他们周围的多少芳心,以至于他们暗地里开始策划一场雪耻的斗殴。

当时我决心专攻小说,即使到了今天,写小说仍然是我内心的一段斑斓的残梦。我相信所有的"七七级"大学生都曾听说过复旦大学的卢新华。据说他的小说《伤痕》先是张贴在教室走廊的墙上，随后被报纸转载。文学史记载了这个短篇小说赢得的巨大声望，但是，文学史没有记载这个短篇小说如何在"七七级"中制造了一个小说写作的大潮。一个在东北就读大学的友人转述过一个壮观的景象：他们在一个巨大的阶梯教室晚自修，只有那些稚气未脱的小毛孩呆头呆脑地背诵教授们的笔记。教室的后两排一溜明灭的烟头，所有的人都在低头奋笔疾书——写小说。那个时候没有人想到这一天：社会对于经济学家、社会学家或者律师的崇敬远远超过了作家。

　　世事的变化是从哪一天开始的呢？总之，数学不吃香了。一个数学系主任负气地说，如果校方允许，数学系宁可加入文学院与中文系、历史系、哲学系为伍。混迹于诸多财大气粗的理工科，囊中羞涩的数学系时常成了受气包。其实，文学也不行了。众多名噪一时的刊物频频告急，出版社的仓库里积压的多半是文学读物。我们的偶像卢新华正在大洋彼岸美国的一家赌馆里发扑克牌。昔日叽叽喳喳地环绕在诗人周围的美女如同候鸟一般地迁徙，纷纷栖息到房地产业、汽车业或者演艺圈。的确，相对于几十亿资金的流向、各路大亨手中的巨额利润以及惊险的股票行情，诗人的浅吟低唱或者流行小说编造的恩怨情仇又算什么呢？可笑的是，我很迟才从华而不实的文学梦之中惊醒过来。九十年代中期的某一天，我在京城的一个饭局上遇到了一位经济学出身的"七七级"。酒过三巡，他开始吹嘘每年过手的钱财有多少个亿，认识多少要人，决定过多少重大项目。看着他那么大的口气和那么大的肚腩，我意识到了文学的渺小。当年的许多文学狂热分子早已撤离，撰写房地产广告词或者起草一份公文的余暇，他们时常后悔青春期的幼稚激情。我与一些昔日的文学同道一起喝茶闲聊，谈房价，谈温室效应，谈交通堵塞，谈张三与李四的绯闻——就是不谈文学。这年头还在那儿搬弄"古典主义""现代主义"或者"意识流"这些术语，看起来就像在炫耀自己读了几本书。一些中文系毕业的故人或许会在寒暄之际客气地问一问文学动态，明智的方法是找一两句俏皮话搪塞。如果一本正经地开讲座，对方的茫然眼神一定会让演讲者羞愧地住口。

　　可是，我仍然说我幸运地押对了。写出一个精彩的句子足够快活一个上午，阅读一部杰作就是一次迷醉。如果一个人的职业就是放纵地享受这种快乐,这不叫幸运又叫什么?虽然文学已经从"经国之大业"的目录上撤销,可是文学始终盘踞在心里。我相信文学是一个人的内心修为。世俗的风沙纷纷扬扬,愈来愈多的人转向实惠主义,手执计算器不停地盘点收支状况。职务,工资,奖金,上司的眼色,菜市场上猪肉的价格,水电费刚刚收过怎么又来了——一张脸皱得像一颗苦瓜,皮肤粗糙,心事重重,要么用尖刻的言辞八方讨伐,要么用讨好的笑容四面逢迎。对于他们来说,文学早就死去。他们忘记了,文学是市侩的天敌。只要内心埋藏了文学的种子,激昂慷慨之气或者浪漫情怀就会在某一刻突然觉醒。这时的凡夫俗子敢于横眉冷对,敢于拍案而起,他们懂得了侠肝义胆和缠绵悱恻,也懂得了如何对那些俗不可耐的喊喊喳喳轻蔑地嗤之以鼻。文学的地盘可能一天天地缩小,但是文学决不会从这个世界上消失。1977年的时候我慌慌张张地撞入厦门大学,随手从书架摸下几本文学经典磕磕巴巴地读起来。三十年之后文学殿堂人去楼空,我却比任何时候都更加明白——这儿是我一辈子的栖息之地。

四

我觉得想道理远比讲道理有趣,于是,离开大学之后我远远地躲开了教师的岗位而在一个专门研究机构工作至今。大约算知识分子吧。人们对于知识分子有哪些想象?戴厚厚的眼镜?咬着笔杆子盯着天空等待灵感?面容苍白,身材单薄,四体不勤,五谷不分?

我一直认为"七七级"出身的知识分子不会那么单纯。收到录取通知的前一天,他们或者肩上还搁着粪桶,或者跟在牛屁股背后扶着犁耙,或者正拉着板车走街串巷。他们之中的许多人外语口音不够纯正,没有拿到钢琴考级证书,四书五经、"子曰诗云"背不出三两句,三步四步的交际舞跳得很蹩脚,甚至从未听说过牛津大学或者麻省理工学院的大名。他们的特殊积累是世事人情,是乡愁,是读不到任何文字的巨大恐慌,是半夜三更的饥肠辘辘,甚至是混杂了绝望的蛮横和粗野。现在,这些知识分子打起了领带,穿着皮鞋橐橐地登上国际学术会议的讲台,或者在某一个万人瞩目的场合慷慨激昂地演讲。但是,我相信这些积累仍然潜伏在身体的某一处,可能在某一个时刻突然复活。只要坐上一趟每个小站都要停靠的慢车,置身于一大堆民工的方言、扁担、麻袋、汗臭和脚臭以及打牌的吆喝和争夺座位的拌嘴之间,以往的全部感觉一下子就回来了。这些生活始终压缩在他们的阅读和写作之中。

"七七级"这一批人于八十年代初期从大学返回社会。他们的性格多大地成就了当时的文化气氛?这是一个有趣的谜团。八十年代的时候,诗人如同口念咒语的巫师令人敬畏;一大堆人心甘情愿地被种种艰深的哲学著作憋得胸部发痛;另一些人二两白酒下肚就开始辩论神秘主义,各种稀奇古怪的故事常常把自己吓得脸色发青。那些只会引经据典的书斋式人物没有市场,文化沙龙的主角多半是上知天文、下谙地理的名流,他们或机智或叛逆的妙论与满脸的大络腮胡给人留下了同样深刻的记忆。那时的女孩儿对于出身豪门的白马王子视若无睹,另一些牛仔裤包着瘦弱小屁股的白面书生也上不了台面,她们心目中的偶像是海明威或者高仓健式的男子汉,如果脸上有一条长长的刀疤就更好。至于房契、存折、结婚证书或者学位证书,无非一些庸俗的法律文件,重要的是曲折的人生履历——至少也得曾经下乡插队,打过几场架或者偷过农民的鸡鸭。八十年代有的是放肆的激情,没有一点狂狷的个性简直可耻。那时做生意开拓市场也仿佛是神圣的启蒙运动,商人们锱铢必较的精明很久以后才得到真正的重视。"七七级"这一批人不会忘记历史的赐予,他们投入各种文化运动也就是想继续为历史做些什么。

进入九十年代,"七七级"这一批人多半已经人到中年。中年人也就是疯过了,狂过了,现在身体有些发福,要歇口气整理一下人生了。中年人开始务实,瞻前顾后,小市民性格、暮气或者狡诈算计同时悄悄地附上身来。九十年代的社会也稳重了许多。稳重的社会就是懂得了算账,不再把柴米油盐视为不登大雅的累赘俗务。这当然就是经济学大显身手的时候了。中文系擅长的浪漫气势渐渐式微,经济学的算盘噼里啪啦地响彻每一个角落。

稳重的社会惊人之论逐渐减少,人们开始强调"言必有据"。"言必有据"在大众传媒上制造了一个开场的短语——专家认为。专家不就是知识分子吗?于是,教授、博士隆重出场。大学里面早已经将各种学衔串成一根前后相随的长长链条,并且在不同的系列之间设定了兑换率——例如取得博士学位之后的多长时间可以当教授。各种学衔并非免费领取的午餐,每一种学衔必须得到规定业绩的支持。从发表论文的学术刊物等级、一个课题的研究历史到概念术语的来龙去脉、引文注释的数量和格式,每一个步骤都有章可循。这时,那些仅仅仰仗灵机一动就信口开河的才子终于傻了眼。现今的教授、博士严谨、缜密、一丝不苟。他们经历了答辩委员会的严格审查,填过了无数的表格,脸上的表情已经训练得四平八稳。求证:这个问题几个解?甲、乙、丙、丁,A、B、C、D,他们的解答有条不紊,身后一摞子参考书形象地说明什么叫学术。我对于这一套指标体系毕恭毕敬,遇到某些"七七级"课堂上没有见识过的内容就老老实实地补课。尽管这是跻身专家队伍的必要修行,某些时候我还是会暗地里犯嘀咕:一大片中规中矩的面孔之间,那些横空出世、石破天惊之论是不是愈来愈罕见了?

当然,严谨或者中规中矩的教授、博士并非僵硬的机器人。某些时候,他们也会在表格或者引文注释的掩护下斗气,要小心眼,占了便宜之后言辞之间就会流露出一些小得意。一次国际性的学术会议上,一个教授逮住了另一个教授的一处史料讹误。纠正无疑是必要的,可是他脸上盛气凌人的表情让我不太舒服。生也有涯,知也无涯,每个人都可能犯错误。利用对方的粗疏狠狠地踩痛他的脚板,这种胜利有些无聊。至于他们内部的"人脉"关系,常常以学术的名义形成某种互利互惠的联盟。我有幸聆听一位学术大佬指点迷津。从国际汉学界到京城的著名学府,某人是某人的嫡传,某个大师与另一个大师结过何种恩怨,某个大学与某个大学之间如何互相挖墙脚,打口水战。一大堆内幕消息人物众多,情节生动,听起来与武侠小说之中的帮派关系或者官场上的明争暗斗如出一辙。还有一些教授、博士无所谓哪一个门派的提携而甘于单打独斗。他们口才好,人气旺,大众传媒一下子把他们变成了家喻户晓的爆炸性人物。与大众传媒的合作不仅可以像明星一般赢得追捧,而且可能像明星一般大把大把地挣钱。这些教授、博士无疑是给学术乃至文化添砖加瓦,只不过他们的方式与我当年的幼稚想象相距甚远。1977年的考试把我引入一个崭新的大学空间。我受宠若惊地站在图书馆和教学大楼之间东张西望,天真地认为这儿只有学术而谢绝权术或者别的什么术。当时我丝毫意识不到,这些地方有时也要讲辈分,拜码头,赔小心,打躬作揖,机缘凑巧也能淘得出万两黄金。

听到有些"七七级"已经退休,心中悚然一惊。凝神算了算,的确是三十年的时光。我的三十年,白了双鬓,添了皱纹,换得了一句"五十而知天命"。"知天命"也就是清楚自己能做些什么,不能做些什么。功名可以轻轻一笑,荣辱也可以轻轻一笑。身外之物一松手就可以丢弃。念念不忘"七七级",不是炫耀某种资历,而是因为那一种集体性格。见识过一些风雨,不那么温顺,喜欢用亲身经验衡量书本的知识,这一批人始终不是只懂得引经据典的迂夫子。1977年我从水田里一头闯入大学,暗自庆幸自己可以闭门读书,两耳不闻窗外事;三十年之后终于明白,书本之外的知识才是"七七级"这一批人真正的额外财富。

（刊于《人民文学》2007 年第 10 期）

心智的自由

——《敞开与囚禁》自序

这部著作汇聚了我个人较为重视的一部分思想作品——一些论文,一些学术随笔,少许的访谈录。

这些作品的重新编辑不断地诱使我想起个人的学术命运:什么是我所能够从事的学术?换言之,我能够在社会文化光谱的排列之中为自己找到一个什么样的位置?

多年之前的一个深秋,我遇到了一个昔日十分敬重的同行,目前他正在境外的一所大学执教。我认真地问他,是否依然兴趣"中国问题"——当然,这个借来的名词指的是中国文学与中国文化研究。不待我详细地解释,对方已经做出了肯定的回答。我们都对这个名词心领神会。

我想,恐怕我的思想已经很难挣脱"中国问题"的纠缠。长期置身于这片土壤,这片土壤之中的许多问题不仅时时扑入我的眼帘,而且还激动了我的思想和神经。这种激动在许多场合转换成学术式的思考。只要这种激动未曾中止,思想的源泉就不会枯竭。我深知,许多人的思想源泉不尽相同;无论是理论阅读、实验操作还是资料清理,不同的思想源泉都可能企及相对的巅峰。人们没有必要在这个问题上互相模仿。我想说明的仅仅是我自己:如果学术是一个寄身之所,那么,"中国问题"具有足够的吸引力——当然包括"中国问题"背后极为庞大的文化传统。

但是,如同中国是全球文化视野之中的中国一样,"中国问题"的考察同样需要一个博大的知识背景。"中国问题"不仅可以置身于四书五经之中给予阐释,同时还可以置身于马克思、弗洛伊德或者福柯的学说之中给予分析。知识背景愈是广博,集聚到每一个问题之上的思想压强愈大,思想的穿透力也愈强。对我说来,人文学科出现的诸多学派带来了强大的震撼和启悟。它们在破除思想成规方面所产生的作用远比寻章摘句重要得多。这些理论家的基本思想构成了知识背景的一个部分,为"中国问题"的考察提供种种重要的参照坐标。另一方面,我还要时时警觉地意识到,不能让自己的思想闷死在一批批纷至沓来的理论术语之中,让"中国问题"毫无抵抗地成为这些术语的现成例证。许多时候,这些理论术语同样是一种遮蔽——它可能以一种理论的强制掩盖、曲解和删改事实的真相。我察觉到,不少人在这些理论术语面前缺乏必要的"影响的焦虑"。他们的生吞活剥几乎到了惊人的地步。不难看出,"中国问题"的许多方面仍然处于未定的匿名状态,没有任何现成的描述可以抄袭——这样的描述只能等待我们自己。

我明白,这种学术兴趣以及进入路线同一代人的经历有关。这一代人曾经长期处于社会的漩涡之中,每一次沉浮起伏均可能涉及他们的生存命运。这决定了他们对于"中国问题"的切肤之感和投入程度。事实上,历史正是以这种形式将社会责任赋予他们,这是他们与"中国问题"的互相承诺。然而,这种状况同样隐含了这一代人知识训练的欠缺。他们的中小学教育通常不正规;进入大学之后,他们只能支离破碎地接触二十世纪以来的理论思想资料,慢慢为自己拼凑出——而不是从课堂上了解——一幅现代学术形势图。一些年轻的同行曾经羡慕这一代人的下乡经验,在他们的眼里,这是一场难得的人生历练。可是,并没有多少人考虑到这场历练所偿付的代价——数年学习的黄金年华被切除了。如今,这一代人的学习常常显出一种迫不及待的紧急,他们企图在短暂的时间里掌握百余年的思想文化史,并且匆匆忙忙地边学边用。这显然影响了学习的质量,同时在一些人之中形成了以"新"炫时的惯性。过多知识品种的压迫让不少人丧失了深思熟虑的品质,引经据典的背后已经看不到思想活力了。这一代人往往兼收并蓄,驳杂不纯,这种状况利弊并存。人们可以说,许多思想大师视野开阔,不拘一格,博采众家,左右逢源;另一方面,如果无法冲击大师的位置,学无专长和泛泛而论就会成为一个显眼的缺陷。我已经看得很清楚,我所能从事的学术很难回避这一代人的兴趣、视点和局限。

也许,不止我一个人考虑到上述问题。我看到,不少同行在各种场合参与了如何从事学术的议论。在他们敬佩的叙述之中,一些久违的国学大师开始重见天日,同时,一些体现传统学术风格的刊物应运而生。当然,争论随即出现。一些人认为这种学术废弃了思想功能,另一些人接受不了这种学术的正统姿态,嘲讽地称之为学术霸权。在我看来,任何一种类型的治学方式都可能达到至高的境界,颁布一个统一的治学模式是愚蠢的。人们可以见到王国维、陈寅恪、吴宓这样的大师,也可以见到尼采、维特根斯坦、巴赫金这样的巨匠。两批学者的治学之途迥然相异,但他们都沿着自己的方向走到极致。投身于学术,首先要将学术想象成心智的自由驰骋之所。如果缺乏这样的条件,学术对于我就不会有很大的吸引力。

　　谈论法国结构主义学派的时候,人们曾经发现两个类型的学者。一种称之为"高结构主义",如列维-斯特劳斯,雅克·拉康或者罗兰·巴特。他们思想活跃,不拘成规,时常做出明星式的表演。与之相反,另一种则称之为"低结构主义",如热拉尔·热奈特、茨维坦·托多洛夫。他们成绩坚实,可靠,有章可循,易于分类归档。通常,那些资深的师长总是劝诫入门的学子从第二类学者做起。第二类学者是规范的,常态的,更适于成为多数人仿效的榜样,也更易于为常规的学术机构承认与接纳。他们很少对于既定的方向表示怀疑;兢兢业业致使他们保持了稳定的行进速度。相反,第一类学者在炫人耳目的背后往往冒着巨大的风险。他们热衷于重新设置方向而不屑于沿袭承传下来的问题。第一类学者的原创精神和思想实力可能为他们赢得令人羡慕的声望,这无形地召集了众多的追随者。然而,又有多少人意识到第一类学者所承受的压力——又有多少人意识到,他们的智慧和精力完全可能扑一个空?

　　第一类学者的约束在于必要的答辩制度。创造通常包含了前无古人的性质,这同时也为创造的鉴定带来了困难。许多时候,人们不是将创造理解为深刻的思想出击,他们更多地将"初级的陌生"当成创造。这无形地为冒牌的"伪创造"敞开了大门。这个意义上,答辩是一道不可或缺的闸门。尖锐的辩论在于撕破伪装,同时宣布真正的创造是怎么回事。然而,至少在目前,答辩十分匮乏。除了研究生毕业的例行公事,真刀真枪同时又确有质量的答辩颇为罕见。不少堪为一辩的论文得不到应有的响应;许多学术会议回避了严格的讲评。自不待言,正常的学术答辩需要一个清明的学术气氛。长期的政治紧张无形地毁坏了基本的学术信任,人们深恐学术上的交锋被别有用心地导入政治轨道,成为受迫害的契机——这种情况确实屡见不鲜。于是,在许多场合,学术答辩因为可能的意外麻烦而被意外地省略了,这破坏了创造和鉴定、自由和严谨之间必要的平衡。许多人甚至因之丧失了为自己观点负责的习惯。

从事学术必须遵循基本的学术公约，否则将在答辩之中受挫。但是，循规蹈矩并不是一切。人们已经看到了大量无可挑剔但又不痛不痒的研究。这种研究背后没有境界，没有激动人心的东西，没有精神量级。"精神量级"是我所喜爱的一个概念——"量级"一词是从体育竞赛之中转借过来的。"精神量级"隐喻了一种综合的评定：智慧，思想深度，组合和穿透能力，视野，气魄，原创性，等等。这并不是多读一两本书就能如愿以偿的。当然，隐喻仅仅是隐喻。我很难——也不太愿意——更为清楚地解释这个概念。我能够感觉不同"精神量级"的差距，并且力图为自己设定一个不至于过分轻松的目标。这就够了。

（刊于《当代作家评论》1995 年第 5 期）

写作撬动了什么

——《理解与感悟》再版后记

又计算了一遍,的确是三十周年。刚刚听到"新人文论丛书"计划再版的消息时,我已经计算过一遍。再版的理由是三十周年纪念,我的第一个反应是惊异:三十周年了吗?

我相信这是许多作者的普遍经验:想不起自己第十本著作的标题,但是,第一本著作刻骨铭心。"新人"的称谓表明,这一套丛书均为处女作。记忆之中,李庆西——这套丛书的策划者——是在厦门大学的林荫道上向我陈述这一套丛书的出版设想。当时,不论我口头表态如何踊跃,内心肯定将信将疑:几个初出茅庐的家伙现在可以著书立说了吗?我加盟"新人文论丛书"的著作是《理解与感悟》,书名的风格多少显露出当时的拘谨。

这一套丛书镶嵌在二十世纪八十年代的文化之中,犹如遥远的遗物。三十年渐行渐远,当年的文化性格已经撤离前沿多时。回忆那个时代的写作气氛,我从未想到如何为图书馆那些落满尘埃的书架添置一册新著,也没有人谋划教授职称的评聘以及学术业绩的竞争。八十年代写作隐含的雄心是,雄辩地阐释我们置身的社会,同时阐释我们自己。多年的思想禁锢并没有熄灭解放的冲动,社会与自我的双重阐释无疑是"新启蒙"工程的重要组成部分。当时的学院仍在酣睡,芝加哥手册规定的那一套繁文缛节无人问津;八十年代写作围绕在几个著名的文学杂志周围,文学杂志的巨大发行量负责将这些文字抛向世界的各个角落。当时的多数作者频繁地使用"生活""社会""现实""历史"这些家族性近义词,并且坚信"现实主义文学"可以充当重塑社会的手术刀;相对地说,另一些作者更为热衷地引述康德的学说、马克思《1844 年经济学哲学手稿》以及萨特或者海德格尔的存在主义,"主体"的观念终于在这些理论背景之下逐渐浮现。不少人心目中,"主体"亦即"自我","自我"、"意识流"、无意识等等终于将"现代主义文学"引入视野。左面是社会,右面是主体,二者相加的哲学图景不至于多么复杂。所有的古典美学最终无不演变为现实主义，现代主义之后无非是"后现代"乃至"后后现代"，两个轴心之间存在开阔的空间，八十年代的写作纵横驰骋，意气风发。

当然，那个时期的理论交锋此起彼伏，波澜横生，许多论争的严重程度足以和政治指控、撤职乃至监狱联系在一起。尽管如此，这些理论交锋的善后处理并不困难。围绕两个轴心的诸多观念业已设定，矫正二者的失衡比例是双方降温乃至鸣金收兵的有效策略。始于遏制"主体""自我""现代主义"的过度膨胀，终于增加"生活""社会""现实主义"的分量，相似的故事一次又一次地重演。现代主义是否再现了另一些社会图景？自我的形成以及个人内心是否意味了另一种生活？诸如此类的理论纠缠多半不受欢迎。它们可能扰乱两个轴心的固定分布，制造出各种意想不到的结论。

三十年如同白驹过隙，八十年代写作留下了什么？现在看来，改造社会的文学预期犹如游离了语境的独白，听众早就离席而去。写作《理解与感悟》的时候，我肯定没有料到随后二十多年的历史情节。与许多作者相似，我曾经期望稿纸上的文字承担历史叙事，但是，事与愿违。历史的转身带动的飓风如此强烈，那些无足轻重的观点很快被刮得无影无踪。我不止一次地借用阿多诺和霍克海默的"启蒙辩证法"形容历史的转身。播下的是什么，收获的又是什么，辩证法的奥秘再三地让人吃惊。听说某些地方正在组织学生儒冠儒服地祭拜"天地君亲师"，听说某些地方的公职人员热衷于求神拜佛，保佑官运亨通，又听说某些地方的婚礼恢复了八抬大轿的迎亲习俗，恍惚之间我几乎怀疑号称"新启蒙"的八十年代曾经存在过。

相对地说，八十年代写作似乎更多地提供了自我塑造的轨迹。那个时候开始，写作不仅是一种工作，而且是日常的习惯。反复的思索、辩难、取证、怀疑与释疑，反复的谋篇布局、遣词造句、涂改订正，这同时是持续的自我定型。尽管如今远比八十年代博学和成熟，但是，描述《理解与感悟》至今的个人思想史，我会毫不犹豫地认定三十年一脉相承。不言而喻，三十年的自我定型必定会同时收获另一些副产品，例如白发，皱纹，视力下降，腰肌劳损，如此等等。

可以从《理解与感悟》的目录察觉，我对于文学形式的关注始于八十年代。当年的多篇论文围绕这个话题展开。主体、世界与语言之间构成了三角关系。考虑主体与世界如何互动,回避语言的存在只能获取一张粗糙甚至谬误的学术地图。所谓的"语言转向"完成之后,这已经成为众所周知的常识。当时,"语言"这个概念不怎么流行,更为普遍的称谓是"形式"。由于形式主义曾经是一个政治赋予的贬义概念,因此,文学形式的研究仿佛隐含了尖锐的反叛意味。

我当然听说过,一个德高望重的学术领袖曾经将八十年代的某个年份命名为"语言年"。如今看来,这种模仿行政号召的学术指令多少有些可笑。这同时证明,当年关注这个话题的人并非少数。然而,我的记忆之中,多数人倾向于将"语言"的研究纳入表现论的范畴。研究语言或者研究文学形式,亦即研究如何更为精确地表现作家的内心景象。这与我的聚焦点存在距离。我的兴趣无疑包含了英美的"新批评"、俄国形式主义和结构主义的重大启示——尤其是结构主义。结构主义具有明显的科学主义风格,能指与所指、横组合与纵组合、共时与历时等一批术语高密度地聚集在一起,构成了一个逻辑严密的理论模型。许多人没有耐心——也可能没有信心——进入这个理论模型长途跋涉,因此,结构主义存放于终点的一个结论往往遭到忽视:并非主体操纵语言;相反,恰恰是语言构造了主体。语言是一个自足自律的体系结构,主体不过是语言牢笼之中的一个囚徒。考察个人意识的构造可以证明,种种社会知识必须借助语言体系习得,否则,所谓的主体空无一物——犹如一台没有安装电脑软件的裸机。如果在更大的范围引申结构如何支配主体,二者的主从关系进一步隐喻了社会对于个人的控制。结构主义者的心目中,庞大的社会结构坚固地矗立于地平线,存在主义主张的个人自由不过是某种廉价的幻觉。显然,这是与表现论南辕北辙的另一种思想方向。无法理解结构主义对于语言体系的敬畏,也无法理解结构主义之后的各种观念,包括那些瓦解了结构主义基本设想的观念。在我看来,结构主义的提出以及结构主义遭受的种种批判共同汇聚为一个极具潜力的理论空间。

康德关于"审美不涉利害"的观点曾经在八十年代得到再三的阐述。但是,更多纠缠我的毋宁是结构主义出示的理论图景。如果语言体系仅仅源于一个神秘的结构,既拒绝历史的干预同时又拒绝干预历史,那么,废寝忘食的文学写作无非向这个结构致敬或者效忠;这个神秘的结构完美地现形之际,亦即文学写作终结之时。为语言而写作如同为艺术而艺术的变种。置身于跃跃欲试的八十年代,这个命题与我卷入文学的初衷不符。尽管已经充分意识到语言的特殊意义,但是,历史积聚了如此之多的疑问之后,我始终没有决心把阐释社会与阐释自己的意图改换为阐释语言。

结构主义带来的广泛辩论恢复了语言的历史性质。米哈伊尔·巴赫金、雅克·德里达这些强大的对手站在不同的立场分别发现结构主义的破绽,甚至一度是结构主义信徒的罗兰·巴特也反出山门。尽管如此,这些思想家不再轻蔑地认定语言是主体与世界之间的透明隔层,可以视而不见;相反,他们清晰地意识到,语言是一种主动的塑造。从命名、修辞、语法系统到各种叙述话语,语言决定历史如何显现;语言结构与历史结构之间存在隐秘的互动,语言可以充当意识形态的修复工具,也可以成为意识形态的腐蚀剂;可以把这种符号想象为建筑材料,语言构筑了所有社会成员的精神家园。这种认识不仅持久地延续了我聚焦文学形式的兴趣,而且打开了另一个进入历史的特殊通道。后来,我为语言和历史交汇的领域找到了一个命名:意义生产。

我们不仅生存于纯粹的物质空间。物质不仅是物质,物质时常摆脱了自然属性而被赋予某种象征意义。戒指表示婚姻,十字架指代基督教,梅花隐喻了高洁,乌鸦被视为不祥,巍峨的宫殿联系着皇权,江湖山水被解读为抛弃功名。置身于意义的空间,物质既是构筑日常环境的材料,同时又是承担了某种意义表述的符号。一块石头是一堵墙壁的地基,同时还可以显示坚固和稳重——我称之为物质的意义附加值:"增添一幢房子或者一辆汽车多少改变了这个世界,增添一种意义又何尝不是?日常生活范围内,各种意义决定了社会成员的辨识、理解、好恶、价值评估、关注区域以及喜怒哀乐……从春花秋月、小桥流水到狼烟烽火、金戈铁马,从游轮、飞机、名牌真皮挎包到电视机、牛仔裤、移动电话,许多物体始于使用价值,继而在象征领域功成名就——这意味了意义表述的逐渐明朗、定型。"①

当然,大多数社会成员远为熟悉和尊重物质生产,指导物质生产的工科

---

① 南帆:《意义生产、符号秩序与文学的突围》,《文艺理论研究》2010年第3期。

知识享有崇高的声望;相形之下,意义生产是一个陌生的概念,赋予意义或者解读意义的人文学科知识——宗教学、美学、民俗学乃至精神分析学——通常门可罗雀。尽管如此,意义生产的规模仍然持续地以几何级数扩大,尤其是在现代社会拥有了发达的大众传媒之后。而且,如同物质生产领域的财富争夺,意义生产领域的激烈较量毫不逊色。我们可以发现两种常见的较量主题。首先,符号的占有与财富的占有异曲同工。显赫人物的特征之一显现为巨大的符号占有量。作为"沉默的大多数",庞大的底层群体默默无闻甚至销声匿迹;相反,各个领域的明星人物竞相抢占大众传媒的版面,垄断符号的表述。现今,符号占有量的多寡与权力、声望、社会地位息息相关。借用布迪厄的术语,明星人物的符号占有意味着文化资本的掌控。这是主宰舆论、领导时尚潮流的前提。某些时候,符号占有量甚至可以直接兑换为经济利益,例如,娱乐明星或者体育明星担任企业的广告代言获得高额收益。

意义生产领域的另一个症结点是解释权的归属。解释是意义生产的监控,不论是经典的名言、服装款式还是街头雕塑、食品包装,各种符号的意义表述必须配备一定的解释保驾护航。如果龙袍被解读为财富,如果松竹梅岁寒三友被解读为农业大学种植专业的标识,那么,正确的解释必须依据文化成规给予矫正。许多人心目中,脱缰的意义生产如同野马一样危险。当见仁见智的各种观点相持不下的时候,解释者往往联合各种外部的权力系统——例如皇权,或者宗教权力——一锤定音。中国古代拥有大批皓首穷经的知识分子,他们是捍卫古代经典解释权的学术队伍;相当长的时间里,西方圣经的解释权由修道院的僧侣把持。现代阐释学放宽了解释权限的掌握范围,这种文化民主多少加剧了解释的无政府状态。从《诗经》的"关关雎鸠"、著名政治家的家庭合影到毕加索的立体主义绘画,各种再解读蜂拥而至,形成了意义的大幅度增殖。"文化研究"可以视为现代阐释学背景造就的学术运动。"文化研究"将整个世界视为一个大型文本给予解读,许多结论颠覆传统意识形态的固定解释。这些事实表明,争夺解释权的复杂性及其深刻程度远远超过符号占有量。

文学显然从属于意义生产领域。考察物质生产的层面,作家不过是联合出版社将某些文字符号印刷于纸张之上;然而,文学对于意义生产的神奇贡献与这些可怜的物质产生了悬殊的对比。我曾经如此描述：

> 虚构的文学从来不提供面包和钢铁，也不向这个世界真正地输送人口。文学之中出现了一条街道，一间店铺，几个人物，这一切并非如实记录——文学表明的是这一切具有什么意义。"举头望明月，低头思故乡"也罢，"姑苏城外寒山寺，夜半钟声到客船"也罢，莎士比亚的《李尔王》也罢，鲁迅的《狂人日记》也罢，文学不仅仅是一些所见所闻，认识几张陌生的脸，而是进一步告知这一切现象背后隐藏了何种意义。①

可以预料，几乎所有的人都要追问一个后续问题：如此神奇的意义生产又有什么用？这些意义能够替士兵挡住飞来的子弹，还是降低工厂里的劳动强度？一个实用主义的世界，这种问题永远具有强大的合法性。我相信，许多人都会提起马克思的一个著名观点：批判的武器不能代替武器的批判，物质力量只能用物质力量摧毁。文学能够在武器与物质制造的剧情之中扮演什么角色？理屈词穷之际，许多人只能将康德式的论断改造为宗教般的热忱：真正的文学信仰可以不考虑世俗的功利回报。

必须承认，一首诗或者一篇小说曾经改变某些个人的命运，然而，文学的意义从未大规模地转换为物质力量——不论这种物质力量是指坦克大炮还是指巨额财富。尽管如此，我还是愿意表明，意义空间的生活值得悉心体验。无论是自由、快乐还是压抑与愤怒，意义空间的生活纹理远比物质空间细致，意义空间的驰骋范围远为广阔，反抗远为尖锐和激进。物质空间的解放尚未实现的时候，意义的空间可以提前制造内心的解放。这是我对于文学保持基本乐观的理由："文学从未退出这个世界的意义生产。文学话语并未剥离出这个世界；文学话语的价值在于，阻断常识对于世界的例行解释，赋予众多事物别一种意义。从押韵、格律到隐喻、象征以及各种叙述模式，文学将世界从庸常的意义之中拯救出来了。"②

当然，只能有限地信任"内心的解放"这种观念。这是美学式的阿Q精神吗？某些始终为革命摇旗呐喊的思想家曾经担心，廉价的美学安慰可能削弱义无反顾的行动。另一些时候，所谓"内心的解放"仅仅沦为大众传媒

---

① 南帆：《文学的意义生产与接受：六个问题》，《东南学术》2010年第6期。

② 南帆：《意义生产、符号秩序与文学的突围》，《文艺理论研究》2010年第3期。

上演的节目。大众传媒进驻社会的每一个角落,传媒事件往往被夸张为真实的社会事件。对于许多人说来,互联网上寻欢作乐或者发过牢骚之后就有理由睡一个安稳觉了。没有政治经济学,也没有社会学,这种"内心的解放"能够成为全面解放的前奏吗?

我无法理所当然地肯定。

在我看来,文学只能是一种无声的积累,而且,没有人知道这种积累记录于何处。改造了某种文化基因的密码?重塑一种"新感性"?沉淀于神秘的无意识?也许,一切积累迟早会浮出水面,并且在社会历史的剧烈化合之中爆发出巨大的能量。但是,没有人可以预料这种化合的时间与地点,至少我不再企图预料。写作是一种可以撬动世界的劳动——如果说,这是《理解与感悟》出版之际的强烈信念,那么,三十年之后我已经明白,这个信念的完成遥遥无期,而遥遥无期才是不懈地写作实践的真正理由。

(刊于《上海文学》2014 年第 8 期)

分享学术

很荣幸今晚有机会在这里和各位分享一个有趣的题目:学术让我喜欢什么。

对于那些有志于进取的学者说来,创新、思想、学理皆是关键词。这三个词涉及我们对于学术的理解:何谓学术?何谓好的学术?某些时候,还有一个较为私人化的问题:何谓我喜欢的学术?通常的意义上,我们会强调三者的平衡,缺一不可。但是,在我们的工作实践中,这是一个不易处理的问题。由于个人的不同学术风格,厚此薄彼是不可避免的事情。不同的时代也可能有不同的学术风格。例如,不少人认为,二十世纪的八十年代是思想唱主角,九十年代已经变成学术唱主角。

有必要说明的是,并非所有的知识都可以称之为学术。如何驱赶蚊子或者与上司和谐相处,这可能是生活之中的重要知识,但通常不属于学术范畴。大众传媒上某一个口号可能产生巨大的作用,这也不一定是学术。学术具有自己的层面、范围、逻辑和语言。尽管许多学术一时看起来不那么有用,但是,谈论学术是学者的天职。因此,许多学者可能一辈子都要面对创新、思想和学理这三个词。

回到具体的学术工作中,我们的工作流程时常经历两个阶段:一,遭遇问题;二,解决问题。换一句说,我们如何在这两个阶段中处理创新、思想和学理的关系?

首先可以提到问题的来源。许多时候,学术问题的出现源于学科内部逻辑的延伸。我们的工作中常常遇到这种情况:一个问题带出另一个问题,一批问题带出另一批问题。杜甫的研究自然而然地转向李白,《红楼梦》的研究自然而然地转向清史,如此等等。更大的意义上,一大批问题集合在某个范式内部。按照托马斯·库恩在《科学的革命》之中的著名解释,范式(paradigm)由某些基本的定律、理论以及观察手段形成,暗暗地规定了一个研究领域的合理问题和方法。这是常规科学赖以发展的模型。每个学者都在一定的范式内部工作。但是,眼光开阔的学者往往更容易意识到此问题和彼问题的连带关系,意识到范式的存在以及自己在众多问题之中所处的位置。这个阶段,学理常常体现为问题的承接。学者所提出的问题具有学科逻辑的依据,不是游谈无根。另一方面,学者的创新则体现为更善于提出新的问题。这些问题拥有充分的学理依据,但是它们更为隐蔽,潜伏在一大堆常规问题背后,需要犀利的目光才能察觉。提出这种问题,往往意味着将学科内部逻辑进一步转化为现实。

进入解决问题的阶段,论据的征用、论证方法和理论模式的选择无不遵循相应的学科规范。通常,我们不会依据一条不可靠的史料甚至无可稽考的传说证明一个举足轻重的论点,也不会启用物理学理论解释林黛玉或者贾宝玉的性格。范式仍然显示了强大的引导和约束功能。如果说,自然科学的创新时常包含了观察仪器的改造,那么,对于人文学科说来,创新的空间常常存在于理论模式的选择。不同的理论视野常常会刷新我们的眼光,从而让某些视而不见的因素显现。对于这些因素的概括、分析常常催生出新的思想。当今的人文学科正在体现出两个相互联系的特点。第一是材料的发掘和保存相对容易;第二是各种理论模式空前繁多。这种情况下,选择理论模式的意义进一步加大了。

根据以上这种描述可以发现,学术研究之中始终存在两种倾向:第一,不断地拓展学术谱系,延续学科的脉络,甚至开辟新的分枝;第二,仅仅是原封不动地复制和传授已有的知识,甚至叠床架屋,愈行愈窄,创新含量和思想含量日益稀薄。

这里,我还想指出的是:某些时候,学科与范式之外还有一些力量可能强有力地影响学术——影响学者提出问题和解决问题。这种力量来自社会和历史。这种力量有时足够强大,以至于完全冲垮传统的学科边界和范式结构,强制性地提出一套全新的问题,设置一套迥然相异于传统的解决问题的方式。一个最近的例子就是,SARS 的流行将医学界紧急动员起来,一批迫在眉睫的课题迅速发放到研究人员手中。另一个较远的例子在上个世纪。根据一些物理学家的看法,上个世纪物理学的突飞猛进与两次世界大战具有密切的关系。军事的需要不仅提出一系列相关的课题,同时还以国家的名义最大限度地调集资金和科学家,这无疑有力地改变了整个学科的前沿所在。人文学科之中,还可以举出文学理论的转折加以说明。中国的古代文学理论拥有一套完整的概念系统,例如赋、比、兴、道、器、形、神、风骨、韵味、意境、格调、性灵,等等;然而,二十世纪初的二三十年,这一套概念一下子消失了,取而代之的是时代、国民性、意识形态、内容和形式、现实主义、浪漫主义、经济基础、上层建筑、人民性、党性,等等。显然,现代性的浪潮一下子冲决了中国古代文学理论背后的范式结构,包括中国古代延续了上千年的哲学思想和传统意识形态。这种时候往往出现一些非常规的局面。礼崩乐坏可能导致许多人茫然失措,也可能充满了创新的机遇——一些新思想挣破了传统的牢笼脱颖而出。当然,学科、范式的内在逻辑一般不会完全中断;许多时候,它们将与社会和历史的力量产生复杂的互动——或者相互抗衡,或者融会贯通,或者某种程度地互相改造。有时人们还会看到,社会和历史并非中止学科逻辑,而是给学科逻辑提供一个与时代正面相遇的契机。众所周知,马克思曾经深入考察德国古典哲学内部的一系列概念和命题。但是,十八世纪西方的社会历史发生了巨大的变化,这种变化将哲学的思想能量解放了出来,以至于马克思有条件充分地实践哲学如何改造世界的使命——"哲学家们只是用不同的方式解释世界,而问题在于改造世界"。一般说来,非常规的局面不可能常常出现。如果没有出现巨大的转折,社会和历史的力量不可能任意地干预学科的正常运行。这时的学术将保持自律状态。尽管如此,一个富有创新意识的学者仍然会时刻对社会和历史的力量保持相当的敏感。如果再度借用库恩的表述,那么可以说,他们会在学科、范式和社会历史之间保持着"必要的张力"。

对于创新、思想和学理之间的关系,每一个学者都将根据自己的个性、风格有所侧重。从皓首穷经到奇思妙想,学术共同体的内部分工将互相补充,合作共事。当然,我也有自己的喜好——有我所钦佩的思想家,有我所乐意的工作方式。因此,以下这几点感想仅仅表明我的兴趣,而不是非议不同的观念:

一,我对于为学术而学术的理念表示充分的尊重,同时也清楚地知道这种理念在抵抗外部干预方面所产生的重要作用。但是,我仍然愿意想象学术与外部世界之间的联系。福柯提出知识就是权力这个命题,我至少必须对学术在什么位置上嵌入这个世界有所思考。另一方面,当我个人从事学

术工作的时候,我也愿意在一个宽泛的意义上将这种工作想象成与世界对话——更大的范围内,这种对话同时还包括了我的文学写作。

二,如何判断学科与范式是否遇到深刻的挑战?一系列已知的前提是否到了废弃的时刻——一个新的时期开始了吗?如前所述,这些问题的答案对于人文学科至关重要。然而,已有的知识往往提供不了多少帮助。尼采曾经做出了震撼人心的断言:上帝已死。现今看来,许多比尼采渊博的人并不具备这种高瞻远瞩的能力。这种洞察力不是多读几本书就能拥有的。这种洞察力不仅来自书本,而且来自对于社会和历史深刻而独到的体验。

三,我赞同这种观点:我们正面临巨大的历史转折。因此,我们可能遇到一大批前所未有的问题。这个时候,引经据典地背诵先哲语录的能力不再那么重要,重要的是,我们涉猎先哲著作时训练出来的分析问题和解决问题的能力。某些时候,这可能体现为强大的思想爆发力。与其没有节制地博览群书,不如重视这种能力。

四,我曾经在一本书的序言中谈到学术研究的境界和"精神量级"。中规中矩但不痛不痒的研究缺乏激动人心的魅力。我们都要努力及格,但不是及格万岁。我希望在学术研究中看到智慧,思想深度,组合和穿透能力,视野,气魄,原创性,等等——即使有些缺陷也可以宽容。如果真的有天才性的想法,完全可以抛开已有的规矩,无所顾忌地自我作古。

五,有境界的学术研究可能摆脱职业性的疲惫而产生发自内心的快乐。对我来说,这是一个很小的但并非不重要的理由。

我想,以上这几点感想之中同样包含了我对于创新、思想和学理的理解。

我的发言到此为止。占用各位许多时间,谢谢。

(刊于《福建文学》2006年第12期)

我们要向古人学习什么

不久之前的报纸披露,某些名流倡议部分恢复繁体汉字。人们可以从繁体的汉字之中读出古人造字的匠心,例如"愛"之中包含了"心","親人"必须相见,如此等等。繁体汉字的阅读和书写犹如拜谒博大精深的传统文化,我们有机会再次向祖先表示由衷的敬意。

当然,汉字的"繁简之争"由来已久。反驳的声音迅速传来。繁体汉字笔画繁杂,孩童识字必须耗费巨大的精力,甚至有可能畏难不前。一些人举出了几个典型的例子——先生们,请默写"簫、齊、鷺、齡、靈、叢、釁"这么几个字,感觉如何?

如果允许插嘴凑趣,我愿意追加一个小小的要求:请使用篆书书写。篆书不仅更为接近古代的象形文字,形象直观;而且,篆书的历史更为久远。繁体汉字来自祖先的创造,篆书来自祖先的祖先。不能抱怨这种要求的刁蛮无理,根据相同的逻辑,篆书与繁体汉字无非是五十步与一百步之别罢了。

相信我——提出篆书书写的意图并非制造某种夸张的调侃,而是再现文字史的概貌。篆书构成了文字史的第一个鼎盛期。众所周知,繁体汉字的流通大约中止于二十世纪五十年代;事实上,文字史内部另一个更大的转折是篆书退出日常的书写领域——时间大约是汉魏之际。我想指出的是,从篆书开始,或明或暗的汉字简化运动几乎始终活跃于文字史之中。总之,篆书、隶书、楷书以及相继而来的行书和草书无不包含了简化的意图。

我不想纠缠每一个字的简化方案,也不想谈论隶书之后诸种字体性质各异的简化特征,我真正兴趣的问题是:那些名流为什么未能察觉文字史内部如此明显的演变倾向——为什么未能察觉,恢复繁体汉字恰恰与古人的理念背道而驰?祖先留下的文化遗产究竟是什么?

祖先留下的文化遗产不胜枚举。从四大发明到长城或者大运河,从春秋战国的百家争鸣到绚烂的唐诗宋词,历史曾经将一笔又一笔享用不尽的财富转交给后人。这些财富的内容如此丰富，以至于许多人常常遗忘了最为重要的一笔——古人的创造精神。

偶尔能听到一种舆论：我们这个民族温柔敦厚，拘谨含蓄，很少显示出蓬勃旺盛的创新冲动。这种观点显然不对——一个没有创新冲动的民族怎么可能留下那么多的文化遗产？但是，多数人愿意承认另一个特征：我们这个民族崇尚古人，尊重传统，敢于自我作古、独树一帜的人并不太多。对于某些人说来，古人的辉煌业绩时常悄悄地转化为固步自封、墨守成规的牢笼。这时，一个问题愈来愈尖锐：我们要向古人学习什么？

我想更多地提到"古人的创造精神"。相对于依循古制，创新远为艰巨。创新不是单纯地依靠灵感、聪明和想象力，更为重要的是，创新还包含对历史条件的深刻洞察。创新意味着在最为合适的时间和地点实施新的举措。为什么篆书消亡于汉魏之际？历史条件的改变无疑是极为重要的诱因。公务文字交流数量的急剧增加，书写工具的改变，这一切无不迫切地召唤另一种更为便捷的新型字体。这时，文字创新及时地赢得了一个空间。二十世纪五十年代之后的汉字简化存在相近的理由：文字交流的规模前所未有，书写工具的日新月异，大众的识字如何更为容易，孩童如何启蒙教育——这时，汉字的简化成为一项疏通瓶颈的文化工程。必须承认，这个文化工程的开启需要胆魄和非凡的勇气。当然，这个文化工程已经为中国古籍的研习或者书法艺术保留繁体汉字的特殊区域，但是，许多人仍然感到不适，似乎是某种熟悉的感觉遭到了破坏。我们稍作计算即可明白：现今每天文字交流的巨大数量；如果每一个字的平均耗时增加 0.1 秒，整个社会必须增添多少成本。尽管如此，对于许多人说来，一个小小的不适已经足够瓦解创新的冲动。

我们要向古人学习什么？至少可以从文字史的演变察觉，古人曾经与他们所处的时代积极互动。如果想到的仅仅是恢复繁体汉字而没有意识到这些汉字的来龙去脉，没有意识到隐藏于隶书、楷书、行书、草书背后不懈的创造精神，那么，这种做法业已几近买椟还珠了。

许多人已经熟悉了李鸿章的形容：现代社会的降临乃是"三千年未有之大变局"。从政治、经济到文化、科技，这个世界的变化速度超过以往任何时候。各种剧烈的震荡纷至沓来。这时，古人的现成经验显然不够用了。期求数百年乃至上千年以前的古人完整地解答当前遭遇的问题,只能证明我们的平庸和懈怠。古人的业绩属于过去,古人给予我们的最大馈赠毋宁是:如何创造自己的时代。无论是争辩汉字的繁简还是别的主题,"古人的创造精神"必须成为我们关注的首要内容。

（刊于《文汇报》2015 年 5 月 8 日）

投缘与默契

一个以写作为生的人，免不了与几个刊物过从甚密。某个理论刊物的主编告诉我，二十来年的时间，我在他主编的刊物上发表了三四十篇论文。我大吃一惊，这个数字远远超出了我的想象。肯定不是有意为之，说起来宁可用一个俗气的字眼：投缘。

我与《钟山》之间是另一种缘分。我在《钟山》发表的作品不算多，但是，个人写作史上两篇举足轻重的作品都在这里面世。第一篇是评论王蒙小说的论文，发表于1982年。那时王蒙刚刚发表了一批实验性小说，引起了沸沸扬扬的褒贬。我参与了这一场争论，写了篇一万两千多字的论文。已经忘了为什么要寄给《钟山》，总之，刊物收下了，发表了，并且传递给我一个消息：王蒙本人亦颇为接受这篇论文。

写作这篇论文的时候，我还是厦门大学的一个学生，先前仅发表过几篇鸡零狗碎的小文章。这篇论文投寄给《钟山》的时候，我尚未开始启用"南帆"的笔名。周围的人听说《钟山》竟然刊登一个无名小卒篇幅如此之大的论文，既奇怪又羡慕。这篇论文后来入选为七七级大学生优秀毕业论文。

论文在《钟山》上刊登的时候，我已经是华东师范大学的研究生了。上海的一个寒冷的冬夜里，一位戴鸭舌帽的《钟山》编辑——徐兆淮老师造访华东师大研究生宿舍。我们在研究生宿舍的日光灯下聊了两三个小时，每个人手里端一大牙缸的白开水。我已经想不起来聊了些什么，记住的是那种一见如故的气氛。

尽管我很快就成为《钟山》的朋友，而且陆续在刊物上发表了一些论文，但是，2004年我将《关于我父母的一切》寄给《钟山》之前，内心还是犹豫了好一阵。这是一篇十来万字的散文。散文的标题表明，这部作品对于我如此重要——"这辈子肯定会有这么一本书，也只会有一本"。但是，正如我曾经表白的那样，我对这部作品没有太多的自信。我不知道一个儿子思念父母的内心疼痛对于公众有没有意义。况且，十来万字的散文，体例上肯定有些出格。然而,我很快收到了贾梦玮的回复,《钟山》决定发表。我当然不再像二十多年前那般激动,我想到的是另一个字眼:默契。

　　刊物与作者之间,还有什么比默契更重要呢?

　　(刊于《扬子江评论》2008 年第 4 期)

谈《读书》

曾经在京城与一位颇为自负的学者交谈,他声明这些年只肯读几份杂志,其中就有《读书》。他用开玩笑的口吻说:可以不读书,不可不读《读书》。这大约说明了这份杂志在知识圈内的信誉。这几年杂志行业风云变幻,一些生活杂志飙升至上百万份,另一些文学杂志与学术杂志举步维艰。据说《读书》的订数没有多少波动,总是那么几万份,这几万人大概就是《读书》的基本读者了。

我与《读书》有些交情,但已忘了缘起。大约80年代中期开始为这份杂志撰稿,迄今陆续登了七八篇。我的第一本著作也曾得到这份杂志的评论。似乎是90年代初期的一个冬天,我访问过编辑部。在北京的朝内小街绕了一圈,竟然深入到一间地下室。编辑部拥挤得很,桌上一摞摞的稿子和书橱里的大辞典让我想到了一个生产知识的作坊。编辑时常掏钱请外地的作者吃顿便饭,但他们对于稿子的评审却毫不客气。据说《读书》经常退回名家的稿子。

几年前我曾给《读书》寄去一篇谈论马尔库塞美学著作的文章,主编有些犹豫,觉得深奥了些;我又给责编去了封信,大意说《读书》的风格是思想锐气,而非轻松闲适。不久,那篇文章略作删削之后发表;让我意外的是,那封信也被刊登于《读者来信》的栏目。的确,作为一个固定读者,我时常期待来自这份杂志的思想震撼。身边介绍图书的杂志不少,我只会对《读书》寄予这样的期望——这些杂志之中,只有《读书》具有这样的天时、地利、人和。

这几年的《读书》愈发活跃,不少选题十分犀利。这不可能与主编无关。这一任主编两位:一位是文学博士,近年转治中国思想史,比我年轻;另一位治社会学,有一个英国的学位,与我同龄。我曾经和他们一道在台北参加学术会议。台北一家出版社请客,我叨陪末座。这两位主编均声称是半素食主义者,并且自诩符合国际潮流。席间一位客人打趣地解释:半素食主义即是,好吃的就伸筷子,不合口味就推托。顷刻之间,恰好一盘鲍鱼上桌,两位主编面面相觑,众人抚掌大笑。话题转入学术,两位主编不仅熟悉国际学术前沿,而且对于"中国问题"十分关注。主持一份重要的思想文化刊物,这两样品质大约都是不可或缺的吧。

（刊于《海峡都市报》1999 年 5 月 24 日）

囤　书

一位故人即将从海外回来,询问要不要带些东西。我沉吟了一阵,什么也没想出来。倒不是客气。年事渐长,日常的需要仿佛越来越少——除了那些拉拉杂杂的书。

真的需要那么多书吗？这也是一个疑问。人到中年,双眼开始昏花,阅读的速度一日一日地减缓。有钱买书的时候,多半已经没时间读书了。再买那么多书,有些像过过瘾罢了。说对了,就是过瘾。进了书店就忍不住,东一册,西一本。有趣的书名,这个作者一定有些妙想,收下吧;这本集子里有两篇可读之作,已经难得,留下了;另外几册日后或许用得上,到时可不一定碰得这么巧——自然也买了。不一会儿工夫,挑挑捡捡就有了一叠。喘吁吁地搬了回来,略略翻检一阵就搁上了书架。一个架子一个架子重重叠叠地塞满了,就得清理一遍,挑一些日后不可能再读的扔了。检索书架的时候,心里会浮过一阵短暂的不安。手边已经堆积了这么多未曾读过的书,为什么还在孜孜不倦地收罗？天下的书是买不尽的。以有涯追无涯,殆矣——这是庄子的教诲。话虽然这么说,两只脚还是不知不觉地逛进了书店。罢了,就算放纵自己吧。一个人总得做几件傻事,才算真正活了一辈子。

如今的许多孩子不大看得上书了。他们在网络上阅读和写作。QQ,MSN,很酷的科技名词。当然,还有每人必备的手机。手机是用来发短信的,通话倒在其次。我也在手机上写短信,但是慢得可以。在按键上折腾了半天才将一句话回复过去,手机还未落入裤袋,啵的一声对方已经又发过来了。如此两三个回合,我再也没有耐心——干脆把电话拨过去。有些"拇指一族"神乎其技。他们竟然可以将手机藏在裤袋里盲打写短信。据说,这等功夫对付的是课堂上虎视眈眈的老师。现在,种种迷人的小机器可以将生活组织得很有气氛,天南海北地聚会和神聊,甚至在虚拟空间谈一场轰轰烈烈的恋爱。看来我真的是落伍了,提不起多少兴致。因为懒,同时存着怀疑:有必要结识那么多的人吗？反正又记不住。许多人瞅着眼熟,就是怎么也叫不出名字。相忘于江湖或者更适意,这也是庄子的话。闲下来的时候,不是还有那么多的书搁在那里吗？

　　如同老鼠贮藏过冬的食粮,囤积那么多的书就像是迎候清闲的日子。中年是个忙碌不停的时刻。公务刚刚放下来,私事又上了手。总是告诫自己忍一忍:不是还有假期吗？不是还有退休的一天吗？那时就可以独享自己的生活——雨打芭蕉,风吹梧桐,此刻一册奇妙的散文可以明目清心;酷暑逼人,足不出户,可以循着一卷有趣的小说步入另一个世界;清茶一壶,躺椅一张,这时最适合于读历史;夜深不眠,看够了一轮明月,回到灯下品味几首古诗……奇怪,如此之多的想象,书总是一个持久不变的主角。我终于明白,人生的悲欢,世事炎凉,生活中有的,书里也都有。囤书就是为未来的日子预订一些席位。老迈之年,双腿走不了多远的时候,读些好书犹如又活了一遍。

　　(刊于《福建日报》2006 年 10 月 16 日)

可扔之物

扔东西真是一件"不亦快哉"的事情,隔一段就得做一做。扔抽屉里几本过时的证件,扔门后一个闲置已久的挎包,扔屋角一张破损的席子或者床下两双款式陈旧的鞋子,扔出去几件东西就会神清气爽好些日子。外婆生前勤于搜集各种针头线脑,精细地打成了几个包袱,仿佛时时打算给破朽的日子缀一块补丁。现在什么时候了?生活要简练。多出来的东西累赘,烦琐,拖泥带水,百无一用——只是扰人而已。谁都明白,开门的时候叮叮当当地掏出一串钥匙,要用的那一把总是最后才找到。

出门旅行,总会携带读物。我多半愿意带些有趣的报纸,厚厚的一大卷,平常有意不读而积存下来的。机场,飞机客舱里,火车的卧铺上,读一张扔一张,旅行包一天一天地瘪下去,日子一天一天地轻松起来,这仿佛是游山玩水之余另一份额外的快意。

居家的日子,可以扔可口可乐罐子,扔油污的厨具,扔旧自行车——另外就是扔衣服。特别是衬衫、T恤,不知不觉地买了一件又一件。多余的衣服堆在那里,不过洗了几水,但肯定不会再穿了。别别扭扭地收拾了几回,忽然想到,何不一扔了事。打开衣橱略一挑选,地上很快就拢了一堆。犹豫了一下又捞回两三件,终究还是扔了一批。

一介书生,家里多的只是书。书架上一层一层地摆满之后,源源而来的书理所当然地堆到了书架顶上。东一摞子西一摞子,参差不齐,危若累卵。某一天取书的时候不知触动了哪一本,几摞子书轰隆隆地劈头盖脸砸下来,磕破了鼻梁,险些打了眼镜。狼狈地愣了一阵,忽然有了一个念头:是不是该扔一些书了?

这个念头让我有些心虚。对于读书人说来,扔书似乎大逆不道。开卷有益,书到用时方恨少,小子你扔起书来了?然而,书多不等于用得称手。五色令人目盲,许多书开始和我玩起了捉迷藏。明明记得某一本参考书呆在书架的一角,伸手去取却扑一个空——"人面不知何处去,桃花依旧笑春风"。书房有限，购书无穷，书房一定太小，书一定太多。守不住前门，就得打开后门。为了拯救书房，消除无政府主义混乱状态，必须痛下杀手——扔！

藏书家当然不爱听这些理由。然而，我是当不了藏书家的。才疏学浅，阮囊羞涩，而且性情毛糙。囫囵吞枣地读过几本书的人未必懂得藏书。书的收藏和品鉴还需要另一些功夫，例如版本知识，书肆的搜觅，如何存放和贮藏，如此等等。藏书家是一些渊博而且有耐心的人。相反，我对于任何收藏兴味索然——甚至心怀恐惧。收藏物品时常使我丧失对自己的信任。一件重要的物品——例如银行存折，或者户籍本——拿在手里，我就开始惊慌。我有信心将这些玩意儿严严实实地藏起来，麻烦的是，几天以后我就想不起来究竟藏到了哪里。我屡屡被寻找自己藏起来的东西折磨得筋疲力尽。人贵有自知之明。我从来不与另一些书生进行藏书竞赛，我仅仅是一个使用书籍的人。用一个充满铜臭的比喻加以形容，我不是银行家而是贷款者。

我给书房订下的规矩是：如果某些书这一辈子不可能再读，那就坚决地请出山门。令人奇怪的是，这个严厉的施政纲领并没有给书房制造多大的震动。第一回合清除了数十本之后，后续的成绩每况愈下。我常常像一只伸长鼻子的老狗详细地搜索书架，可是，猎物越来越稀少。读过的书多半不仅可以读一次，没有读过的书又如何舍得丢弃？一些模棱两可的书在手里摩挲了半晌又塞了回去。孟尝君尚且收容一批鸡鸣狗盗之徒，安知这些书日后不会成为某一个灵感的火种？朋友的赠书是不能扔的。这些书跋山涉水，千里迢迢地赶来助兴，读不读都是书架上的尊贵客人。贾平凹曾经在一则戏谑之作中写道，他在废品站发现自己赠给友人的一部著作。贾平凹兴冲冲地将书购回，再一次题名寄赠——我可不想在一个厚厚的信封里收到朋友的讥笑。憋足一口气在书架前巡回，总是找不到可扔的对象，这就是郁闷了。

那些倒霉的杂志就是在这个时刻撞到眼前。每一日都有各种杂志从四面八方涌来，如同书房里的游民。杂志很少正经地登上书架报名注册，它们任意地盘踞于茶几、沙发、写字桌脚或者橱子边缘，居无定所。这些杂志大小不一，厚薄不均，我并不苛求它们遵循统一的纪律——杂志的性格不就是杂乱无章吗？我多半会习惯地翻一下新到杂志的目录，顺手将可读的垒成一叠。时日久了，这里一叠、那里一叠不断地壮大——阅读速度永远赶不上杂志的报到速度。偶尔想翻出某一本杂志查找一篇文章，堆垛如山的庞然大物总是让我倒吸一口凉气——还不如乘车上图书馆省事。

杀机是在某一个星期日上午恶狠狠地涌上心头：无书可扔的时候，为什么不拿这些杂志出一口气？动不了正规军可以先打杂牌军。清理门户，大刀阔斧，果断地扔出一捆杂志的时候，我俨然体会到一种铁血宰相的威风。然而，片刻之后，一种不安慢慢地踱上心头——这一本杂志刚刚到，要不要放两天再说？那一本杂志的装帧如此豪华，一挥手扔了是不是暴殄天物？心肠一软，我又犹犹豫豫地坐了下来，打算重新翻检一遍。我渐渐发现，许多杂志犹如多情的女郎，每一个告别仪式都必须缠绵再三，久拖不决。这一本瞄上几行，那一本浏览半篇，不知不觉地日薄西山，扔出去的杂志东一本西一本地又回来了大半。罢了罢了，我长叹了一声，颓然掩门而去。

大量地占有，这是满足；放手扔弃，这是潇洒。最为难堪的是黏黏糊糊的那一部分玩意儿。剪不断，理还乱，食之无味，弃之可惜。反复的犹豫表明的是甩不下的尴尬。可叹的是，我们就在一次又一次的尴尬之间渐渐老去，直到那一天——被生活彻底地扔掉。

（刊于《福建文学》2005 年第 1 期）

纯粹的知识分子

　　我对我的研究生说,你们的师祖已经一百岁了,他们哇地惊叫了起来。一百岁!年轻人觉得,一百年差不多就是历史的同义词了。我高兴起来了,让他们看一看前年徐先生与我一起在北京的一个会议上拍摄的照片。他们又哇地惊叫起来:看起来这么年轻!

　　大约三十年前,我投考到徐先生的门下有些偶然。我是"七七级"的大学生,曾经在厦门大学的海滩与棕榈树之间做了四年的文学梦。1981年年底临近毕业,我从南京大学的研究生招生简章上发现了"文艺理论"专业,决定报考南京大学中文系。报名截止的前一天,两位同学突然找我商议。他们均为南京籍人士,试图利用读研究生的机会返回老家,希望我退出竞争。南京大学的"文艺理论"专业仅仅招收两名,我没有理由坚持,只得改弦易辙。时间紧迫,我冲进了厦门大学那一间不到十平方米的招生办公室,重新在散落四处的招生简章之中慌乱地搜索。我从地上捡起一本华东师范大学印制的简陋的招生简章,第一次发现了徐先生的名字。当时并不清楚徐先生的学术成就和治学方式,仅是隐约地听说是个大人物。犹豫了一阵子,我还是决定冒险试一试。考试的感觉并不好。当年的研究生考场设在厦门市郊的一所中学,我所在的那一间教室与校外的民居紧邻。一户人家用最大的音量播放邓丽君,那些绵软甜腻的歌声令人心烦意乱。不久之后竟然收到华东师范大学寄来的复试通知,的确惊喜交加。

　　研究生复试的时候,我在华东师范大学中文系的一间寒冷的办公室里第一次见到徐先生。他坐在窗户旁边,戴一顶深蓝色的呢帽子,和蔼地问了几个问题。我想不起来自己如何回答,仅仅记得孤伶伶地坐在屋子的中央,十分不自在,大约没有说多少话就溜出来了。

　　进入华东师范大学就读之后,我常常见到徐先生拎一个公文包疾步穿过校园的背影。他担任中文系主任,兼任上海作家协会主席,还是《文艺理论研究》和《古代文学理论研究》两份学术刊物的主编,手边的事务极多。徐先生名声很大,我们这些没见过多少世面的小人物,遇到他的时候心里未免惴惴的。

我从图书馆找到徐先生的多本著作,逐渐熟悉了他的文字风格:耿直硬朗,直陈要义,不遮掩,不迂回,摒除各种理论术语的多余装饰。我时常觉得,这种文字象征了老一辈知识分子的硬骨头。文艺必须有益于世道人心,这是徐先生年轻的时候就开始信奉的观点。徐先生的大部分时间生活在学院里,苦读精思,摘录了数万张的读书卡片,但是,他不是那种皓首穷经的书斋型学者,徐先生的心思很大。

每隔一段时间,我们会在徐先生家的书房上课。几个研究生坐在一张旧沙发上,手捧一杯热茶,自由自在地讨论乃至激辩。徐先生从不干涉我们的想法。他通常是坐在那把硬木椅上,仔细倾听我们的观点,最后略为点拨,或者做一个引导性的总结,留下让我们自己领悟的空间。上课结束后,有时还能在徐先生的家里蹭到一顿丰盛的午饭。

闲常的日子,我们不愿意打扰徐先生,总是觉得他正在忙碌一些大事。第三个学期刚刚开始,徐先生突然通知我,我的一份假期作业将在他主编的学术刊物发表。这时我才意识到,他的确花费工夫读过我们交上的那些浅陋的习作。最后一个学期,我到外地游学,返回之后得知,我的一篇论文获得了一个学术奖项。告诉我这个消息的同学说,他是从徐先生那儿听到的。我至今记得那个瞬间心中的暖流:我们这些初出茅庐的学生一直在他的视野之内。

我们都听说了徐先生的坎坷经历。二十年左右的右派身份,一个巨大的磨难。因此,徐先生的身体如同一个奇迹。九十多岁的高龄仍然担任刊物主编,目明耳聪,他的清瘦身板仿佛蓄了无限的精力。徐先生年轻时抽了不少烟,偶尔也不忌惮呷一两杯烈酒,他的锻炼无非是到附近的公园散散步,我觉得他并不刻意保养身体。徐先生的心思全部托付于学术工作。我从未听到他抱怨什么。读书数百种,写下愈百万字的读书笔记,这是徐先生横渡二十年厄运的精神舟楫。对于这种性格,许多磨难不得不失效。

毕业之后的二三十年,到了上海多半要拜见徐先生。闲聊之中,他提到的通常是国计民生的大事,譬如高等教育问题,譬如台海局势,譬如金融危机,饮食起居这些琐碎的小事是没有资格成为话题的。徐先生年事已高,闲聊的时间愈来愈短,但是,每一回端坐在徐先生面前,总是有一种熟悉的感觉立即漾开来。当年我曾经是一个无知的学生聆听教诲,心中驰过各种憧憬;如今我的人生已经逐渐定型,身躯开始发胖,徐先生依然容貌清癯,言辞睿智,神态从容——时光仿佛在他的身边停下来了。最近一次拜见徐先生是今年的五月。入室坐定,谈笑甚欢,过了一会儿,徐先生对我说,你的脸很熟悉的,但想不起来是谁,能不能把名字写一下呢? 我怔了一下,连忙写出名字,徐先生呵呵一笑:刚刚电话约好了,正想着怎么还没有到,原来就是你了。于是起身,热络地握手,重新入座——这时我终于意识到,坐在面前的是一个百岁长者了。

二三十年期间,拜见徐先生的地点始终是当年上课的那一间书房。徐先生一直住在华东师范大学的一幢旧的宿舍楼里,房间很小。书房木板地面的褐色油漆已经多处剥落,靠墙几架子书,窗下一张不大的老式书桌,四处一摞一摞的学术杂志、报纸和书。二三十年期间,书房里的景象始终没有什么变化,只是一面墙上仿佛增添了一台空调机。

如此简朴的家居表明,徐先生显然不在乎各种生活享受。况且,即使工作到八十岁,徐先生业已退休二十年。二十年前中国教授的工资相当有限,徐先生不可能多么富裕。因此,听到他捐赠一百万元作为奖学金的时候,我吃了一惊。不过,我很快释然了。这种事情发生在徐先生身上,真是再自然不过了。

我和太太谈到了徐先生,从她那儿听到一个说法:纯粹的知识分子。我想了想,的确,这就是我这篇小文章一直要找的那个词。三十年的时间说来不算太短,徐先生在我心目中的形象始终就是——一个纯粹的知识分子。

(刊于《现代中文学刊》2013年第6期)

找到自己的生活

少功兄：

五月份的一个阳光充足的上午，我乘坐波音大客机翱翔在万米高空，就着敞亮的窗口阅读《山南水北》，读得感慨丛生。飞机降落的时候阖上了书本，看到机场跑道上一架又一架的飞机正排成长队等待起飞。全世界都在忙忙碌碌地奔走，扑向一份大额生意订单、一张举足轻重的学位证书、一间轰轰烈烈的会议室或者一座繁忙的实验大楼，只有一个人坚决地转身退出这些喧嚣，独自回到泥土、月光、蛙鸣鸟啼、瓜果蔬菜、原木制作的桌椅和山脉、湖泊之中。这是他为自己找到的生活。

"汽车爬高已经力不从心的时候，车头大喘一声，突然一落。一片巨大的蓝色冷不防冒出来……"虽然仅有几年的乡村生活，我完全可以想象这一片巨大的蓝色。闽地山多水长，我曾多次泛舟于一群山峰之间的水库，恣意地享用清风微澜。临水一幢砖房，一个院落，一架葡萄，满墙的野花，几声犬吠，如霜的月光；如果砖房里还存有几架书，一台卫星电视和一部电话机，如果电脑背后的那根导线已经接通了互联网，那么，这种日子大约是无可挑剔的了——"最自由和最清洁的生活"。古代的骚人墨客具有亲近山水田园的传统，可以随手从唐诗宋词之中觅得许多证据。他们的美学情趣显然遗传到《山南水北》之中。然而，你并不是单纯地漫步在丘壑之间赏心悦目，陶冶性情；而是具体地卷入乡村生活，于是与何爹、信爹、华子、贤爹这些农民发生了一些有趣的情节。

尽管在八溪峒生活得快乐而自足，可是，当你和妻子从水泥筑就的城市迁到这幢砖房里的时候，所有的人还是深感奇怪——"你在哪里？你真的去了八溪？"我当然不至于加入那些无聊的猜测，可是多少也暗自嘀咕了一回：少功的日子有什么不对劲吗？反躬自问，如果没有大的变故，我恐怕就无法蓄起足够的"落草"决心。

现在看来，这恐怕是一个耐人寻味的问题：为什么许多人不假思索地认为,一个作家、一个知识分子、一个城市居民返回这种日子肯定有些蹊跷?

我们已经习惯地生活在各种抱怨之中。抱怨冗长的马拉松会议毫无效率,抱怨电视节目低俗不堪,抱怨官僚体制不负责任,抱怨房价飞涨、噪声扰人、废气排放量不断增长、绿地一天天地缩小,我们甚至振振有辞地抱怨自己身陷俗务而无所作为。尽管如此,这些抱怨通常仅仅是飘浮在生活边缘的一圈泡沫;抱怨之余我们无不默认了这种生活的必然。现代社会就是如此,没有什么不妥——这些无奈的抱怨亦属现代社会的组成部分。美国或者欧洲那些经费充裕的学院时常对现代社会的奢靡做出言辞激烈的批判,许多成功人士呆在摩天大楼的玻璃幕墙背后回忆故乡的山水;一个知识分子如果不表示向往自然而仅仅迷恋车水马龙的都市街道和奇幻的商店橱窗,这多半会成为他缺乏素养的表征。另一方面,数以千万计的农民正从厮守了多少代的土地上连根拔起,浩浩荡荡地涌入城市。奔赴城市是一种极其强大的冲动——我们共同认为,这是现代生活无可争议的吸附力。怀念田园与奔赴城市二者之间的分裂、矛盾、反差已经成为历史的正常状态,没有人大惊小怪。

现在,一个名叫韩少功的家伙莽撞地打破了心照不宣的成规。你大约觉得这是一个简单的事实:既然我们不断地听到大地的召唤,为什么不尽快甩下身边这个风尘仆仆的城市,返回青山绿水之间的真正家园?令人奇怪的是,浪漫的口号一旦诉诸行动,许多人立即感到了不适。如果不是奋力一挣,抖落那个无形的罗网,一个知识分子甚至无法实践他如此经常表述的生活理念。你曾多次表示诧异:为什么一个如此正常的生活选择竟然将自己塑造为一个异类形象,以至于引出沸沸扬扬的议论?我觉得,这是一个奇特的症候:你的生活选择很可能惊扰了甚至冒犯了某种强大的历史惯性。

让我们暂时放弃那些高调的口号,那么,"安居乐业"大约可以成为一种简朴的生活理想。可是,生活不是一大块抽象的固体。生活是衔接昨天的今天,进而又是承袭今天的明天。某些维持生活的经验日复一日地积攒起来,由一个历史局部转移到另一个历史局部。这就是历史惯性。历史的一个诡异之处就在于,它从来不愿意笔直地扑向既定目标。无数的具体事件持续悄悄地修改历史惯性的轨迹,引诱人类一步一步地远离"安居乐业"的初衷。每一天仅仅是稍许的妥协、松懈、退让,一切都在正常范围之内,我们没有做错什么——我们不可能退出"每一天"而仅仅生活在理想的云端。可是,多少年之后,"每一天"倾斜的有限距离相加起来就会得出一个十分不正常的总和。这时,如同我们不断地觉察的那样,人类的初始目标不是越来越近了,而是越来越抽象了。例如,圣贤不断地告诉我们,钱财无非是人生的一种工具,可是,愈来愈多的守财奴正在滚滚红尘里舍命厮杀。更为极端的例子是军备竞赛。远古社会,武装力量的出现肯定与保卫家园、守护财产密切相关。现今的全球性军备竞赛正在制造一幅什么景象?许多国家每年必须开支巨额的军费。全世界最为聪明的脑子大半集聚在武器研究领域,费尽心机地琢磨如何更为有效地杀戮同类。他们卓有成效的工作之一即是促成了核武器的问世。显而易见,这个伟大的发明同时将人类吓得半死。拥有核武器的国家不仅耗费巨资维持核武器的日常安全,同时还必须派出一大批谈判专家没完没了地开会,互相承诺不首先开启这个致命的魔匣。从航空母舰、核潜艇、新型战斗机、精确制导导弹到坦克、火炮、步枪、手榴弹——如果人类可能节省研究、制造、维护这些武器的庞大费用,铸剑为犁,那么,许多国家增添的财富很可能超过武力征服的所得。可叹的是,这大约只能是历史的局外人算出来的一笔账。回到历史的某一个时间和空间,进入具体的坐标体系,正在持续的历史惯性立即给出另一套迥异的指标。如果虎视眈眈的邻国已经拥有核弹头和超音速战斗机,当务之急肯定是扩军备战——算了,"和平"的理念只能搁置到遥远的未来。在我看来,日复一日地积攒的历史惯性已经如此强大,以至于可以一次又一次轻易地击垮各种宗教的美妙教义和哲学家对于世界高瞻远瞩的宏论。

不言而喻,历史惯性已经面面俱到地介入日常生活,形成一套相互联系的价值观念。无论是自由、平等、尊严、正义还是精神健康、热爱大自然,这批观念目前多半是一些纸面上的概念。我们的生活拥有另一些更为具体、更为直接同时也更为强大的准则——例如科长肯定比科员有价值,处长又比科长尊贵;例如有了一百万就要去挣两百万,有了两百万就要瞄准一千万,如此等等;更为"智慧"或者"高雅"一些,那么可以谈一谈"高官不如高薪,高薪不如开心"。日常生活之中的历史惯性通常被形容为"很现实"的问题——这是与"理想"相对的含义。"存在就是合理"成了一个可以随手拈来的注脚。至于城市的现代生活必定优于穷乡僻壤,这种逻辑无非是历史惯性的一个小小分支。由于历史惯性的持久训练,我们已经习惯于乖巧地尊重实惠,以至于觉得所谓的"理想"过于耀眼,常常灼伤了双眼。我们不再记得,这些理想曾经是我们的生活起点。这种情况下,《山南水北》虽然仅仅出现了一些钢蓝色的山脉、树荫之中的蝉鸣、牵牛花、美人蕉或者狗和猫,出现一些村夫野老形象和淳朴的乡风民俗,但是,这一切无形地隐藏了某种尖锐的挑战——挑战历史惯性。我想,沸沸扬扬的议论大约是周围对于这种挑战的慌乱反应。

很抱歉,竟然将你置身于田园山水如此真实的快乐拖入了乏味的"历史"概念。真是无趣的"理论癖"。许多时候,"历史"是一个大而无当的名词。我记住了《山南水北》封底印的那一段"八溪峒笔记":"那些平时看起来巨大无比的幸福或痛苦,记忆或者忘却,功业或者遗憾,一旦进入经度和纬度的坐标,一旦置于高空俯瞰的目光之下,就会在寂静的山河之间毫无踪迹,似乎从来没有发生过,也永远不会发生。""历史"也是如此。漫长的时间跨度和纷纷扰扰的世事之中,一个人的内心快乐又有什么位置呢?我已经多次告诫自己,不要过多地使用"历史"这个概念。既然如此,我愿意解释得更为清晰一些:生活之中的快乐是留给自己享用的,快乐的意义交付历史衡量。历史的衡量多少有助于我们摆脱短视,找到突围的方向,从而在庸常的日子背面轻而易举地发现快乐的资源。

信写得长而且啰唆,不知是否说清了我的想法?

祝

好!

南帆

二〇〇七年五月十二日,北京

(刊于《黄河文学》2007 年第 6 期)

大学的骄傲

现今，大学显然是社会内部的一个特殊空间。真理、知识、专业、科学与学术，大学时常与这些词联系在一起。因此，许多人不仅热衷于把自己的适龄子女送入大学，同时还隐约地期待这个空间成为社会的精神风向标。然而，相当一段时间以来，这种期待似乎遇到了不少疑问。若干耸动一时的事件和言论不断把大学推入舆论的漩涡，负面的声音愈来愈密集。从飙车撞人之后的权力炫耀到冷血地刺杀受害者，从官本位崇拜到"四十岁没有四千万别来见我"的警告，从大面积的考试作弊到科研成果的弄虚作假，大学正在出现的一些动向似乎叫人不怎么放心。最新一条舆论哗然的消息是：北京大学校长夸耀地说，这一所大学在短短的十年期间诞生了七十九位亿万富豪。

舆论广泛质疑的是，七十九位亿万富豪是不是北京大学引以为荣的业绩？介绍学术巨匠或者诺贝尔科学奖得主的名单肯定更为吻合大学的传统精神。即使乏善可陈，夸富仍然不是一个合适的主题。大学"非谓有大楼之谓也，有大师之谓也"——听说过梅贻琦这一句名言的人，多半不会把财富作为大学的骄傲。尽管如此，我还是替北京大学校长感到些许委屈。根据消息报道，校长是在企业家俱乐部成立仪式上公布亿万富豪的数目，这如同在体检普查通报会上公布高血压患者的数目一样正常。

显然，舆论开始质疑的时候，北京大学校长的这一番言论已经被抛出了当时的具体语境。然而，我还想指出的是，舆论质疑之所以发生，是因为存在另一个更大的语境。许多人的心目中，大学不是一个趋炎附势的地方。教授们不仅在课堂上释疑解惑，同时还言传身教一种遵从真理、捍卫真理的勇气。世界各国林林总总的大学之中，许多大师的傲骨甚至比他们的学说更为闻名。教会或者宫廷的威权无法摧毁这种勇气，财富也无法收买这种勇气。然而，至少在目前，这种勇气出现了大幅度衰减的迹象。财富的魔力愈来愈大的时候，大学的腰杆一次比一次弯得更低。如此语境之中，一所著名高等学府的校长公开地表示对于亿万富豪的青睐,激烈的反弹恐怕是意料之中的事情。

在我看来,舆论的质疑不算苛刻。如果一个地区官员表彰当地的乡贤,或者,一个年迈的父亲盼望自己的子女有出息,"亿万富豪"多半是一个令人满意的称号。然而,对于北京大学说来,这个目标太低了。这一所大学曾经响起五四新文化运动的第一声号角——换言之,这是一所勇于承担使命的大学。因此,人们有理由提出要求:这一所大学必须意识到自己的历史重负。如同当年喊出了振聋发聩的"民主"与"科学"一样,北京大学有责任提供一个历史时期最需要的内容。尽管七十九位亿万富豪形成的方阵相当壮观,然而,这并没有改变我的一个想法:现今中国所缺乏的,肯定不是更多的亿万富豪。

那些亿万富豪扮演了成功的人生偶像,全世界的大多数人恐怕都不至于产生什么异议。所以,如此通俗的观念似乎没有必要麻烦北京大学的高深论证。相反,许多人更为渴望的是,北京大学能否展示出另外一些类型的成功范本? 例如,关于善,关于爱,关于正义,关于美学,关于孜孜不倦的探索精神和创新,也包括关于穷困的日子里什么叫做成功。实利主义气氛如此强大的时候,大学内部是否存在突围的能量? 这时,北京大学的姿态必然是富于象征性的。

(刊于《光明日报》2011 年 7 月 22 日)

市场、世俗与"人文精神"

现今的文化领域弥漫着强大的世俗气氛。各种类型的娱乐节目纷纷成为大众传媒的座上宾,明星八卦充当了耸动一时的要闻。无论是电影、电视连续剧还是种种畅销书,火爆的动作与惊险、悬念、艳情共同组成招徕观众的要素。这一切显然植根于市场的需求。市场决定艺术家的报酬、声望和身价,没有人敢蔑视销量制订的新型文化秩序。哪一个艺术家可以不食人间烟火?实际一点吧,许多艺术家正在相互劝诫。实利主义始终是世俗气氛的一个部分。

自从市场赢得了理论的肯定之后,世俗气氛的到来是迟早的事情。文化领域不可能置身事外。娱乐节目的兴旺似乎证明大众的主体位置。逐渐摆脱肃杀的阶级政治,大众的笑声以及各种欲望的代偿性满足无不证实轻松安详的社会空气。尽管如此,人们还是可以察觉文化领域的某种隐蔽失衡。相对于二十世纪八十年代的解放与踊跃,艺术或者思想的探索步伐减缓了许多。对于文学说来,深刻正在演变为一种招人嫌弃的品质,现在的哲学仅仅是少数人关注的精神奢侈品,历史不得不接受各种"戏说"的粗暴调侃。严肃的经典已经留在昨天,万花筒似的手机屏幕才是今天的大众阅读空间。这时,市场似乎成为一个借口,不懈的精神追求与大众之间的有机联系中断多时。试图概括和评述这种文化现状的时候,我再度想到了一个概念:"人文精神"。

这个概念曾经在二十世纪九十年代初风靡一时。当时,围绕"人文精神"展开的争论制造了一场引人瞩目的思想震荡。众多人文知识分子竞相发言,他们的踊跃程度表明这个话题包含种种普遍关切的内容。时隔二十年再度回顾,这一场争论的仓促与浅尝辄止显而易见。知识积累不足,情绪内涵超过理论内涵,人们期待的思想总结并未如期而至,甚至何谓"人文精神"也未曾取得普遍的共识。尽管如此,倡导这一场争论的敏锐和及时至今仍然令人称道。二十年左右的时间,许多事实证明了倡导者当年的预感:消费主义、没有节制的物欲与"人文精神"的匮乏可能导致一个民族的精神停顿。

显然,这一场争论的初始动机是对于商业文化的积极回应。二十世纪九十年代初,市场如同一个庞然大物急速崛起,丰盛的商品与唯利是图的投机成为两个显眼的副产品。对于许多人文知识分子说来,当时的"人文精神"更多地作为抵制市侩哲学的口号。他们心目中,"人文精神"是文化赖以抗拒世俗气氛包围的精髓。这些知识分子深感不安的是,赢利正在逐渐成为文化评价的标准。这不仅改变了他们"耻于言利"的传统,更为重要的是切断了社会持续改革的思想资源。相当长的时间里,打开传统观念的枷锁成为社会改革的聚焦点,"解放思想"——这种表述已经清晰地显示出改革的交锋首先发生于思想文化区域。"伤痕文学"或者"寻根文学",主体的哲学意义与异化思想,历史的超稳定结构与文化传统向何处去,诸如此类的论述组成的文化段落醒目地组织在解放思想的洪流之中,推波助澜,摇旗呐喊。如果这一切只能沉没于世俗气氛——如果市场的新宠换成娱乐为主的商业文化,那么,社会改革的思想动力又在哪里?这时,"人文精神"应声而出,试图阻止商业文化的过度蔓延,坚守某种拒绝市场覆盖的文化空间。

如今看来,这些知识分子或许低估了市场经济解放出来的活力——包括思想文化的活力。事实上,市场对于个体、竞争、法律、机会以及公平与效率等一系列问题的预设远远超出单纯的经济范畴。这种活力既强大又陌生,对于按部就班地遵循计划经济支配的僵化习惯产生剧烈的冲击。人们迅速地接受了一个原则:赢利是市场理所当然的衡量尺度。作为经济活动的首要规律,追求利益最大化成为左右市场的杠杆。但是,这并未否定"人文精神"的意义。"人文精神"的倡导表明,市场之外存在另一些价值体系。一个女士愿意支付更高的价钱购买一套心仪的服装时,美学追求占据了上风;一个教授愿意接受低廉的报酬从事公益讲座,或者,一个公职人员愿意利用休假进入医院担任义工,这时,善的追求压倒了个人利益的获取。一个正常的社会通常拥有多种价值体系。道义、公正、情谊以及各种特殊的信仰都可能超过个人利益排到第一位。这些价值体系与市场的追求构成内在的平衡和相互制约,这是一个社会合理的精神结构。

"人文精神"不仅展现真、善、美诸种价值体系的存在及其历史发展,甚至证明某些事情无价。对于一个真正的革命者说来,革命的信念或者民众利益绝非待价而沽的对象;对于一个政府官员说来,公共权力决不允许以任何理由交易。愈来愈多的人投身公益事业或者慈善事业,回报的价码从未进入他们的意识。"生命诚可贵,爱情价更高。若为自由故,两者皆可抛"——这首广泛流传的小诗显示,人类有可能不再听命于生存的直接需求而按照自己的意愿追求更为崇高的目标。这是人之为人的可贵之处,也是"人文精神"题中应有之义。

"人文精神"的词源通常必须追溯到欧洲的文艺复兴运动。打碎中世纪的神学枷锁,张扬人的尊严与价值,包括正视人的现世幸福和正常的欲望,这时的"人文精神"被视为一面解放的旗帜。解放的含义是,人类有权力挣脱外在的奴役——例如神学的奴役——从而树立"以人为本"的观念。很大程度上,这也是二十世纪九十年代初重提"人文精神"的理由。当然,这时的解放不再是摧毁中世纪的教会系统,而是指向财富的盲目积聚以及不知餍足的贪欲。如果说,财富与欲望都曾经扮演过人类解放的工具,那么,历史辩证法表明,这两者时常会不知不觉地演变为人类的新型枷锁。吃面包是为了活着,活着决不仅仅是为了吃面包。然而,可以从许多人的异样贪婪之中发现,财富的攫取正在成为他们唯一的人生渴求。这时,生活的手段已经转变为生活的目的。"人文精神"的匮乏既是这种颠倒的原因,也是这种颠倒的症候。

以人为本是"人文精神"的逻辑起点,马克思关于人的全面发展的论述展示了理想的远景。古往今来,具体的社会活动形形色色,以人为本必须是诸多社会活动锁定的终极旨归。从两千多年前孔子问人不问马的著名典故到当今政府如何从单纯的 GDP 转向民生问题,人的价值时常成为调节各种评价指标的核心范畴。尽管物质财富的生产和分配仍然是现代社会最为显赫的主题,但是,人类的标准形象并非经济动物。迄今为止,人类文化同时包括道德、法律、宗教信仰、政治理想、社会制度、文学艺术等等诸多领域。如果上述领域完全撤出社会环境,经济活动很快就会瘫痪。道德沦丧、法律缺失、政府无能腐败,这时怎么可能孤立地存在一个完美的市场?人的全面发展显现为综合素质的完善,而不仅仅是财富的聚敛。如果一个民族赢得的文化评语是"见利忘义""哲学的贫困"或者"艺术沙漠",这种耻辱是金山银山的耀眼光芒所无法掩盖的。

　　财富没有错,经济活动的中心位置也没有改变。然而,当财富积累到一定的数量之后,一系列新型的问题必将陆续浮现:合理的财富分配方案是什么? 财富的终极意义又是什么? 是否存在财富之上的更高追求? 当今的社会转型之中,人们正在逐渐察觉这些问题的分量。这时,"人文精神"的基本含义及其历史演变可能提供多方面的启迪。文艺复兴时期,"人文精神"的倡导标志着走出上帝的庇荫独立自主。如何管理自己,人类有信心比上帝做得更好。现今,人的全面发展勾画出一个此岸的历史图景,现在是实践这个历史图景的时候了。

　　　　(刊于《人民日报》2013 年 12 月 3 日)

前提与盲区

第三编

凤凰树下随笔集

出　镜

一

不知哪个机灵的工程师发明自拍神器,这个简单的小机械征服了所有的旅行者。海滨、园林庭院、横跨马路的天桥、博物馆大厅,什么地方都有人正在自拍。从挎包里取出自拍杆拉长,顶端夹住手机或者照相机,对准自己调节好的笑脸咔嗒一声。这是雅俗共赏的游戏,大人物一样热衷。网络上流传过一张韩国总统朴槿惠使用自拍神器的图片。当初,精明的商人肯定想到了这个小机械拥有巨大的市场,可是,多少人预测到,这个玩意可能产生另一种文化?

很迟我才明白,大多数手机都有自拍的功能,自拍神器无非一种辅助设备。第一次看见手机自拍是在一个嘈杂的餐厅里。邻桌的一位男士左手精心地撩拨头发,脸部持续地配制各种型号的表情,右边的胳膊竭力伸长,巴掌中的手机对准了自己。当时我心里转过的疑问是,这个哥儿们是不是犯了什么毛病? 在一起进餐的伙伴开导之下我才明白,自拍如同正餐之前的一碟小菜那么平凡。现在好办了,自拍神器终于让我们的胳膊如愿地加出了一截。

我刚刚在网络上看到一张相片:游人如织的海滨沙滩,一个身穿比基尼的女士弯腰将自拍神器从胯下向后伸出,拍摄自己如花似玉的屁股。沙滩上肯定还有些手持照相机的闲人逛荡,但是,这种事最好不要麻烦他们,以免产生不良误会。许多人即兴地拍下自己的各种相片上传网络,网络是一个视觉的公共空间。无数微博在这个空间注册,每一个微博摆出一堆相片或者几段视频,犹如小商贩在跳蚤市场铺开一个地摊。多少人光顾无关紧要,重要的是,自拍终于使出镜成了一件轻而易举的事情。

出镜曾经是莫大的荣耀,神奇而隆重。报社的记者举起了昂贵的照相机,镁光灯咔嗒咔嗒响个不停,个人的形象次日出现于报纸版面的某一个角落,赞叹之声绕梁三日;电视台的记者更为伟大,他们肩扛的那一台摄像机如同一个威风凛凛的火箭筒。摄像机可以长距离地锁定一个人,提供各个角度的拍摄,然后电视台负责将这个人形象发射到千家万户的电视机里面。可以从这些复杂的程序之中看出,出镜是多么幸运的奇迹。一个小官员事先得到通知,他在晚间的新闻节目之中拥有五秒钟的镜头。他迫不及待地打电话通知所有想得起来的亲朋好友,号召他们尽早守候在电视机面前等待他驾临屏幕。现在,自拍神器极大地削减了人们的摄像机崇拜。那些影像符号没有多少特权了,我们自己都能生产。昔日那一批神气活现的记者突然有些失落。有了自拍神器,小巧的手机和无线网络片刻之间解决一切。

技术发明又一次不可思议地扭转了我们的生活。照相机或者摄像机让人眼界大开,看看世界吧——一个偌大的世界扑面而来;然而,自拍神器试图让一个偌大的世界侧过脸来,看看我们吧——现在轮到我们当主角了。这时,我们开始端庄地或者诙谐地出镜。

看是主体的向外扩张,眼珠骨碌碌乱转,目光贪婪地扑向整个世界。我想起第一次接触地图的激动。通常只能看见一条街道,一幢楼,一座山峰,然而,地图突然将整个世界神奇地铺开,一个巨大的空间浮出纸面。据说,全景画出现于十八世纪末的欧洲,这意味了开阔视野的形成。乘坐热气球飘浮在空中纵览远景,登上教堂的圆顶绘制四周的城市,那时的绘画开始崇拜巨大与无限,一心想把世界尽收眼底。然而,时至如今,这种野心逐渐疲惫了。世界是看不完的,天外有天,谁知道天尽头又在哪里?也许,现在是转身看看自己的时候了。不论世界的直径有多大,出镜就是把自己设为圆心。

我看到的一个最新视频是,几个小学生录制下他们与小伙伴之间的口水战。他们在视频之中表情生动地扮鬼脸,吐口水,说一些挖苦对方的刻薄话,做剪刀形手势,如此等等。这些孩子如此熟悉视觉语言的编辑,一个自拍神器就可以造就一个表演舞台。

二

大约是钱锺书用鸡蛋与母鸡的关系比拟作品与作者：即使吃了一个不错的鸡蛋，仍然没有必要认识生蛋的母鸡。作者又没有三头六臂，有什么好看的？可是，对于许多人说来，这个观点肯定过时了。他们的阅读就是想追溯到作者，甚至仅仅兴趣作者。

那些睿智的见解或者巧妙的语言修辞哪有一张具体的脸生动？当然，容貌的质量是一个不言而喻的前提。美女作者的俊俏妩媚必须足够支持朦胧的浪漫幻想，皱纹纵横的老妪不宜公布相片；男子汉气概是帅哥作者的经典标志，掀起衬衫露得出八块腹肌，抽烟冥思的深刻表情可以暂时省略。总之，这是一个视觉的时代，语言的魅力正在急剧衰减。哲学思辨或者深奥的诗令人生厌，夸夸其谈的知识分子正在丧失他们的影响。视觉的时代是身体重新出场的时候，演员和运动员占据了传媒的绝大部分空间，红地毯和绿茵场成为全世界注目的聚焦点。运动场内矫健的身姿开出天文数字的价格，女演员的脸蛋、乳房和手指头竞相成为保险公司的投保对象，哪些语言产品可以享受这个级别的待遇？某些教授的电视演讲获得意外的成功，突然晋升为学术明星。然而，所有的人都明白，形象是充当明星的真正资本。讲坛上的表情、音调以及种种肢体语言远比渊博的知识重要。

现在可以提到"颜值"这个新词了。"明明可以靠脸吃饭，却非要去拼才华"，据说这是网络语言对于一个人的赞美。顾名思义，"颜值"即是指容颜的价值——这种价值可以兑换为各种谋生的资本。现在，的确到了为相貌美学拟定一张价格表的时候了。当然，这种美学算术有点儿复杂。以往这张价格表仅供某些类型的女人参考。既然世界上存有那么多大腹便便的富翁，女人一副天生的好眉眼就不该任意浪费。然而，现在的男色消费终于浮出水面。宁泽涛刚刚在世界游泳锦标赛之中获得自由泳一百米冠军，人们正在尝试把亚洲第一人的实力与"小鲜肉"的颜值相加，据说得数是五年之内可以挣得到五个亿。一个著名的电视评论员总结出一个计算公式，颜值就是在事业成就的基础上不断地乘以十。由于广告商的垂青，这些颜值偶像的收入动不动就要扩张十倍。之前的李宁、刘翔、林丹无不验证了这个公式。至于那些徒有肌肉而缺少颜值的运动员,他们的厚实巴掌仅仅攥得住金牌带来的有限奖金。

视觉的时代必须拥有另一批文化操盘手,那些哲学家或者诗人及时地转入幕后,导演、摄像、主持人、制片人络绎而至。然而,真正的巨变来源于一个有点儿别致的技术构思:每个人口袋里的手机都附加了拍照的功能。这个技术构思造就了年青一代的一种特殊习惯——无论遇到的是台风天气的漫天乌云、街头小贩的火爆争吵还是阳台上一盆仙人掌冒出了新芽,他们所做的第一件事都是掏出手机拍照。如今,生产影像符号的文化团队空前强大。瓦尔特·本雅明当年引用过的一句话终于成为现实:"未来社会的文盲不是不会写字的人,而是不懂摄影的人。"

三

然而,现在似乎流行另一种舆论:大批热衷于摄影的人正在变为文盲。对于电视台和网络空间的庸俗口味,多数来自印刷文化的老派知识分子纷纷表示不屑。《爸爸去哪儿》这种节目居然可以在电视台热播一时,很难想象印刷文化如此幼稚。没有思想的视觉只能是浮光掠影,这种舆论隐含了文字中心主义的观念。一些教授时常回忆一个著名的典故:当年鲁迅在《呐喊》的自序之中解释了弃医为文的原因。他在生物课的幻灯片之中见到了一群麻木的中国"看客",这些人正在神情漠然地观看同胞遭受斩首。鲁迅的感叹是,如果丧失灵魂,茁壮的躯体又有多少意义?与其医治肉身的疾病,不如诊疗精神的创伤。因此,鲁迅放弃医学,立志做一个解剖国民灵魂的作家。有趣的是,那些心细如发的教授竟然从这个众所周知的典故之中挖掘出一个意外的秘密:尽管触动鲁迅的是幻灯片,然而,他从未考虑投身于摄影,或者从事已经开始时髦的电影,这个来自绍兴的知识分子性格倔强。鲁迅愤慨地指控古老的传统是"吃人"文化,同时,他又冥顽不化地使用那一支落伍的毛笔。鲁迅习惯的毛笔来自故乡的一家笔庄,价格便宜,别名"金不换"。

另一个文雅的知识分子似乎也不那么喜欢影像符号——阿根廷大名鼎鼎的博尔赫斯。据说他仅仅在 1969 年看过一次电视,因为电视转播的是美国宇航员乘坐"阿波罗"登月。博尔赫斯家里没有电视，只得临时向佣人借了一台。博尔赫斯的小说充满拉丁美洲式的奇异想象，例如将一套莎士比亚的记忆当成礼品相互赠送，或者图书馆里藏有一本始终翻不到第一页和最后一页的书，如此等等。《盗梦空间》这一类电影出现之前，如此奇异的想象只能托付给语言文字。或许因为家族遗传，博尔赫斯患有眼疾，晚年失明。不知道这个事实是否有助于解释博尔赫斯对于影像符号的厌倦，长时间面对电视屏幕肯定伤眼睛。另外，也许黑暗之中浮现于内心的语言文字远比照相机定格的那些乏味的表象精彩？

相片无非是机器偶然截取的一个世界片断，脱离了时间和空间，没有气味、重量、连续性和历史气息。一张相片的主题往往是分散的，闪烁不定，必须依赖某些文字解说给予凝聚，譬如拟定一个标题。所以，尽管电视台和网络空间正在重新装修这个时代，知识分子仍然顽强地坚信语言文字远为深刻。他们心目中的"文化"是一个书籍的世界。

那么，现在那个讨厌的自拍神器又一次企图动摇知识分子的文字信念吗？

四

鲁迅弃医为文的典故曾经赢得许多的讨论，教授们称之为"幻灯片事件"。教授们拒绝将这个典故视为一则寓言，斤斤计较的考据癖认定，这是一个曾经发生的历史事件。因此，诸如此类的细节必须逐一考订：幻灯片还是相片？实物保存在哪里？什么时间看到的？《呐喊》自序与《藤野先生》的叙述存在多大的出入？线索纷歧的讨论之中，一个有趣的问题逐渐显现：看与被看。囚犯，"看客"，观看囚犯与"看客"的鲁迅，与鲁迅共同观看的异国学生——这些人同时还在窥视鲁迅的神态，西方视野之中"被看"的东方——这已经是萨义德的"东方学"与后殖民理论的议题了。不少人倾向于认为，看意味的是主动，权力，制高点，"刀锋一般的眼神"表明了视线令人恐惧的威胁；被看意味的是被动，接受，他人视野之中的客体，动物园笼子里的老虎只能沦为游客眼里的玩具。

然而，日常生活的看与被看几乎不存在固定的语义。的确，古代的演员因为"被看"而身份低下，"戏子"之称隐含不言而喻的鄙视；女权主义者认为，广告之中的女性形象时常制作为"被看"的物体，电影的性感镜头投合的是男性意识的视觉欲望；那些民风剽悍的城市，看与被看时常会铿铿地撞出意外的火花——驾车在十字路口等红灯的时候，往相邻汽车的驾驶室里多看一眼就可能引发一场剧烈的斗殴。"你看我干吗？"拒绝"被看"的保卫战就是从这么简单的一句开始。当然，还有至高无上的神。所谓人在做，天在看，神没有必要亲临现场，但是，神会把一切都看在眼里，善有善报，恶有恶报。必要的时候，神会摇身一变，转换为俗世的行政权力。高速公路的入口，银行的柜台背后，火车站的候车大厅，住宅社区的楼道，不同等级的权力部门是众多监控摄像头的强大后盾。根据福柯的描述，边沁设计的全景敞视监狱是行使眼睛霸权的哲学模型，一个硕大的眼球高高在上地凝视监狱每一个角落，所有的囚犯都无处藏身。然而，看与被看同时存在另一套颠倒的评价语汇：鲁迅曾经发狠地说，最高的轻蔑是无言，连眼珠也不肯转过去——换言之，看同时意味了必要的尊重。"重视"一词不是褒义吗？凝聚公众目光的只能是领袖或者名流，普通人多半无法在电视机屏幕里找到自己的席位。

也许，古板地设定看与被看的等级犹如刻舟求剑。每一个现场的主题、空间装置以及特殊设计决定看与被看的相互博弈。街头的杂耍艺人或者寻衅滋事的醉汉只能收获鄙视，大剧院聚光灯核心的领衔主演享有特殊的尊荣。后者的威望借助舞台垫出来的人生高度。许多人都秘密地藏有一个舞台梦。无法征服金碧辉煌的大剧院，那么，自拍神器至少提供了一个镜头之中的舞台。意外的是，传统性格的敦厚、内敛、含蓄与羞涩荡然无存，那么多人抢着把脸伸到镜头面前。这时，自拍神器正在表达一个强大的欲望："被看"。

五

出镜的是一幅肖像，几个日常生活片断，镜头之中的舞台上演的是什么故事？不就是想让自己漂亮一点吗？那些软件工程师早就洞察到我们的虚荣心。一款称为"美图秀秀"的软件负责修饰自拍的相片。增大眼睛，拉长

身高,削去过于肥大的腰肢,智能手机可以自动完成一切。某些名流的文字自传曾经遭到辛辣的嘲讽。夸大其辞,文过饰非,滔滔不绝地颂扬,试图将自己叙述成一代圣人:要么业绩不凡,要么道德完善,要么不加节制地夸耀不凡的武功或者渊博学识。然而,进入网络空间投放自己的形象,许多人显然遵循相近的修辞策略,放肆地纵容美学篡改容颜的真相。当然,"美图秀秀"完成的目标简单多了——美貌可以急剧地提高性魅力的指数。

网络空间的各种图片之中,性主题是一个巨大的漩涡。各种色情网站寄生于视觉欲望,发达的传播技术甚至制造出一个奇怪的景象:性仅仅是视觉,例如网络空间的裸聊游戏。许多图片环绕于这个漩涡的外围,色情意味稍许模糊——这时的性主题称之为"性感"。搔首弄姿,挑逗的面容和神情,凹凸有致的身材,将脱未脱的服装,这一切无非制造性感气氛的各种元素。视觉对于性感品味丰富,许多图片不懈地开拓各种另类的性情趣。不久之前的网络出现了一组伤残军人的裸照。残缺的肢体与健壮的胸肌或者饱满的乳房形成了某种特殊的性魅力。另一些性感的图片肯定超出了一般的想象:一具插满了输液和导尿导管的女性裸体,或者,一个全裸的大胖子如同几坨肉摊在床上。那些保守主义者几乎每天都在发出愤怒的感叹:这个时代的眼睛趣味已经如此乖张了吗?

许多图片令人想到的第一件事就是,谁是拍摄者? 这些图片的私密性如此强烈,以至于人们不能不猜测:要么源于自拍,要么出自最为信赖的亲密者。因此,这些图片广泛地流传多半得到了本人的授权——许多时候,本人即是发布者。从那些热衷于个人写真集的无名之辈到想方设法泄露"艳照"的演艺明星,他们的各种借口无不指向一个相同的目的:如何堂而皇之地在公众面前脱下衣服来。

权力与财富已经严格地规定了这个世界的等级秩序,一个穷小子几乎无法挑战大亨。然而,性具有扰乱这个等级秩序的特殊能量。七尺之躯的若干器官和旺盛的激素分泌可能骤然冲决井井有条的社会屏障。例如,一副诱人的眉眼通常是一张额外的通行证。出入各种社会场合,推开一扇扇紧闭的大门,美貌远比一份平庸的文字介绍有效。由于相貌在异性组合之中占有的巨大权重,一个面目姣好的底层人士可以瞬间跨越权力与财富的众多台阶,跃入另一个社会阶层。一个大跨度的婚姻桥梁可以轻易地引渡一个家庭,甚至引渡诸多族人。历史悠久的男权中心社会,性的拯救是许多女人首选的生存策略。从古代的君王选妃、豪门纳妾到现今的跨国婚姻、扮演权势者情妇,性能量秘密制造的社会阶层流动从来就没有止歇。

相对于权力与财富编织的世界,网络空间扑杀性能量的防线远为薄弱。许多图片之中的小火苗始终在悄悄地蹿动,片刻之间就会燃成炽烈的一片。这似乎不是多么严重的事情。网络无非是信息交换的集散地,屏幕里的剧情仅仅是虚拟事件,操纵信息的躯体从未离开鼠标和键盘。信息的冒险又有什么关系?这时,空前放纵的暴露癖与观淫癖不断地制造视觉的狂欢。一张性感的图片呼啸登场,各种社会评论、哲学观念或者艺术消息纷纷黯然失色,这显然是自拍神器在网络空间掠阵的秘密武器。

六

那些激进的思想家开始将这个时代形容为"景观社会"。街道、霓虹灯、橱窗,还有无数的图片和影像符号。我们曾经抱怨无所不在的城市噪声,现在,视觉垃圾已经堆积成山。我们每天触目所见的无非人工景观,大自然的山山水水已经游离出我们的目光范围。当然,我们即是视觉垃圾的生产者。拍照,上传网络空间,这是许多人每日例行的功课。即使是进入医院检查身体,躺上病床之前还要将手机交给同伴——拍下,上传!另一个极端的例子是,一个女性不幸遭遇车祸,浑身是血地躺在马路上。她在第一时间所做的事情是,拿出手机自拍,上传网络。

景观社会的特征是眼界大开。摄像机探入一个双胞胎学校,一下子见到百来对双胞胎;上升到数百米的高空俯拍,镜头之中塞满了寸草不生的断崖绝壁——各种奇观正在制造剧烈的视觉震撼。日常生活之中,无所不在的手机拍摄赋予各种相片前所未有的世俗气息。地铁车厢里争抢座位的斗嘴,当街围殴"小三",摩托车骑手摇摇晃晃地头顶一张席梦思床垫驰过十字路口,七旬老太太跳钢管舞英姿勃发,如此等等。这些琐细的社会片断没有资格调遣火箭筒一般的摄像机。伟大的摄像机不习惯这些杂碎,犹如伟丈夫不习惯厨房灶台上的活计。有趣的是,这种世俗气息突然敞开了家庭的私密生活。传统的习惯之中,家庭影集通常放在客厅角落的一个小桌子上,

只有熟悉的客人有资格翻阅。可是,现在的网络仿佛随时直播家庭的日常
景象:菜市场买到新上市的韭菜,下午在卧室的地毯上练了半小时的瑜伽,
晚餐的餐桌上有一盘猪脚,家里的肥猫正舒适地躺在书桌上打呼噜,等等。

多数相片无法出现作者的形象。笨重的照相机、摄像机不能倒转过来
拍摄自己。因此,自拍神器的主题是视觉文化的“自我”隆重出场。可是,网
络空间并没有一场狂飙突进的浪漫主义运动,那些争先恐后的“自我”有些
乏味,婆婆妈妈。自拍神器无非造就一些小情调、小趣味,嘟起嘴巴卖萌,伸
出剪刀形手势,一件款式新颖的时装,脚踝上一个别致的刺青图案,如此等
等。对了,这仿佛是一个奇特的例外——网络空间竟然掀开了讳莫如深的
性的面纱。作者勇敢地挺身而出充当素材,赤裸的躯体无所忌惮地暴露在
众目睽睽之下。这些大胆的图片背后,人们可以听到甩开禁忌时的快乐尖
叫。可是,甩开了禁忌的性似乎不再有更多的内容。故事总是迅速地跌回
习以为常的结局,一张双人床就可以轻易地接纳全部情节。

自拍神器的确把镜头对准了自己。可是,出镜的那一张脸平庸无奇,看
不出什么。当我们开始对自己的表现感到失望的时候,这个简单的小机械
终于制造出一个复杂的问题:除了短暂的自恋,还有什么值得搬上镜头的
舞台?

(刊于《上海文学》2015 年第 12 期)

机器之瘾

一

似乎,我不再了解这里的生活了,一阵巨大的不安阴影一般地掠过。这时,我正站在一幢大楼的嘈杂过道上。

大厅里是一个熙来攘往的电子产品商场,一两百个大大小小的摊位。有的摊位圈起不小的地皮,销售名牌的电脑或者手机,例如苹果、三星、索尼、联想。这里的员工是一些表情阳光的年轻人,穿着公司的马甲、牛仔裤,步履轻盈地哼着流行歌,偶尔有几下嬉闹推搡;多数摊位仅三四平方米,摊主沉默地支着下巴,在一个平板电脑上看肥皂剧。他们的柜台里款式各异的手机闪烁着金属的光泽,如同一批沉睡的大型甲虫。插上电源,那一块小小的屏幕亮起来之后,这些甲虫就会苏醒过来,爬向世界的各个角落,施展种种魔法。一个中年人从摊位上转过身来,殷勤地推介某种款式的手机。他笑容满面,可以清晰地看到嘴里的牙龈和牙垢。

我清楚地意识到,这里是一片危险的丛林。沼泽、岔路、陷坑、沟壑与裂谷,密密匝匝的树林望不到边,迷途不返……只不过这一片丛林是由众多软件组成。一个黑色的键盘搁在桌上,软件工程师十指翻飞,一行行字母在噼里啪啦声中跳出电脑屏幕,另一个世界的曲折路径如同林中小道开始蜿蜒盘旋。另一个世界隐藏了各种财富、美女,大型化装舞会、丰盛的购物中心、凄艳的恋情、眼花缭乱的游戏和炽烈的战争层出不穷,然而,无法识读路标的人寸步难行。几个染过头发的年轻人犹如上帝派来的使者徘徊在柜台附近,他们慷慨地许诺说,下载几个软件即可获知"芝麻,开门"的咒语,一个妙不可言的电子天堂近在咫尺。我坚定地摇了摇头,表示不屑——其实,我并没有听懂他嘴里的众多技术名词,我心中默念的是另一句话:兄弟,要骗到我并不容易。淘宝、网恋或者电子社群是年轻人的节目,我还是守住钱包里有限的几张钞票对付大楼外面那些尘土飞扬的日子吧。

如同他们这么年轻的时候,我所熟悉的电子设备是一台四四方方的收音机,里面播放雄壮的革命歌曲和各条战线形势大好的新闻;一个相对普遍的自动化装置是水龙头——拧开旋钮,水流就哗哗地喷出来了。二三十年的时间,世界变得太快了。然而,我并未感到无知的羞愧。时尚又算什么?明月松间照,清泉石上流,远离那些光怪陆离的电子产品并不影响我的生活。现代社会的表征之一是,按照自己的方式设计每一个日子,没有必要将手机或者电脑视为发号施令的家长。我知道那些伟大的软件可以遥控天上的卫星,指挥大洋之中的潜艇发射导弹,但是,它们管不住一个个生命的奇特轨迹。一条狗踊跃地蹿过街头,一条金鱼慢条斯理地浮游在玻璃的鱼缸之中,哪一个软件工程师能够描述兔起鹘落的奇妙?我们又不是组装在一台机器之中的零件。

然而,就是在这个时刻,一个锐利的命题如同一支利箭击中了我:我们正在变成一台机器的零件——我们,所有的人。我们的生活必须由机器设计与核准,背叛机器将一事无成。如同我们曾经驾驭汽车或者游艇那样,电脑正在驾驭我们。现在,这个命题已经进入尾声,软件工程师编写的程序正在完成最后的合围。当一枚薄薄的芯片植入我们的后脑勺时,机器统治世界的日子将正式宣告来临。是这样吗?

一阵巨大的不安阴影一般地掠过。

二

时至如今,我们这些凡夫俗子的日子多半陷于庸常的琐事,只有一些惊雷一般的预言振聋发聩,迫使我们抬头仰望。我们等待这些预言犹如等待一束穿透历史表象的强光。

十九世纪的时候,卡尔·马克思的《共产党宣言》曾经显示杰出的洞察力。高瞻远瞩的论述利刃般地剥除了浮嚣的世事,历史暴露出真实的面目:资产阶级正在破坏一切封建的、宗法的和田园诗般的社会关系,宗教的虔诚、骑士的热忱和小市民的伤感无不淹没在利己主义的冰水之中。所有神圣的东西都遭到亵渎。贫困人口持续地加入无产阶级的队伍,资产阶级和无产阶级决战的时刻即将来临。说出这些惊人的结论时,马克思还不到三十岁。

　　二十世纪的时候,生活之中的某些方面突然开始提速。人们逐渐察觉,技术正在重塑世界。当然,多数人并未受到惊扰,他们多半懒洋洋地享受技术。白天奔赴一个指定的行政方格上班,晚上伴随一台电视机度过,这种日子没有多少不妥之处。不过,马丁·海德格尔,一个目光如炬同时又饱受争议的哲学家注定会说出一些惊世骇俗的观点。他指出技术隐含的危险,分析了人类社会依赖的工具。海德格尔享年八十七岁,于七十年代中期去世。或许海德格尔还是没有料到,他去世之后的数十年期间,电子技术的革命带动了这个领域的机器家族迅猛繁衍。现在,这些强大的机器家族正在吞噬人类。也许某一天,我们都将变成机器管辖的驯服子民。

　　大约十五年前,一本十八世纪的著作《人是机器》开始让我意识到一个危险:把人类改造为机器是由来已久的冲动。这本著作的作者拉·梅特里兴冲冲地将人的躯体形容为永动机。这种观点迫使我想象躯体内部各种电子集成电路、金属的轴承和齿轮,行走之际发出一片铿锵之声。当时还没有看过《终结者》《变形金刚》这些电影,未曾料到电子集成电路与人类的脑细胞一样擅长输送嫉妒、仇恨、贪婪、杀戮和爱情信号。我的想象之中,机器被奉为人类的偶像更像是理性策划的阴谋。当时,我曾经写下了这么几句幼稚的话:"理性始终不渝地和躯体的本能、亢奋、放纵和软弱搏斗;如果金属材料取代了血肉之躯,机器的精确、可靠、坚硬和一致也将成为人类躯体的品性——这如同理性的终极理想。"

　　现在看来,机器对于人类的改造范围远远超出胳膊和大腿上的肌肉,譬如视觉。摄像机正在充当这个社会的视觉器官。每一家客厅里的电视屏幕与人类的眼睛相互衔接之后,一个伟大的视觉启蒙工程开始了。天空的星体,深海的鲸鱼,宫殿里的政治大人物,那些美人们正在卧室的窗帘后面干些什么……现今任何一个孩童的视觉内容都是古人的眼睛所无法企及的。无论是那些见多识广的商贾还是骑一匹毛驴漫游天下的诗人,哪一个家伙的视野能够与电视台的摄像机镜头竞争?然而,奇怪的是,我们的眼睛比古人迟钝了许多。"相看两不厌,惟有敬亭山"或者"我见青山多妩媚,料青山见我应如是"都是古人的亲眼所见,相反,我们的眼睛不再有自己的发现。

摄像机镜头覆盖的范围之外,许多人什么也看不见。

　　相当程度上,机器甚至开始安排人类的思想。拥挤的地铁车厢里,所有乘客的眼睛都盯住手机或者笔记本电脑,贪婪地吞食屏幕上的知识或者游戏。许多人心目中,不进入屏幕的世界如同不存在。没有人阅读书籍,印刷文化及其携带的经典著作正在被大众抛弃。内容并不重要,重要的是机器提供的阅读形式。互联网传送到手机或者电脑的一切图像文字随即被安装于大众的意识,无数的大脑正在被发展为另一个血管与脑神经组织起来的生物终端。这时,设计机器阅读形式的工程师间接地决定大众意识如何构成。当然,还有那些熟悉技术与市场的小编辑。总之,这些人的作用就是充当机器与大脑之间的媒人,二者的重合似乎是迟早的事情。

　　机器正在吞噬人类——或许,这仅仅是一个不动声色的围堵。没有传统的刀光剑影,攻城略地或者肉体的消灭业已成为落伍的形式。无非是茶几上多出几个遥控器和充电器,客厅或者厨房里增添几样电器,一些小机器如同潮汐一般缓缓地漫过来,没有人大惊小怪。如何描述机器大获全胜的盛大结局?我一直缺乏足够的想象力,直至一部叫做《黑客帝国》的电影上映。黑暗的电影院里,亮晃晃的银幕提前预告了人类未来某一天的恐怖景象:一台巨大的电脑主机开始操纵世界的时候,许多人的日常状态仅仅是:昏睡在某种盛满营养液的器皿之中,躯体连接上各种插头。插头从电脑系统接收的各种信号不断地刺激感官,昏睡者的意识内部陆续浮现无数虚拟的生活幻象——从矗立的高楼、鲜花盛开的公园、穿过街头的一个女郎到一块可口的带血牛排。这就是机器配给的全部生活。

　　走出电影院的那一刻,我的脑子里只剩下一个问题:这一台电脑主机的软件程序按部就班地格式化一切之前,人类的意识能否聚集起最后的能量反戈一击,延续乃至阻止这种恐怖景象的来临?

三

　　众多工程师对于这种历史预言嗤之以鼻。杞人忧天,危言耸听,这是许多人文知识分子的常见症状。每隔一段时间,他们的科学恐惧症就要周期性地发作。一会儿怀疑转基因,一会儿被电脑吓得发抖。我们需要一场关于科学的严肃辩论,工程师们义正辞严地说。不过,他们还是很快轻蔑地转开了脸:算了,最好别理这一帮神经质的家伙。

通常,大众的脾气相对温和。他们对于各种危险的结论将信将疑,甚至无动于衷。《黑客帝国》充满悬念,打斗动作新颖别致——可是,一部电影而已,有必要当真吗?

当然,大众无法论证,为什么刚刚更换的电脑又被认为太慢,为什么每一个人的挎包里必须藏有一台 iPad,或者,iPhone4、iPhone5、iPhone6 之间的淘汰周期究竟依据什么。没有人弄得清这些机器的使用目的。周末打麻将的人数已经凑齐,自驾游的计划宣布搁浅,电视里的各路专家频频就马航的失联飞机和克里米亚局势发表精彩见解,更大规模的社交圈子或者拥有更多的资讯意义何在?多数时候,时髦的舆论成为添置这些机器的唯一理由。从笔记本电脑到手机,时髦的先锋人士纷纷使用整套的苹果电器,那些款式陈旧的诺基亚手机怎么能见人?没有微博圈子和粉丝,没有用 4G 手机武装到牙齿,这种人肯定没有资格生活在现代社会。"你 out 了",移动通信公司的广告及时地扮出了一张鬼脸。

"市场"这个概念活跃多年之后,消费终于被视为生产的前提。多数人愿意相信,所有的技术发明无不来自市场的千呼万唤。无数人翘首以待的那个神圣时刻,一款电器不负众望地登上商场的柜台。商场门口再度出现了久违的景象:人们竟然彻夜排队购买手机。没有人在乎昂贵的价格是否物有所值。接过包装精致的纸盒,消费者内心洋溢着领取圣餐的感觉。人们心中的神早先是比尔·盖茨,后来改成乔布斯。互联网、QQ、电子邮件与博客,从互联网上开设的大学课程到色情的裸聊,这个世界丰富异常。人们的观念中,数学公式和分子式组装出了另一种历史;没有科学的启蒙和拯救,生活迄今还逗留在未开化的茹毛饮血阶段。所以,说出这种事实的罪过不啻泄露天机:这些机器的背后并没有真实的日常需求。各种如饥似渴的欲望仅仅是舆论植入内心的人工感觉。

与大米、水果、家具、煤炭这些日常用品不同,没有多少人事先估计到那些科学家的天才发明又有什么用,包括科学家本人。十九世纪七十年代,英国人贝尔因为一个偶然的小事故——实验之中一个弹簧失灵,波动的电流沿着电线传到了邻室产生了声音——发明了电话。最初电话机的体积如同一个箱子,通话的人必须大喊大叫。这种玩意能干些什么? 通话技术的完善以及电话市场的形成是发明电话很久以后的事情了。电视的诞生有些相似。二十世纪二十年代,另一个英国人贝尔德终于将图像信号传入电视屏幕。当时,诱使他绞尽脑汁的并不是财源滚滚的电视王国,而是身边一个朋友的简单猜测:既然可以远距离地发射和接收无线电波,或许图像信号也做得到。许多科学家常常被突如其来的灵感烤灼得坐立不安,他们发明种种奇妙的产品如同一棵果树生长梨或者桃子一样自然。这些产品的后续故事——譬如,使用、宣传、销售——多半是另一批人考虑的问题。

褒扬青山绿水、明月清风的时候,我们拥有一套熟悉的美学辞令,例如"田园诗"或者"诗意地栖居"。然而,赞颂机器是一个不小的难题。从"一箪食,一瓢饮,在陋巷"的理想到"土地平旷,屋舍俨然,有良田美池桑竹之属"的"桃花源",农耕时代的哲学不清楚如何表扬这些金属和电子元件装配的古怪作品。或许,"科学""信息社会"或者"现代文明"组织的表述与科学家一本正经的理性表情遥相呼应,但是,这些标准化的大词缺乏激情。一段时间的探索之后,机器的宣传风格逐渐转向时尚乃至暧昧。遥望故乡,寄语电话,怀念父母的亲情展示通常是电话广告自我推销的话语策略;手机刚刚兴盛的时候,广告商竭力放大的节点是"私密性"。手机广告抛出的观念是,手机有助于订制私人生活。当然,最具吸引力的私人生活是爱情。众多手机广告的画面均为一男一女神情缠绵地通话:这仿佛是一个不言而喻的观念,再也没有什么比手机更适合充当爱情道具了。显而易见,这种宣传风格的功效逐渐显现。不止一个地方报道了这种故事:一些年轻的夫妇悄悄地卖掉出生不久的婴儿,目的是换回一些钱购买新款手机。没有手机的人不敢走上街头,没有新款手机的人不敢出入社交场合。女人的项链、戒指和男人的手表、皮带曾经是富贵的象征,现在已经一律改为新款手机。

每隔一段时间,总会有一些新颖的机器登陆生活。如何为这些陌生的面容争取众多拥戴者? 这时,广告商会精心派遣若干故事进入市场开疆拓土。不论各种故事怎么构思具体的情节,这个主题几乎成为共识:机器的每一次降临无不极大地改善生活的质量。汽车让我们跑得更快,飞机让我们跑得更远,没有手机或者没有电脑的日子几乎不堪回首。可是,如果没有设定历史的最后一站在哪里,谁又知道更快或者更远是不是南辕北辙? 江雪独钓,细雨骑驴,只恐夜深花睡去,故烧高烛照红妆——谁能肯定这种生活方式不是更接近历史的目的?

我想说的是,当生活的质量纳入机器发明的逻辑时,生命是不是即将成为机器的俘虏?

<h1 style="text-align:center">四</h1>

我曾经做过一个演讲,题目是"我们生活在机器中"。无论是枪支、汽车还是电视机、空调机,谈论各种机器的时候,我并没有多少反感。

高耸于工地的大吊车千百倍地放大了我们的臂力,笛声长鸣的火车或者轮船携带我们周游世界,这没有什么不对。的确,汽车不仅是一种运输工具,还催成新型的社会学。口袋里藏有一把汽车钥匙,可以随时驶上高速公路奔赴远方,轻而易举地将祖先、传统和故乡的土地抛到遥远的身后。车流滚滚,这种机器塑造的是无根的大无畏性格。树挪死,人挪活,将一双泥腿从一亩三分的自留地里拔出来,无拘无束地闯荡天下,这不就是现代社会推崇的开拓精神吗?

"傻瓜相机"是一个有趣的通俗昵称。"傻瓜化"的特征表明,机器内部的微型电脑负责处理种种技术细节,主体可以从烦琐的技术训练之中解放出来。"傻瓜化"机器的最新产品是狙击步枪。依赖步枪内部配置的电脑,一个从未使用过枪械的人也能在千米之外射中目标,命中率几乎为百分之百。由于这种步枪的问世,成千上万的狙击手突然现身于战场,战争的形态肯定要另行设计。另一个"傻瓜化"机器的代表作是3D打印机。设计指令与软件驱动之下,打印机可以完成任何作品,无论是一个造型奇特的雕塑还是一幢形状怪异的大楼。因此,那些手艺精良的工匠很快就要无所事事了。机器的智能程序自动地完成了大量常规工作后,我们的任务仅仅是监视仪表,必要时敲一敲键盘。主体技能的普遍退化削弱了个人的性格魅力,一些思想家将这种状况形容为后现代文化。

不论现代还是后现代,这些堂皇冠冕的概念从未引起我的不安。事实上,我的不安是由一个电话带来的。那一天我正在忙碌,手机铃声突然响起。接起电话之后,话筒里传来熟悉的广告腔调:"对不起,打扰你一

下……"随后是一个贷款的广告。我气得大吼一声："你的确打扰我了!"随即将电话挂上。不到两秒钟,手机铃声再度响起,还是同一个号码。我估计对方企图恶语相向,不再接听电话。手机铃声不屈不挠地持续,仿佛表演强悍的进攻性格。我突然意识到,众多机器已经侵入狭小的私人空间。这或许是一个危险的征兆。

从火车、轮船、汽车到形形色色的军械武器,众多机器涌入公共空间,形成了钢铁的工业社会。这些机器显然不能摆放在私人寓所的客厅里,谋划或者干预我们的生活。寓所之中可以种树栽花,喂猫养狗,通常不会考虑安装一辆吊车,或者架起一门大炮。我们的私人生活游离于机器能量的掌控之外,自由自在。现在,这个区域的栅栏终于被机器踏倒了。

侵入私人空间的第一部机器是不是手表?或者,先是怀表,继而手表,总之,一台袖珍机器悄悄潜入私人空间,占领了一个贴身的位置。日出而作,日入而息,这种粗率的计量仅仅将时间分为白天与黑夜;手表的秒针不仅将我们的日子切割为许多均匀等分的细小格子,而且造就了一种精确的性格。没有这一台袖珍机器的训练,我们的行止起居不可能详细到以分乃至秒作为时间单位,短跑或者游泳比赛那种几分之一秒的较量如同天方夜谭。尽管如此,手表的最大功绩是将私人空间纳入公共社会。由于手表的广泛使用,一个社会终于可以制订共同遵循的火车时刻表、上班的钟点以及各种约会的时间。这是农耕社会转入大规模工业生产的前提。如果说,春夏秋冬的季节划分、清明谷雨的节气区别和算命先生索取的八字生辰仍然顽强地坚持农耕社会的时间体系,那么,工业社会只承认手表指示的机器时间。

如今,各种机器几乎占领了私人空间的每一个角落,所有的人都在机器操纵之下生活。洗衣机、空调、电冰箱、电视机、微波炉、电磁灶,诸如此类的机器逐一分解了我们生活的各个部分,重新修订生活质量的衡量标准。手机与电脑大规模扩散带来的一个历史转折是,人与机器相对的时间远远超过了人与人相对的时间。马路的人行道与斑马线上,公寓楼的电梯里,火车站或者机场的大厅,医院候诊的走廊——总之,公共场合的多数人都一头扎进了手机或者电脑。同一间办公室的同事疏于面谈而热衷于 QQ 交流;同一个屋檐下的夫妻相互发送手机短信通知开饭的时间或者哪一位负责洗碗；一对情侣相约共进晚餐，餐桌上的大部分时间是一边吃菜，一边分别阅读各自的手机；寄宿于学校的孩子周末返家，第一件事就是扑到计算机上利用互联网打游戏——他们没有兴趣和父母哪怕聊天十分钟。专家开始在报纸上撰文大声疾呼，手机与电脑正在成为瓦解家庭的元凶。作为一种佐证，一些女人埋怨说，她们的丈夫宁可在沙发上一两个小时地摆弄手机，也不肯花费五分钟一起晾晒衣服。因此，这种统计数据的公布多少有些出人意料：女性对于机器的迷恋超过男性。当然，专家诅咒机器的不祥声音并没有吓住哪一个人。"机器依赖症"仍然如同瘟疫一般扩散，机器之瘾与烟瘾、酒瘾乃至鸦片之瘾异曲同工。

可以听到许多抱怨，手机犹如无远弗届的电子枷锁。隐藏到遥远的郊外，或者，躲入一个偏僻的小茶楼，令人烦恼的公务和私事仍然搭乘手机信号循迹而至，急促的铃声鞭子般地抽打我们脆弱的神经。尽管如此，所有的人仍然随身携带如此讨厌的机器。出门偶尔忘了，半小时即会心神不宁甚至心慌意乱，如同世界缺了一角。的确，我们已经是机器的奴隶，即使意识到重轭附身也无从摆脱。

五

我还曾经说过，一只蚂蚁是一个生命，一架航天飞机仍然只是一部机器。生命与机器永远不可同日而语。现在我愿意反省自己：这个观点正确吗？

灵魂代表生命的本原。物质的原子内部找不到灵魂，这是我们鄙视机器的最终理由。当然，另一些人拒绝灵魂之说——别提灵魂重二十一克或者三十五克之类的流言，解剖刀从来没有从动物的大脑内部找到灵魂的痕迹。所以，他们宁可谈论人与机器的智能区分，例如著名的图灵测试。阿兰·图灵是英国数学家，他提出一个测试机器智能的设想：考官与所欲测试的机器和人分别处于不同的房间。考官随机提出各种问题，机器和人分别回答。如果考官无法判断百分之三十以上的答案来自机器还是来自人，那么，这一台机器就拥有与人相当的智能。据说，目前已经有俄罗斯专家设计的一台电脑即将跃过区分人与机器的龙门。

　　这将发展出某种恐怖的故事吗？我们和机器一起存款或者乘坐公共汽车会产生哪些危机？也许，机器的最大危险就是正确得可怕。正如一个儿童的站立平衡来自不断地摔倒，"自我"的形成也是来自无数的试错。所以，人类的智能包含试错形成的迂回、跳跃、妥协、自我矫正以及出其不意的反击。相反，机器往往以钢铁般的意志执行程序认可的正确意见，没有任何回旋的"人情味"。

　　"一加一等于三吗？"

　　"错误。"

　　"一加一等于三吗？"

　　"错误。"

　　"重复一遍，一加一等于三吗？"

　　"错误。"——这是机器的回答。

　　"一加一等于三吗？"

　　"错误。"

　　"一加一等于三吗？"

　　"不是刚刚说过吗？怎么又来了？"

　　"一加一等于三吗？"

　　"没空没空，别在这儿捣乱！"——这是人的回答，也是人的灵活、弹性与非直线反应。我们显然是在担心，机器的笨拙和固执可能在某一个特殊时刻变成扼杀生命的铁腕。

　　当然，机器必将以钢铁般的意志自我改善。可以预料，不久之后人与机器之间的智能差异愈来愈模糊。一台号称"深蓝"的电脑已经击败国际象棋冠军。也许，麻烦的是机器的情感指数。电子宠物是什么玩意？机器中寄存一只虚拟的宠物狗与花园里的那一只嗷嗷吼叫的小狗有何区别？没有飘拂的狗毛，没有粪便的臭味，不会弄脏地毯，不必上宠物医院打狂犬疫苗——同时没有真正的生命因而不会死亡。可爱的表情，互动游戏，关怀与生长，开始喜欢这种宠物狗的时候，我们的情感陷入一个灰色地带。我们不会为一束信息的死亡而哀恸，也不会为一个软件的衰老而伤感——我们的满腔爱怜只能献给一个生命。哪怕象征性地认可一棵树或者一朵花的植物生命，我们也不会接纳各种零件装配的机器。现在，虚拟的宠物狗制造了一

135

个古怪的难题：这种工程师伪造的生命是不是正在偷盗我们的情感？

可以预料，如此强大的机器终将谋求生命形式的编辑权，这是机器吞噬人类的必然阶段。卓别林的电影《摩登时代》开始以喜剧的夸张形式陈述这个主题。工厂的流水线必须配备新型工人，他们操作的每一个动作无不得到详细的图解分析。标准化的动作删除了所有的多余部分，手臂的伸缩、扭动必须与机器的运转精确衔接。这时，身体终于成为机器的附属品。如果说，《摩登时代》的机器讽刺初期工业社会的粗暴，那么，另一部美国电影《超级战警》则以科幻的形式讽刺后现代社会的卫生与精致。史泰龙扮演的一位警察无意地闯入2032年，他的勇猛粗莽吸引了一个未来的女警。女警邀请他来到寓所，并且以天真的神情询问他是否愿意交媾。史泰龙扮演的警察欣然应邀。女警进屋取出两个头盔各自戴在头上；他们相隔两三米，衣冠楚楚地坐在椅子上，这即是2032年的性生活。那个时候，躯体的接触与体液交换均属违法，交媾的形式仅仅是利用脑波仪器交换性能量。现今的性行为仍然保持传统的肌肤相亲，不少人甚至不能忍受两具躯体之间存在一个薄薄的安全套。因此，当隐秘的性领域遭到电波和金属的全盘改造时，生命形式内部隐藏的灵魂不如说就是一台无坚不摧的机器。

六

那一天在电子商场，我看完了一部十来分钟的广告片——推销一种红外线控制的智能插座。广告片承诺，智能插座可以提供一种简单而有趣的生活。寓所里的热水器、空调、电饭锅等诸多电器悉数交给智能插座管理，主人回家之后所做的事情就是打情骂俏，然后赖在沙发上享受电视。我暗自一笑：夸张了吧；随后转念一想，或许我保守了。

我们的生活正在彻底抛开自然和传统，机器不由分说地安排了一切。

听说Facebook社交网站的时候，我的确有恍如隔世之感。"月上柳梢头，人约黄昏后"的古老约会方式终结了。谁还愿意钻入树影或者草丛，饱受蚊虫的骚扰？夜色如漆，众人纷纷遁入桌上的电脑终端屏幕，沿着细小的光纤抵达某个服务器，参加盛大的信息化装舞会。他们身轻如燕，无拘无束，身份与躯体的双双缺席带来巨大的自由。三分钟可以激情如火，不存在

地域、财富或者门阀的限制；一言不合立即下线，也没有喋喋不休的事后纠缠。身居斗室，须臾之间阅人无数，屏幕熄灭之后，眼前一个键盘、一个鼠标而已。巨大的时空转换片刻完成，机器制造的社交方式仿佛令人多活了几辈子。

效率意味富余的时间。不过，机器赢得的时间只能奉还给机器。刚刚从 Facebook 下线的人多半没有兴趣悠闲地观花、赏月或者吟诵诗词，他们宁可看电视，或者在互联网上闲逛。如今的电视节目拥有百十个频道，几个频道稍稍耽搁就耗去了一个晚上；互联网上的笑话机智迷人，明星八卦悬念丛生，社会新闻图文并茂……忙呵，他们终于淹没在机器提供的海量信息之中。尽管没有多少人公开承认电视机或者互联网是令人崇拜的精神领袖，但是，他们的生活趣味已经由机器隐蔽操控。"窗含西岭千秋雪"也罢，"竹摇清影照幽窗"也罢，"何当共剪西窗烛"也罢，"暗风吹雨入寒窗"也罢，"窗"的意象以及窗外的自然已经从视野删除，时刻穿插在他们生活之中的是各种型号的屏幕——电视的，电脑的，或者手机的。微软公司将它们的软件系统命名为 window，中文译为视窗。的确，这些屏幕就是许多人窥视世界的电子窗口——他们的世界隐藏在机器里。

由于机器的完善设计，许多人几乎所有的时间都生活在室内。尽管若干健身器械表明了人类对于肌肉的残存爱好，但是，电影之中还是开始推出某种特殊的人物形象。这些人物多半生活在一间幽暗的地下室，身材臃肿，面容苍白，通常坐在一张硕大的靠背椅上，周围摆满了各种电脑主机和闪烁的电子元件。他们表情迟钝，言语乏味，动作迟缓，但是十指出奇地灵活。电脑的键盘温顺地趴在他们的巴掌之下享受敲打，指尖与键盘的亲密配合恍如机器制作的色情。或许，电影导演的心目中，这些人物即是"工科男"的卡通形象。某部电影甚至将这种人物处理为斜躺在靠背椅子上的瘫痪者，身体的唯一活动仅仅是操作电脑键盘。这令人想起了伟大的霍金。的确，对于他们说来，只要脑子和手指会动就行了。

没有理由低估这一批人的创造力。生活正在退回室内，室外的大自然是不是丧失了魅力？上帝曾经说，要有光，要有日月星辰，要有海洋和陆地，于是，万物蓬勃；现在，年迈体衰的上帝似乎睡着了，一批工程师正在他的位置上勤勉地工作。他们企图制造另一个机器的世界，并且承诺这个世界内部所发生的一切无不如同公式般地合理。所谓的合理，就是指每一个人都像机器零件一样精确地安装在某个位置上，持续不懈地毕生运转。

我记起儿时曾经玩过一个游戏。几个小伙伴一起唱一首童谣："不许说话不许动，我们都是木头人！"然后静止瞠目，凝固不动，看谁坚持得更久。也许未来的某一天，这首童谣的乐曲将由机器播放，每一个人仍然行走自如，谈笑风生，但是，所有的人都知道歌词已经修改——"我们都是机器人"！

（刊于《钟山》2014 年第 5 期）

为金鱼换水

　　家里的窗台上不知怎么冒出一个玻璃的金鱼缸,侧面看上去如同电脑屏幕一般大小,鱼缸内部的宽度不足七厘米。儿子提议要买几只金鱼养在里面,我不太愿意。我在童年的时候养过一阵子的金鱼,明白那不是一件省心的事。那时的金鱼养在大院天井的鱼缸里,水泡眼,珍珠鳞,鹅冠,虎头鱼,如此等等。养金鱼有许多例行的活要干,例如,定期吸去鱼缸底下的鱼粪和垢物,更换水草,清洗鱼缸壁上的青苔。梅雨季节要常常想着如何让金鱼晒到充足的阳光,否则鱼鳞之间会长出异物。当然,真正的麻烦还是搜罗鱼食。隔了二三日,我就会携带用纱布和竹竿制造的捞网到郊区的池塘里捞一些小虫子喂鱼,夏季时常被晒得脱了皮。儿子性情顽劣又没有耐心,显然做不了这些细致的事情。无论是金鱼还是别的什么小动物,饲养了一阵又死去了,总是让人心里难过。还是不养为好。

　　可是,儿子竟然自作主张地买回了三只小金鱼放在玻璃缸里。两只花的,一只黑的,上上下下地浮游。所幸的是,儿子还同时买回了一包鱼食。鱼食不知何物制成,大小如同小米,红绿两色。包装鱼食的塑料袋上不文不白地写着:"每餐五粒足也。"儿子慷慨地投入数十粒,转身就把这三只金鱼忘了。

　　次日,玻璃缸里的水已经浑浊不堪。一只花的金鱼横尸水面,另外两只浮出水面张嘴吸气。我叫来了儿子告诉他,这表明水中的氧气不够了,赶快换一玻璃缸的清水。玻璃缸太小,水中的氧气容易耗尽,只得靠每日换水弥补。另外,不用撒那么多的鱼食。根据我的经验,金鱼只有撑死的,而没有饿死的。儿子的脸上没有什么悲悼的表情,但他承诺每日换水。尽管如此,那只黑的金鱼还是在三天以后不明不白地死了,尸体沉在玻璃缸的底部。于是,玻璃缸里只剩下一只花的金鱼慢悠悠地游着,或者悬空地停在玻璃缸的中央,发呆似的。

　　许多人都愿意在玻璃缸里养一些金鱼或者热带鱼,为了观赏呵——他们多半是这么回答。我突然想起一位官员说过的一则轶事：忘了是在哪一个国家，他曾经在一个大商场里看到一面大玻璃墙，玻璃墙背后游动着一些色彩斑斓的热带鱼，或者闪电似的窜过，或者翩然飘逸如同一面小旗帜。如果导游的主人没有告诉他，他怎么也想不到那面玻璃墙是一个巨大的电子屏幕，那些栩栩如生的热带鱼不过是一些浮现在屏幕上的影像而已。对于现今的数码成像技术，这仅仅是一个微不足道的小游戏。我突然意识到一个意味深长的问题：如果仅仅是为了观赏，电子屏幕上的影像已经绰绰有余。电子影像肯定不会突然地生病或者死去，插上电源就够了——我们还有什么必要定期换水或者费尽心机地寻找鱼食呢？

我终于明白，窗台上玻璃缸里的那只花的金鱼是一个真实的生命。它似乎有些迟钝地孤悬在水中，很长时间才张一张嘴，摇一摇尾巴，但它千真万确，它是活的。它的生命是一个细胞一个细胞地组织起来的，它的躯体内部有肠子和心脏，总之，它的生命是上帝赋予的，而不是电子工程师们伪造的。为这只花的金鱼换水或者投放鱼食是害怕它死去——只有活的生命才有死的恐惧。那些廉价的电子影像连死都不会。

儿子已经将那只金鱼彻底地忘却。现在，换水、喂食一概由我承担。其实，我并没有临窗赏鱼的兴致，换水、喂食仅仅是一个生命对于另一个生命的负责。每一回换水大约需要一分钟。我用左手将金鱼从玻璃缸之中捞出，右手倒去脏水，清洗玻璃缸。金鱼温顺地卧在左手的掌心，偶尔会轻微地一颤。这种颤动只会属于生命。随后，我轻轻地将金鱼平放在玻璃缸的底部，缓缓拧开水龙头。水流注入玻璃缸形成了小小的漩涡；尽管金鱼被卷得上下翻腾，然而，它仿佛迅即惊醒了过来，奋身逆流冲水，竭力地快速摆动降落伞一般的尾巴。这是藏在鱼类躯体内部的本性。我猜想，这是金鱼最为快乐的时刻。它一定在梦想之中回到了祖先栖居的大江大河——的确，此刻的玻璃缸之中短暂地再现大江大河的波涛。

（刊于《河南日报》2001 年 4 月 13 日）

可以删除文科吗

"文科贻害社会"的舆论重现江湖,争议接踵而至。这是一个老问题了,许多人读过斯诺的名著《两种文化》。然而,《两种文化》出版迄今的半个多世纪,人们的共识似乎没有增加。晚清的一些士大夫曾经将理工科知识形容为"奇技淫巧";现今许多人文知识分子更乐于仿制海德格尔的时髦观点:技术的统治正在成为存在的遮蔽。来自理工科的辩解与驳斥首先是一系列的数据和事实:数百年来社会财富的急剧增长,理工科知识做出了决定性的贡献。从汽车、空调、洗衣机到电话、电视、互联网,那些貌似迂呆的冬烘先生不是也离不开这些科学产品吗?喋喋不休地复述那些文科——尤其是文史哲——所罗列的经典,这种人多半敌视"科学",而敌视"科学"的结局通常是遭到科学时代的抛弃。两种观念的交锋时起时伏,彼此之间的调侃、挖苦、嘲讽乃至谩骂时常充当交锋的伴奏。

具有讽刺意味的是,"文科贻害社会"这种舆论即是一种文科知识。人们无法在标准的化学、生物学或者物理学教科书之中查到这种观点,这种观点的支持证据亦非来自某一个实验室或者精确的计量。阐述某种知识的社会意义,阐述之中包含了若干思辨和价值评判的成分,不同的历史语境可能影响阐述的可信程度——这一切无不显示出文科知识的特征。哲学史表明,这方面的阐述通常称之为"知识论",属于哲学的一个分支。

事实的确有些难堪:如此厌恶文科的观点不得不借助文科设置的框架给予表述。这再度证明,世界无法甩开文科知识而自以为是地运行。如果仅仅把这个世界托付给理工科知识,人们会遇到哪些情景?时髦的等离子电视不会演播任何艺术节目,空荡荡的互联网上没有新闻或者小说;建筑美学的阙如产生无数火柴盒一般的楼房;伦理道德删除殆尽之后,所有的社会成员开始尔虞我诈的竞赛……的确,化学正在演示物质结构的组成,生物学描述各种生物的发生与繁殖,物理学负责解释物质如何在时空之中运动,一个真实的世界徐徐展开。然而,这个世界又有什么意义?没有名山大川的壮阔，没有花鸟鱼虫的情趣，也没有"即从巴峡穿巫峡，便下襄阳向洛阳"的欣喜或者"但愿人长久，千里共婵娟"的思念，一切无不简化为分子式与数学公式，这就是人们的企盼吗？这时，我相信许多人很快会想起《黑客帝国》的一句台词："欢迎来到真实的荒漠。"

显而易见，理工科知识力图完整地考察人类栖身的自然。可是，这种雄心无法阻挡一个明显的历史事实：大多数时候，人们生活在自然之外的另一个世界——人类组成社会。古往今来，人类社会愈来愈庞大，社会组织愈来愈严密；同时，影响社会内部构造的多种因素愈来愈多地进入人们的视域，例如政治、经济、语言、宗教、艺术、法律、风俗、道德伦理，如此等等。这时，理工科知识多半束手无策，接手处理这些因素的社会科学从属于文科。"文科贻害社会"的舆论是否陷入盲区？许多人似乎没有意识到社会的存在，没有意识到人与人的关系正在各个方面覆盖或者挤占人与自然的关系。

厨艺与地理知识孰优孰劣？一个天文学教授重要还是一个语法学家重要？诸如此类的抽象比较不可能产生可靠的答案。在我看来，各种门类的知识之间不存在固定的等级秩序。不论是屠龙之技还是鸡鸣狗盗，人们只能根据历史语境的期待评估知识的价值。鲁迅之所以弃医从文，如下判断起决定性的作用：他所栖身的蒙昧氛围，拯救国民的灵魂远比拯救身体重要。那么，如何评估现今文科知识的社会贡献率？我相信人们已经察觉，目前业已进入社会问题多发期，社会科学的薄弱至少是这种状况的原因之一。社会学、经济学或者法学未能及时地预测和协助清除这些社会问题。轻视文科的代价正在许多方面陆续显现，甚至某种程度地形成理工科持续发展的瓶颈。人们可以察觉，许多科学家聚会的重要话题无不涉及社会科学领域：科研成果的评价体系，科研机构与企业的联盟，科研经费的评审与分配，教育环境与创新型人才的关系，科研方向的决策与咨询，科研团队的相互协作，科学家享有的经济份额，如此等等。事实证明，科研机制与科研组织的各种障碍可能极大地窒息科学家的后续动力。

无论如何评估理工科或者文科知识，一些次要的表象并非褒贬的主要依据。某一个专业的就业率与工资收入说明的问题相当有限，索卡尔的著名恶作剧亦非摧毁文科知识的有力证明。相同的理由，一个捏造实验数据的物理学家并不能证明物理学的荒谬，种种餐桌污染也不能归咎为化学的罪过。某一个社会可能需要五十万个工程师和二十个哲学家,这并不意味后者不如前者重要。一个人拥有十多万根的头发而只有一个心脏,数量的多寡不一定能有效地论证价值的高下。

当然,人们的评估不可避免地与自己的专业联系起来。敬业的标志之一即是,热爱自己的专业与工作岗位。然而,当这种热爱的多余能量转换为诋毁另一些专业的激情时,危险的认识倾向开始酝酿。如果手中的权柄足够操纵更具社会影响的事务,这种危险就会充分暴露出来。例如,热爱自己的民族从而诋毁他人的民族,或者,热爱自己的宗教信仰从而诋毁他人的宗教信仰,类似的言行可能带来严重的后果。置身于多元的社会,坚持独立的思想主张与宽容异见之间的张力始终是社会科学之中的一个难题。当"文科贻害社会"的舆论成为理工科霸权的工具时,我恰好看到事实的背面:独断、排斥异己的文化性格与文科知识的匮乏存在千丝万缕的联系。

理工科知识的一个重要特征是,开发大自然的巨大力量。蒸汽机、电、核能、计算机,理工科知识的每一次突破都带来世界的巨变。然而,大自然的巨大力量是否必然造福于人类?理工科知识并不自动提供价值判断。火药可以用于放焰火,也可以用于制造炸弹;指南针可以用于航海,也可以用于看风水;核电站与核弹头喻示了核能的迥异用途;生化武器、生物医学或者植物培育的生物技术表明生物学的各种不同远景;互联网既可能是文化空间、娱乐空间,也可能是赌博空间乃至战争空间。每一种理工科知识的评价、掌控以及如何利用必须与人类社会的各种意愿联系起来,例如公平、正义、和平、安全的生态环境,善与美,如此等等。不言而喻,这已经进入文科知识擅长的领域。现在,可以简洁地陈述一个决非危言耸听的结论:低估乃至取缔文科知识,理工科知识可能因为失控而产生莫大的威胁——足以摧毁人类和地球的威胁。

(刊于《光明日报》2012年7月5日)

第二种境界

——医学院新生欢迎会上的讲话

各位新同学：

晚上好！

你们的校长让我来和大家见一见面，随便聊几句。我一直没想好要说些什么，但又很愿意来。看到台下这一张张年轻的脸，心里的确有许多的感慨。我和你们的校长是同龄人，以前在许多场合被叫做年轻人。参加各种评审会议，我和你们的校长常常被发配去统计票数——年轻人眼睛好使。可是，现在已经到我们感慨别人年轻的时候了。时下的一个流行称呼是"80后"或者"90后"，我常常不愿意算清他们究竟几岁了。算清他们几岁，也就弄明白自己有多老了。

你们过关斩将考上大学，很不容易，可喜可贺。据我所知，医学院的分数线很高，其他国家也是如此。这至少表明，你们都很擅长读书。不过，中学的读书方式常常是填鸭式的，临近高考的时候教师喜欢使用题海战术。这种读书方式可能使许多人感到疲劳。但是，我希望这不至于败坏了你们的胃口。到大学以后，读书的方式肯定不一样了。但愿你们要有一个内心的转变，尽快发现读书的巨大乐趣。读书不仅带来专业知识的增加，同时还带来精神世界的成长——这与身体成长一样可喜。

读医是很辛苦的，可能是所有学科之中最辛苦的。我曾经听一个医生说过，读大学的时候他们要把一本一本厚厚的药典背下来。我是读文学出身的。相对地说，大学期间真的不算那么辛苦。大学里其他学科的同学妒忌地说，你们整天跷起脚躺在床上看小说，真是痛快呵。我们自己也不太好意思，只能勉强辩解说，考小说照样很难呵！有时再努力、再用功也考不好。即使把整部小说背下来，也捞不到一个好成绩呵。

但是，学医的辛苦通常会得到很好的回报。哪一个社会都需要医生。有时社会不需要文学，不需要经济学和历史学，战乱之际甚至也可以不要法学。可是,不存在抛弃医生的时候。现在社会生活逐渐富裕起来,健康成为非常重要的主题。一间间医院持续不断地建立起来,可是仍然人满为患。医生始终是社会的宠儿。我熟悉一个心脏外科医生,他多次毫不隐讳地自我推荐,找丈夫就要找他这样的人。拿手术刀是很能挣钱的,发达国家更是如此。同时,拿手术刀又是非常累的工作,一天几台手术下来,一下班就想回家休息。他说,很能挣钱同时一下班就想回家的男人,现在已经不多了。不找这种人当丈夫还找谁呵。

医院的首要使命是"救死扶伤",因此,医生在社会上的威信是很高的,许多时候比文学家要高。现在大众常常议论各种热播的电视连续剧,有时也会征求文学家的意见:你们认为这一部电视剧怎么样? 文学家通常会坦率地表明自己的观点:这一部电视剧不错,那一部电视剧很烂,如此等等。可是,大众不见得愿意听从文学家的评价。有时他们会不服气地说,我们就是觉得这一部电视剧好看,那些文学家怎么回事啊? 算了,他们爱怎么说就怎么说,反正我们不听,让他们消费自己的理论去吧。事实上,音乐、绘画、雕塑都出现过类似的情况。可是,我们很少看到病人公然蔑视医生的专业知识,胆大包天地和医生抬杠。医生诊断某人是肺炎,可是他偏说老子是肠炎,看你能怎么样。没人敢这么放肆。医生的话是要听的,而且不敢不听。这么比较起来,文学家是要嫉妒医生的。不过,如果认真地想一想,文学家和医生靠得很近的,甚至携手并肩。他们的共同之处是,二者都研究人。

简单地说,医生研究的是作为自然的人。人的身体被作为一个自然的、客观的对象加以研究。文学研究的是作为文化的人,人的精神,人的心灵和灵魂。我要趁机替文学辩解几句:文学写作和文学研究都是很难的,这不是一门简单的学科。俗谚说,解剖刀下没有灵魂。医生找得到这个器官在哪里,那一条神经在哪里,可是,没有人知道精神、灵魂存在于哪里,至少没办法把它拿出来放到显微镜底下观察。然而,我们知道精神、灵魂确实存在,而且主宰我们的言行,而且也会生病。文学常常是对于精神或者灵魂的治疗。所以,文学和医学关注的是同一个对象的两面,有时两个学科也会互相串通。医生转行当作家的例子并不少见,鲁迅当然是一个最为著名的人物。鲁迅在日本学医的时候看到一个幻灯片,发现一些身体茁壮的民族同胞却有一副麻木不仁的精神状态。如果只有这种病态的、愚昧的灵魂,这个民族没有希望。所以,鲁迅毅然弃医从文,决定先从唤起民族的灵魂做起。我记得,俄罗斯的一个著名作家契诃夫也曾经当过医生。鲁迅和契诃夫均是大师级的人物。此外,不那么有名的作家还有一些。

既然如此,各位在专心学医的同时,也可以适当地关心一下文学。这或许是一个象征性的说法。我的意思是,各位可以在更大范围内适当地关心一下人文学科。人文学科,即艺术、历史、宗教、语言等学科,常常是以关注、研究人的精神面貌为特征。我的意思决不是叫大家不务正业,放下你们手里的医学教科书天天读小说——那样你们的校长是要骂我的。我是希望各位意识到,医学的专业之外还有广大的世界。理解人的精神,理解广大的世界,理解民族、国家、社会,也能反过来更好地理解医学。即使在医学范围之内,健康、疾病与精神的关系恐怕也是一个非常重要的课题。希望各位有很好的医学专业知识,同时又对于广大的世界、对于人生有自己的见解。这意味的是一种人文的精神高度。世界范围内,人文精神的普遍贫乏已经成为许多知识分子忧虑的问题。一份调查报告说,某一所有名的工科大学流传四句话:学好英语,学好计算机,努力工作,好好挣钱。这四句话当然没有什么错,既是朴素的真理,又是对科学和经济学的尊重。但是,如果所有的人的精神世界无非如此,是不是少了点什么?这里看不出人的丰富性,看不出远大的思考和关注社会的情怀,也看不出创造性——那种真正发自内心的创造。这只能培养出单纯的专业人士,培养出本分的好人。绝大多数社会成员应当是单纯本分的好人,这是一个底线,否则这个社会无法维持。然而,将这一点视为社会的最高理想是不够的,一个社会的活力取决于社会成员的精神活跃程度。我们现在提出了"以人为本",这是一个非常好的理念。马克思表述过的观点是,人的全面发展。这才是一个社会必要的,同时是远大的理想。这需要所有的学科、所有的人共同努力。我们要做好自己手里的工作,各位要读好自己手里的医学教科书;此外,在一定的时候,各位可以想一想手里的工作与那个社会大理想之间的联系。绝大多数时候,我们要脚踏实地地工作;然而,人生之中,要抽出一些时间仰望星空。

　　脚踏实地,眼望星空,这是人生的两种境界。我们大多数时间都生活在第一种境界中,但是一定要明白第二种境界的存在。这样,人生才会有更高、更有价值的目标。所以,这两句话也就是我今晚要说的主题。谢谢大家。

（刊于《美文》2009 年第 12 期）

挑战自然

日前曾经与一位生物学教授竟夕长谈,一时对于二十一世纪人类的前景信心倍增。众多的主流传媒喋喋不休地鼓噪"信息时代",然而"生物时代"说不定更加伟大。信息科学如日中天,可是,鼎盛也可能是开始下坡的征兆。相形之下,许多人对于生物学的神奇闻所未闻。生物学可以解决二十一世纪一系列棘手的问题,诸如粮食、能源、癌症、艾滋病。如何得到不惧虫害的玉米种子?如何复制一个自己的肾脏调换已经受损的器官?如何从同一只母牛身上挤出三倍的牛奶?如何保存大熊猫之类濒临灭绝的动物?这就是生物学的用武之地了。如果能源充足,五谷丰登,人人长寿,家家富裕,许多战争或许就没有必要进行——这样,我们终于看到了科学为和平所做出的贡献。

可是,这样的信心背后似乎又隐含某些不安——似乎有哪个地方不太对头。生物学让某种水果含有更多的维生素 C 或者发明加酶洗衣粉清洗衬衫的油污领子,这些成果我们都没有意见;然而,如果生物学动不动就"克隆"一个人体,或者轻易地让一只猪长得如同非洲大象,我们就会觉得不正常。我们的心目中,"自然"这个观念遭到破坏。这样的破坏会不会导致严重的后果?我们始终相信,人工饲养的甲鱼或者老蛇不再那么滋补;洋饲料喂出来的大种鸡远不如田野里一啄一啄地吃虫子的土鸡;"天然"和"野生"是众多餐馆的共同号召。这一切无不源于信赖"自然",日月星辰,昼夜交替,山川草木,花鸟鱼虫——大自然已经设定了基本秩序。一只鸡二十天就会生蛋,一棵树在一个反常的季节擅自开花,一个孩子刚刚出生就会吟诗——这些违背自然秩序的事情都将被视为不祥的异兆。现在,生物学似乎要放开手脚改变自然秩序,这是不是一种僭妄?生物学家想代替上帝吗?

代替上帝也没有什么了不起,人定胜天是我们的千年理想,重要的是我们要比上帝做得更好。可是我们知道,人类之所以没有资格充当造物主,缺乏的恰恰是造物主的大悲大慈。人类拥有无数的科学家、政治家、军事家、经济学家,他们代表了人类的聪明和机智。卫星升天,股票上市,计算机联成了网络,海底凿穿了隧道,任何一项这样的成就都包含足够的聪明含量。一则报道说,某国研制出一种新型地雷。经过精确计算,这种地雷的爆破力仅仅是炸飞一个人的脚后跟。这种地雷不再为对方制造烈士。这种地雷制造的是一个走不动的伤员——交战的时候,至少要腾出两个士兵照料这个伤员;战争过后,没有脚后跟的残疾人要让政府扶养一辈子。这样的构思难道还不够机智吗?如果我们将生物学交到这些天才手里,生物武器将是无可比拟的凶器。根据生物学掌握的种种生命信息,生物武器可以轻松自如地实现某些天方夜谭式的计划,例如,让某种肤色的人一夜死绝,甚至可以更精确地让某个姓氏的第几代长子统统毙命。这时,屠杀意外地简单——只要往这些人的饮用水源头投下一小撮粉末即可。我们终于明白,人定胜天并不困难,可是,让我们真正恐惧的恰恰正是人。

生物学家同样察觉到这样的危险,但是,他们相信正义的势力必将遏制那些丧心病狂之徒。严谨的理性让他们的学科日复一日地进步,于是,他们想象理性已经完整地控制了整个世界。很难向他们解释清楚的是,生物学不一定回答如何使用生物学——答案和决定的权力很可能存在于另一些以社会为主题的学科之中。相形之下,这些学科的成就令人怀疑。我们有没有资格认为,我们对于善、美、信仰、正义、道德、自由、社会契约这些问题的理解已经远远超出老子、孔子或者苏格拉底?如今的科学正在与银行家结成盟友互惠互利,人文思想的保守风格让愈来愈多人感到累赘——这些既创造不出物质又无法产生利润的思辨还有什么意义?科学挑起了如火如荼的想象,那些迂腐冬烘只能炮制一些令人沮丧的结论制造危言耸听的效果。的确,二十世纪的马车正在飞速地驰向二十一世纪的地平线,只有几个不受欢迎的思想家缩在那里杞人忧天;抛开了所有的缰绳和笼头,这驾马车会不会倾覆在某一个不知名的岔路口?

（刊于《南方周末》1999 年 6 月 18 日）

科学让我恐惧什么

科学让我恐惧什么？这有点像一个耸人听闻的标题。很难想象，今天还会有人不近情理地拒绝科学。十八世纪的卢梭曾经谴责过科学，在他看来，科学和艺术导致伤风败俗。然而，这种观点已经得不到多少人的赞同。现今，我们已经习惯于将科学精神视为一个人乃至一个民族的优良品质。没有人能够否认这个事实，科学深刻地改变了我们的历史。五四先哲高擎"德先生"和"赛先生"两面大旗，中国的现代历史正在一步一步地汇聚到这两面大旗之下。也许，科学已不仅是一面大旗了，科学已经如此密集地嵌入我们的生活，成为生活本身。飞机、汽车、医院、雄伟的建筑物，还有桌上这个小小的麦克风，科学无所不在。科学，科学，我们都应该以不知科学为耻。

尽管如此，我还是不能避免我的恐惧——在科学获得巨大的成功之后，这种成功会不会突破某些必要的限制，从而将人类置于危险的境地？我们会不会过于信任科学的能力，以至于遗忘了人类的局限性？科学的历史证明，上帝不存在，神不存在，理性正在重写宇宙的真实图景；但是，理性的无往不胜会不会导致一种傲慢乃至僭妄——人类会不会悄悄地将自己摆到上帝的位置上？如何估量科学的成功，这的确是一个必须深思的问题。相对于茹毛饮血的原始时代，科学带来天翻地覆的另一个现代世界；然而，相对于浩瀚的宇宙，科学的成就微不足道。或许存在一个宏伟的宇宙秩序，人类仅仅是其中极其渺小的一个环节。如果人类企图解除这个秩序的束缚，如果人类企图给自己制造一个不适当的高度，从而以君临一切的姿态傲视宇宙万物，这时的科学就可能走得太远了。现今看来，"人定胜天"是一个幼稚的口号。孔子说"天何言哉，四时行焉，百物生焉，天何言哉"，宇宙秩序的沉默不等于不存在。如果将人类的一点小聪明当作冒犯宇宙秩序的资本，那就过于狂妄了。我所说的"幼稚"，不仅表明已知和无知之间仍然存在极其悬殊的比例，更为重要的是，人类似乎丧失敬畏之心。敬畏仿佛是一种传统的、不无愚昧的品质。现在，还有什么能够使人类低下高贵的头颅？从多少

光年的遥远星系到分子内部的结构,科学正在逐一破译大大小小的秘密。癌症?艾滋病?堆积成山的垃圾?河流污染?气候变暖或者地球沙漠化?这些都是暂时的问题。只要清点一下历史就明白,科学曾经夷平了多少疑难,突破了多少困境。我们似乎已经可以归纳出一个逻辑:只存在有待解决的问题,不存在无法穿透的铁幕。这就是现代人的自信。

的确,我的怀疑就是指向这种自信。我愿意援引经济学家弗里德里希·A.哈耶克——1974年诺贝尔经济学奖获得者——的一段话表明我的担忧:

> 人类的理性要理性地理解自身的局限性,这也许是一项最为艰难但相当重要的工作。我们作为个人,应当服从一些我们无法充分理解但又是文明进步甚至延续所必需的力量和原理。这对于理性的成长至关重要。历史地看,造成这种服从的是各种宗教信仰、传统和迷信的势力,它们通过诉诸人的情感而不是理性,使他服从那些力量。在文明的成长中,最危险的阶段也许就是人类开始把这些信念一概视为迷信,于是拒绝接受或服从任何他没有从理性上理解的东西。这种理性主义者,因为其理性不足以使他们认识到自觉的理性力量有限,因而鄙视不是出于自觉设计的一切制度和风俗,于是他们变成了建立在这些制度和风俗上的文明的毁灭者。[①]

多少人愿意品味哈耶克的苦口婆心?事实上,我们可能更多的是迷惑于另一个循环:科学产生了问题,但是科学也在解决问题。这两个方面如同历史迈步的左脚和右脚。成就减去代价还有剩余,我们就必须心满意足。我明白,没有必要故作势态——没有必要一面兴高采烈地享受科学提供的快乐,一面忘恩负义地诽谤科学。电视机减少了阅读的时间,电话打断了鸿雁传书的古老传统,电子游戏令许多人玩物丧志,汽车或者电梯压缩了运动量导致高血脂症,这些都不是什么了不起的问题。真的,科学没有必要为这些鸡毛蒜皮的小事放慢自己的速度。但是,我怀疑的是一个根本的问题——现代人所信奉的逻辑能够维持多久?我看不到一个坚不可摧的保

---

① 弗里德里希·A.哈耶克:《科学的反革命——理性滥用之研究》,冯克利译,译林出版社2003年版,第96页。

证。历史源源地提供了归纳出这个逻辑的素材,可是,归纳的效力不是无限的。我们看到了一百只黑色的乌鸦,不等于说肯定没有一只白色的乌鸦。另一个更通俗的故事说,有一只聪明的火鸡从市场来到一个人家里。十天之后,它已经归纳出一套完整的规律:每天几时早餐,几时午餐,几时饮水,几时沐浴,如此等等。但是,十五天之后,也就是复活节那天的早餐时间,它竟然被一刀宰了——这是它的归纳无法事先抵达的结局。神明已逝,科学万能。我们不再敬畏什么,而是心安理得地沉浸在现代人信奉的逻辑之中,放肆榨取地球,奴役山川河流,日积月累,迷途不返。会不会有那么一天,人类终于触动一种巨大而神秘的力量,一种狂暴的报复突如其来地降临?人类意识到自己的脆弱的时候,一切回旋的余地早已挥霍殆尽。无力回天,这将是那个时候唯一的长叹。①

但愿这仅仅是一个人文知识分子神经过敏的想象。我毫不犹豫地承认,我渴望被驳倒——渴望我的怀疑是杞人忧天,渴望现代人所信奉的逻辑一如既往。然而,如果允许一个脆弱的人文知识分子提问,我还是想固执地重复这一点:什么是这个逻辑的保证?

我的确是这么形容的:放肆榨取地球,奴役山川河流,日积月累,迷途不返。如果人类真的有那么悲剧性的一天,这种疯狂的掠夺肯定是一个必不可少的条件。这时,我们不得不意识到一个令人困惑的问题:这种掠夺又有什么必要?动力在哪里?——人类真的需要那么多吗?

的确,人类究竟需要多少?

相对于现今的研究能力,这不是一个难题。我们拥有如此之多的数学家、经济学家、社会学家、营养学家、建筑学家,大型超级计算机随时待命。每个人所需的生活资料乘以世界总人口并且加上一定数量的不可预测支出,我们可能得到一个基本的数字。

这肯定不再是一个吓人的数字。现代社会,科学创造的财富极大地超出了人口的增长速度。纽约,巴黎,香港,上海,灯红酒绿,纸醉金迷——我们已经看到了一个物质世界的诞生。匮乏的时代一去不返。一种观点认

---

① 胡天舒:《上海文广"播放"手机电视》,《南方周末》2004 年 6 月 17 日。

为,全世界现有的财富可以绰绰有余地支持全人类的小康生活。这个基本的数字已经攀过了一条关键的横杆。人类不需要更多的财富积累了。安居乐业的日子里,我们还要做些什么? 缩短劳动时间,旅行,游戏,体育,投身于艺术活动。旅行社生意繁忙,奥林匹克运动会增添至一年一度,绘画、雕塑和文学写作吸引了众多爱好者,老龄人之间盛行结伴散步和钓鱼比赛……

毫无疑问,这种一厢情愿的想象有些愚蠢。任何一个智力正常的人都没有打算短期内看到这一幅现实图景。谁说可以安居乐业了? 谁说可以放弃积累了? 财富总是多多益善,从来不会有足够的时候。不会有人知道究竟需要多少。一个总统夫人拥有六百多双鞋子,一个足球明星买了二十几辆豪华跑车——社会学家和数学家怎么算得出他们的需要?

当然,这时"需要"一词已经不合时宜了。一双脚与六百多双鞋子、一个身躯与二十几辆跑车之间的关系只能用占有欲给予解释。是的,"欲望"一词更能说明问题。一个胃装得下多少食物? 一个人住得了多大的房子? "需要"以身体为基础,消耗的物质就是那么一些;然而,"欲望"是内心的产物——谁知道一个人的内心有多大? 雨果说,比陆地大的是海洋,比海洋大的是天空,比天空大的是心灵。这就是说,欲壑难填。欲望的意义上,一个拥有半个城市房产的人仍然会感到穷得发慌。

我想说的是,科学会不会打开了所罗门的瓶子,形形色色的欲望正在前所未有地释放出来? 这是科学让我恐惧的另一个理由——科学的巨大成功会不会助长更为巨大的贪婪?

当然,这样的表述有些粗鲁。我们始终觉得,科学正在不断地提高生活的质量,难道科学还会把生活引向相反的一面? 的确,一些光滑的过渡就是在这种观念背后悄然地完成。一个技术奇迹问世了,我们一阵欢呼;另一个技术奇迹接踵而来,我们又一阵惊叹。洗衣机把我们从枯燥的家务之中解脱出来,汽车或者电话提高了办事的效率,电视不仅是一种崭新的娱乐方式,而且还改变了社会的政治民主形式。视线所及,哪一种发明不是我们的生活所必需的呢?

当然,我们已经察觉到某些意味深长的迹象,例如普遍使用的遥控器。这个小机器的基本意义就是尽量减少身体的运动——一个鼓励懒惰的杰作。即使一步之遥,我们也不愿意从沙发上站起来,伸手按一按电视机的频道开关。从商场里的电动扶梯到飞机场的自动传送带,从室内的智能空调机到安装在悬崖峭壁上的观光电梯,科学会不会怂恿享受的欲望越涨越高?我们真的需要一百个甚至更多的电视节目频道吗?我们的手机有必要加设拍照功能吗?抽水马桶安装一个自动冲洗器——我们连这个程序都要用机器代劳吗?如果考察一下数十万元一套的沐浴设备,或者进入价值数百万元的豪华轿车看一看音响、冰箱、酒柜、电脑网络甚至床铺,我们一定会想到"奢侈"二字。

的确,现在还不必小题大做。我们没有理由将遥控器或者豪华轿车指认为人类堕落的原因。享受的欲望没有什么错;重要的是——过分与否。这才是令人担心的事实:我们会不会因为享受的持续实现而形成一种没有节制的性格?这种性格的特征就是不顾一切地索取。地球孕育了人类,同时给人类提供了足够的生存空间。可是,如果滔滔不绝的索取永无止境,所有的资源都将枯竭。气候变暖,江河断流,地下水过度开采,森林滥砍滥伐,耕地大量占用,空气质量大幅度下降,极限的警告已经频频发出,但是,我们充耳不闻。与其说意识不到危险,不如说控制不了强大的欲望。这个时刻,科学扮演的是什么角色?

不久前我曾经读到一则报道:科学家正在开发一项技术,企图让我们利用手机屏幕观看现场直播的足球赛事。当然,这需要更高级别的手机,质量更好的电池,更为昂贵的资费——目前预计每分钟 25 元。我相信这一项技术指日可待,我怀疑的仍然是它的必要性。当然,资助这一项技术的开发商一定会振振有词地解释,及时地看到足球赛事具有多么伟大的意义,无论耗资多少都物有所值。我们了解到,现今的科学不再是一种单纯的存放于学院的高墙之内的知识。科学进入市场的时候会不会隐藏了一种可能——为了销售某种新型的技术,科学甚至必须人为地制造某种欲望?

如果听任欲望成为主宰,夸父逐日的神话就会成为人类与财富之间相互关系的写照。"道渴而死",夸父的性格至少可以部分地解读这个不幸的结局。现今,我们都必须想一想:科学会不会无意地充当现代夸父的拐杖?

科学让我恐惧的第三个方面是单方面的文化扩张。近半个世纪之前,C. P. 斯诺对于"两种文化"做出了著名的划分——科学文化与人文文化。

两种文化的对立由来已久。如今,科学文化明显地占据上风。无论是国防军工、日常经济生活还是教育的内容,科学正在得到愈来愈多的重视。相对地说,人文学科日趋边缘化。文学无非是一种娱乐,哲学是空洞的玄思,宗教是无稽之谈,伦理道德变不出面包和钢铁。同电的发明比较,同计算机的发明比较,人文学科又算什么?"索卡尔事件"进一步降低了人文学科的声誉。如今,这种观念已经如此普遍,科学文化与人文学科之间的失衡甚至已经引不起我们的关注了。

我从事的是文学研究。然而,我的忧虑与生计无关——我并不是担忧人文学科的收缩威胁到我的饭碗。在我看来,现代社会的一个至关重要的问题是:科学的威力越来越大,这一柄双刃之剑要交到哪些人的手里?哪些人值得信任,如何使用科学?

人文学科必须提出自己的思考。

全世界有一支庞大的科学家队伍在实验室里忙碌。他们手里的知识是不是造福于人类?科学的日益发达并不会自动地解决这个问题。核物理教科书教会我们从自然界获取巨大的能量,但教科书没有讨论将这些能量运用到哪些方面。不少科学家宣称价值中立。然而,由于权力的威胁和商业的诱惑,价值中立常常变成任何价值都可能染指的借口。

科学解决的是人与自然的关系。然而,科学的后果及其使用必将涉及人与人的关系。

核技术既能够生产核弹头,也可以建造核电站;生物技术既能够提高粮食产量,也可以发展生物武器。尽管我们这些外行说不清现代科学的种种用途,但是,一个十分清楚的事实是:现代科学的巨大能量可以转化为毁灭性的武器。孔子、庄子、柏拉图和亚里士多德的年代,人们用刀剑和长矛厮杀;现在,核潜艇和精确制导导弹的威力增添了千百倍。然而,我们的道德水平又比孔子、庄子、柏拉图和亚里士多德的年代提高了多少?不难想象,两种文化的悬殊发展隐含了巨大的危险——这种危险甚至会在顷刻之间倾覆整个世界。当核技术掌握在某一个政治疯子或者军事狂人手里的时候,全人类都将命悬一线。当然,我们没有理由因为这种危险而怪罪科学;我们能够做的是另一面:尽量在以人为本的意义上理解和掌握科学。人类在哪些方面需要科学?科学能够为人类做些什么?这些思想恰恰是人文学科的内容,恰恰涉及道德、美学、哲学或者终极关怀。这个意义上,我们应当为人文学科腾出必要的空间,无论是在价值观念上还是在人才资源的分布上。

何谓人文?以人为本肯定是一个核心的命题。西方文化史上,人文主义意味了从神本主义的束缚之中解放出来。那个时候,理性和科学充当了解放的武器,因此,这二者就是人文主义的重要内容。人文主义运动的意义在于,人代替了神,人就是万物的中心。这是一个了不起的巨变。然而,时至今日,数百年已经过去,我们必须检讨一个更深入的问题:我们是不是比神做得更好?我曾经在《挑战自然》这篇小文章之中感叹生物学的奇特发展。我想,文章之中的一段话同样适合于谈论科学:

> 代替上帝也没有什么了不起。人定胜天是我们的千年理想。重要的是我们要比上帝做得更好。可是我们知道,人类之所以没有资格充当造物主,缺乏的恰恰是造物主的大悲大慈。人类拥有无数的科学家、政治家、军事家、经济学家,他们代表了人类的聪明和机智。卫星升天,股票上市,计算机联成了网络,海底凿穿了隧道,任何一项这样的成就都包含了足够的聪明含量。一则报道说,某国研制出一种新型地雷。经过精确计算,这种地雷的爆破力仅仅是炸飞一个人的脚后跟。这种地雷不再为对方制造烈士。这种地雷制造的是一个走不动的伤员——交战的时候,至少要腾出两个士兵照料这个伤员;战争过后,没有脚后跟的残疾人要让政府扶养一辈子。这样的构思难道还不够机智吗?如果我们将生物学交到这些天才手里,生物武器将是无可比拟的凶器。根据生物学掌握的种种生命信息,生物武器可以轻松自如地实现某些天方夜谭式的计划,例如,让某种肤色的人一夜死绝,甚至可以更精确地让某个姓氏的第几代长子统统毙命。这时,屠杀意外地简单——只要往这些人的饮用水源头投下一小撮粉末即可。我们终于明白,人定胜天并不困难,可是,让我们真正恐惧的恰恰正是人。
>
> ——科学让我恐惧什么?
>
> ——让我们真正恐惧的恰恰正是人。

可以看到,这个答案包含一些出人意料又意味深长的内容。我们逐渐意识到,科学带来财富,科学是巨大的生产力,科学使历史的速度一日千里,科学提供的技术手段已经足以修改人类的命运……那么,如何驾驭科学?

谁给这一匹烈马配上必要的缰绳？如果意识不到这个迫切的问题，脱轨的科学可能成为盲目的力量。人文知识分子必须振作精神，接受这个问题的挑战。这个意义上，人文学科的内容不仅是修身养性，不仅是延续传统，不仅是单纯的玄思妙想或者审美快乐。这个时代将形成何种人文文化，这将与人类的未来息息相关。

（刊于《山花》2004 年第 10 期）

方程式的前提

从核能发电、生物工程到人造卫星或者器官移植，技术正在全面地重塑这个时代。传统的知识观念似乎到了重新洗牌的时候。如果 3D 打印机可以随心所欲地生产一个如意的世界，还有多少人愿意孜孜不倦地解读柏拉图的"理想国"？新一代的芯片已经精确地控制无数系统的运行，人们又有什么必要为"道可道，非常道"这种玄学耗费心神？

然而，古人心目中的"道"并非某种言辞制造的幻影，这个概念通常指谓世界的本原。道是形而上的，主宰世界万物的兴衰存亡，包括决定各种技术体系的价值。技术乃是有助于抵达某种目标的技艺、策略以及劳动工具的操作方法。技术必须接受"道"的支配和制约。如果说，技术的意义是协助人们接近真理或者正当目的，那么，没有目标管控的技术可能南辕北辙，甚至助纣为虐。晚清的某些士大夫将西方的现代技术形容为"奇技淫巧"。在他们看来，那些离奇的"声光电化"与圣贤教诲的"道"没有多少联系。许多人甚至认为，"道"可以自动派生出技术体系。例如，欧阳修曾经借助文章的写作表明了这种观念："大抵道胜者，文不难而自至也。"

现代社会降临之后，科学知识对于技术体系的巨大援助逐渐遮蔽了"道"的传统威望。如果说，相当长的时间里，技术仅仅是工匠的手艺，那么，十九世纪之后，科学知识终于使技术发展如愿地驶上快车道。从爱迪生的电力照明到现今的互联网或者宇宙飞船，科学与技术形成的巩固联盟不仅促使这个世界的物质财富以几何级数增长，而且形成了技术体系的独立逻辑。机械制造、材料学或者生物工程相继与所谓的"道"完全脱钩，实验数据与精确的计算成为最终的裁决。这时，一种新型的文化应运而生，迅速占据统治位置——人们通常称之为科技文化。

科技文化如日中天的另一面是传统人文知识的衰退。技术含量——而不是"道"——成为经济、军事乃至体育竞赛之中的关键因素。时至如今，那些佶屈聱牙的子曰诗云又能孵化出多少超音速战斗机或者煤炭和石油？一批性质相似的疑问最终导致教育体系的普遍倾斜。许多学校一直有意无意地灌输这种观念：工科技术是正宗的谋生之道，华而不实的人文知识仅仅充当无足轻重的点缀。一流的才智如果无法投身于工科技术，那么，经济学、工商管理或者法学差强人意。人文知识大幅度贬值的一个表征是，文史哲这些传统学科门可罗雀。何谓"善"，何谓"正义"，这些辩论似乎是无关生活的智力游戏，审美能力的迟钝不再被视为刺眼的缺陷。

某些时候，强大的技术体系甚至带来一个错觉——所谓的审美能力是不是可以由绚丽的技术效果覆盖？显然，现今的技术前沿已经远远超出本雅明对于"机械复制时代"的估计。相对于精良的长焦摄像镜头，"两个黄鹂鸣翠柳，一行白鹭上青天"又有什么稀罕？当年瓦舍勾栏里的说书艺人怎么也想不到，如今可以优哉游哉地坐在沙发上，手持遥控器点播自己感兴趣的电视连续剧。然而，技术在大获全胜的同时开始酝酿迷信。与其崇拜艺术，不如崇拜技术，数码成像或者 3D 影片成为圈子内部最为时髦的话题。一些电影热衷于各种徒有其表的大制作，导演如同以"炫技"的方式掩饰内容的贫乏空洞。

技术晋升为世界主角的时候，科技文化不再恭敬地给"道"保留一个至尊的位置。科学知识的精确、严谨、客观形成另一种传统：与那些无法确证的形而上观念或者诸多见仁见智的问题保持距离。彼亦一是非，此亦一是非，人文知识的夸夸其谈犹如没有终点的漫游。因此，许多技术人员倾向于悬搁价值评判，价值中立时常成为遵奉的守则。他们不承认这是精神慵懒的症状，"技即是道"时常成为他们的辩解依据。

然而，"技即是道"这个命题并不完善，技术体系从来没有单独地解决价值问题。从破坏食品安全、利用计算机盗窃商业机密到滥造大规模杀伤性武器，技术始终扮演关键的角色。大量事实表明，技术时常接受不正当利润或者阴谋诡计的服务委托，所谓的价值中立常常为各种价值的涌入敞开大门。换言之，技术并非完全独立，相反，技术体系可以有机地组织于各种高尚或者邪恶的意图之中，为之竭诚效命。

对于任何一个技术人员说来，技术效命于何种意图始终是一个不可忽略的问题。当然，相当多的技术人员仅仅依据常识或者良知给予简单的处理。然而，一些思想深邃的科学巨匠往往超出技术的范畴而不懈地反思这个问题。牛顿之所以相信上帝的存在,他的观点包含了世界本原的严肃思考。爱因斯坦是另一个广为人知的例子,他对于原子弹研制的矛盾心情来自历史责任感。爱因斯坦自称因为方程式而放弃政治,放弃担任以色列总统,然而,他的政治主张肯定对于方程式的运用产生重大影响。

现今,道家、儒家或者佛家对于"道"的古老表述逐渐成为历史。民族、国家、公共性、历史规律或者善、恶、本体、普遍真理等概念积极卷入"道"的描述。显然,这是异于方程式的另一套人文知识。无论技术人员是否承认,这一套人文知识始终活跃在历史现场。对于技术人员说来,人文知识的意义并非仅仅增添个人修养,例如领略音乐的魅力,享受摄影的乐趣,或者在物理学、数学的公式之中察觉和谐、对称之美。归根结蒂,人文知识解释的是,世界为什么需要技术,需要何种技术。这一切无疑是所有技术人员的工作前提。

（刊于《中国社会科学报》2013 年 10 月 18 日）

隐匿的盲区

一个崇尚技术的时代已经到来。从机械制造、电子设备、食品加工到金融领域,各种类型的技术专家赢得空前的器重。技术专家负责细化设计方案,精确地实现目标,他们是这个时代造就奇迹的中坚力量。如果说,哲学家为首的人文知识分子因为曲高和寡而逐渐成为传说,那么,如今令人信赖的是实干型的技术专家。

工科学院是技术专家的摇篮,从就业岗位的占领到市场价格竞争,工科学院的屡屡胜出一次又一次地强化技术至上的观念。古语说,"家有钱财万贯,不如一技随身",人生无常,世事难料,一技随身是衣食无虞的底线;"学好数理化,走遍天下也不怕"是这种观念的延伸版。相对于种种社会科学探索包含的政治风险,"数理化"为代表的技术体系性质稳定,操作简明。一所大学对相当数量工科学生的普遍追求进行了调查,他们之间流行的几句话可以视为这种观念的最新表述:"学好英语,学好计算机,努力工作,好好挣钱。"如果说,英语和计算机是"走遍天下"所必备的公共语言,那么,现在的学生开始无畏地坦言"挣钱",技术与市场对接的时机已经完全成熟。许多人心目中,市场价格是评价技术的唯一标准。

因此,前一段诸多社会事件引起舆论大哗的时候,并没有多少人将这些社会事件与技术专家联系起来。从瘦肉精饲料、三聚氰胺奶粉、毒胶囊的制作到利用电话、互联网精心设计的钱财欺诈,舆论同声谴责无良企业、利欲熏心的商家、心狠手辣的骗子以及失职的监管机构,技术专家的责任似乎被轻轻放过。人们并未看到参与这些社会事件的技术专家出面道歉,这个环节成为盲点因而遭到遗忘。不少人觉得,技术必定是社会历史之中的"正能量",技术与道德的关系远在人们的视野之外。大多数技术专家似乎未曾意识到公德对于专业工作的规约。

相当长一段时间,技术游离于这个社会的日常生活之外。可以完成卫星上天的难题而没有兴趣解决抽水马桶漏水问题,这种状况生动地表明了技术的远大志向。当大部分技术专家簇拥在核潜艇研制、国家电网设计或者石油勘探等各种国家重大项目周围的时候，道德已经提前做出了首肯。从电视机、电冰箱的更新换代到白木耳加工或者橙子保鲜，技术与各种民生问题的结缘是不久以前的事情。这是一个令人惊异的突破，技术与利润之间的联系立竿见影地显现；然而，技术与道德之间的思考并未及时跟上。

技术免遭道德问责的另一个原因是依傍于"科学"。作为跨入现代社会的一个历史地标，"赛先生"——"科学"——一直拥有超常的威望。迄今为止，"科学"几乎都是作为褒义词出现。许多语境之中，"技术"与"科学"相提并论，享有同等的尊荣——并且，"技术"常常由于显著的实效而远为引人瞩目。尽管如此，"技术"与"科学"仍然存在多方面的差异。"科学"更多地从理论意义上考察自然界规律，"技术"注重解决某一个领域的具体目标。正是因此，"技术"必须比"科学"更多地考虑具体目标与公共利益的关系。许多时候，这即是"技术"道德自律的重要内容。人们没有理由忽视现代社会的另一个特征——罪恶的技术含量正在与日俱增。

在我看来，现在已经到了谈论技术与公共利益关系的时候了，公共利益通常指一个社会大多数人的共同利益。如果说，经济学、政治学或者法学无不包含了艰深的社会科学课题，那么，公共利益的理解并不困难。重要的是，技术专家必须在专业工作之中意识到公共利益的存在。他们不能因为某一个具体目标带来的利润而放肆地损害公共利益。如果个人或者某个利益共同体的局部收益可能以社会大多数人的损失为代价，这种项目必须毫不犹豫地否决。由于前景、适用范围以及后果尚未确定，某些技术项目对于公共利益的影响仍在争议阶段，例如生物技术克隆人类器官，转基因农产品充当人类的主要食物，互联网等通信设施的监控是否违法，3D 打印机会不会成为不法分子生产各种武器的帮凶；相对地说，另一些技术项目带来的危害已经众所周知：用福尔马林浸泡肉类食品，将过量的抗菌素掺入动物饲料，借助特殊的化工知识制造毒品，或者研制消费者无法识别的假鸡蛋、假大米、假古董、假钞票，如此等等。作为技术专家，他们当然深知后果的严重。可是，为什么他们的良知神情安详地默许了这一切？

不要将公共利益仅仅想象为一个遥不可及的抽象概念。公共利益事关每一个社会成员，包括那些技术专家。如果电器工程师吃到的是地沟油烹

煮的食品,制作假药者买到了山寨手机,他们的愤怒决不亚于身边的大众。所有的人都应该明白,践踏公德的后果迟早也会落到自己头上——即使那些腰缠万贯的技术专家也不会例外。

(刊于《光明日报》2013 年 9 月 5 日)

技术主义的迷思

当今的艺术仿佛在兴致勃勃地享受一场技术的盛宴。京剧舞台上眼花缭乱的激光照射,3D电影院里上下左右晃动的座椅,魔术师利用各种光学仪器制造观众的视觉误差,摄影师借助计算机软件将一张平庸的面容修饰得貌若天仙……总之,从声光电化的全面介入到各种前所未闻的机械设备,技术的进步速度令人吃惊。如果说电影的特技或者航拍曾经是老一代导演的制胜法宝,那么,年轻一代导演已经开始用数码成像实现自己的构思了。然而,当工程师的杰出表演赢得持续喝彩时,多少艺术家开始正视一个问题:技术赋予艺术什么?关于世界,关于历史,关于神秘莫测的人心,关于艺术本身——技术增添了哪些发现,同时,技术主义的陷阱是否正在形成?

技术始终是文化生产的组成部分。从青铜铸鼎、笔墨纸砚到瓦舍勾栏的兴盛、印刷时代的降临,艺术符号的制作及其传播从来没有离开技术的支持。尽管如此,技术从未扮演艺术的主角。庄子、杜甫、苏东坡、《窦娥冤》、《红楼梦》,这些经典令人敬重的原因是深刻的思想和洞察力,而不是由于书写于竹简,上演于舞台,或者印刷在书本里。电影的诞生是技术介入艺术的里程碑事件,这不仅表明了工业社会对于文化生产的接管、改造和重新规划,而且,技术开始占据前所未有的份额。

迄今为止,电影仍然是技术刷新艺术的示范区。许多导演津津乐道的是大场面拍摄,或者如何再造视觉奇观,缺乏技术含量的视觉内涵追求——例如,再现人物的一颦一笑,一条皱纹或者一个眼神——遭到漠视。艺术对于技术的日新月异顶礼膜拜,以至于许多人没有察觉文化生产正在出现倒置:相当多的时候,技术植入艺术的真正原因毋宁是工业社会的技术消费,而不是艺术演变的内在冲动。换言之,这时的技术无形地晋升为领跑者,艺术更像是技术发明力图开拓的市场。如果说,中国文学史之中的词、曲以及白话长篇小说的兴盛无不源于文学扩大表现领域的渴求,那么,现今技术对于艺术的驰援时常带来"为文造情"的倾向——后者成为前者的副产品。难道不是因为微博的问世,140个字形成的表述风格才得到广泛的首肯吗?难道不是因为卡拉OK的发明大面积地点燃了歌唱的渴望,流行歌曲开始了前所未有的风靡吗?难道不是因为计算机软件的成熟,电子游戏背后的欲望才被调集和开发出来吗?

中国艺术的"简约"传统隐含对于"炫技"的不屑。古代思想家认为,繁杂的技术具有炫目的迷惑性,目迷五色可能干扰人们对于"道"的持续注视。"修辞立其诚"是避免"炫技"的准则,他们众口一词地告诫"文胜质"可能导致的危险。这是古代思想家的人文情怀。当然,这并非号召艺术拒绝技术,而是敦促文化生产审慎地考虑技术的意义:如果不存在震撼人心的主题,繁杂的技术只能沦为徒有其表的形式体系。

技术主义往往制造出一种幻觉:光怪陆离的外观掩盖了内容的苍白——譬如众多的文艺晚会。大额资金慷慨地赞助,大牌演员频频现身,大众传媒无条件提供各种空间,形形色色的文艺晚会如此密集,以至于人们不得不产生某种怀疑:这个社会真的需要那么多莺歌燕舞吗?从节庆、赈灾、运动会开幕庆典到公司开张周年纪念或者旅游景点的夜生活点缀,除了晚会还是晚会。如此贫乏的文化想象通常预示主题的贫乏——这种贫乏多半与技术制造的华丽风格形成特殊的对比。摇曳多彩的灯光闪烁,美轮美奂的舞台背景,豪华乐队,群芳伴舞,然而,歌词大意总是一成不变的思念或者失恋。这种主题又有什么必要添加如此豪华的技术装配?如果这些华丽风格被视为国泰民安的象征取悦某些官员,或者在技术装配的耗资之中夹带艺术捐客的抽成,那么,这时的技术业已游离艺术的初衷。

工业技术促成了电影问世已经是一百多年前的奇迹。现今的电子技术是否存在相似的雄心大志?至少在目前,众多的游戏、娱乐节目——而不是艺术——充当了技术的受惠者。《开心词典》《快乐大本营》"超女"或者"好声音"歌手的选拔以及种种大同小异的相亲交友节目,"擂台式"的设计与技术的深度介入制造了空前的收视率。然而,如果这一切即是技术眷顾文化生产的前沿,人们肯定会产生"暴殄天物"之感。无数电子技术专家的心血仅仅带来几阵哄笑,"虚拟性"地参与一场恋爱,或者旁观一次演唱表演以及知识竞赛,这显然有些小题大做。

可是,更为宏伟的主题又在哪里?没有人持续开发这些技术,使之超越游戏或者娱乐范畴从而进入公共领域,譬如利用手机投票选择市政建设的方案,或者评价某一个公共服务机构。另一方面,艺术的深部不存在某种不可遏制的冲动或者朦胧未明的状态,急迫地渴望崭新的技术给予再现。相对于生气勃勃的技术领域,艺术领域似乎过于平静。对于文化生产说来,这种对比正在透露出某些意味深长的信息。

(刊于《人民日报》2013 年 9 月 5 日)

危险的戏剧性

按照字面的含义，"故事"也就是过去的事件。过去的事件嵌在消逝的时间与空间之中，一逝不返。只有事件的某些部分沉淀于语词之中，供后人叙说，保存历史的人也就是讲故事的人。可是，讲述出来的故事会不会冒出无法意料的意义——某些时候，这些意义会不会让讲述者尴尬、反感甚至大惊失色？

我要提到的是三个例子。

知青的故事的确已经成为"故事"，如同铜绿斑斑的古钱币一样，"知青"仿佛已经是一种富有历史感的身份，文学、电影以及种种媒体正在利用知青的故事怀旧。浊酒一壶，清茶数盏，遥想乡村生涯，抚今追昔之间增添了种种谈资。一些记者发现，知青身份是许多成功人士的欣慰回忆，因此，知青的故事渐渐演变为"天将降大任于斯人"之前的磨砺。

可是，这样的故事主题过于戏剧性了。事实上，多数知青并没有在这个历史事件之中获益。他们才智平庸、背景黯淡同时又缺乏特殊的机遇；中学毕业或许是他们的生活拥有最多可能的一瞬。然而，下乡插队强制地取消了所有的选择，他们的命运失去了浪漫的憧憬。若干年之后，返回城市更像是一种随波逐流——他们无非是将手心的老茧换成额上的皱纹而已。如果说昔日的下乡意味大学校门的关闭，今天，没有过硬的学历证书迅速地将他们挤到"下岗"的边缘。这是面容模糊的一个庞大群体。但是，知青的故事并未为他们提供主演的角色。故事的讲述必须有趣，哪怕偷鸡摸狗也算得上轶事，只有这些乏味的庸常，人生无话可说。这样，那些知青的故事有意无意地抛弃了这个庞大的群体。如果知青的故事无法说明，下乡插队恰恰是许多人陷于庸常的原因——如果知青的故事之中仅仅走出了一批面容坚毅的企业家与官员，那么，知青生涯的确会被现今的白领阶层想象为某种不可多得的悲剧体验——这种悲剧体验犹如流行歌曲之中的失恋一样。在我看来，这是讲述的戏剧性隐藏的危险：这个历史事件仿佛突然失去重量而仅仅成为一个小小的情绪抽搐。

很长的时间里,我仅仅模糊地意识到这样的危险。可是,一部电影出其不意地将这样的危险暴露出来——《阳光灿烂的日子》。这是我要提到的第二个例子。

《阳光灿烂的日子》是一部我喜爱的电影:遍地阳光、解禁的日子、年轻躯体之中掩抑不住的生气。当然,我并没有丧失理智;我对一个六十年代末出生的观众说,这样的激情仅仅是那个大院子里孩子们的享受——另一些父母戴上高帽游街示众的孩子更多的是陷于焦虑与恐怖之中。于是,我们谈论到六十年代的那一场"大革命",我渐渐地发现我的表述越来越吃力。我的谈话对手倾心于摧毁秩序的浪漫风姿,倾心于无拘无束的四处游荡,我无法让他栩栩如生地想象沉重的血腥和贬为异类之后的无望。他告诉我,他曾经从父母那里听说了这场"大革命"的某些片断——例如六十年代的"大串联"。对于像他这样营养充足、心情开朗的年轻人说来,"大串联"式的免费旅游与一些有惊无险的奇遇如同人生盛宴之前的开胃酒。他无比向往地复述从父母那里听到的种种有趣细节,同时将我的异议视为某种抽象的危言耸听。我终于明白,那些有趣的细节已经湮没了历史全景——戏剧性又一次取得了耀眼的胜利,与此同时,另一些基本的历史含义悄悄地消失了。

第三个例子仅仅需要叙述而不需要任何多余的解释。不久之前,六十年代的两部老影片《地道战》和《地雷战》得到了重新放映。一位教授告诉我,他的儿子看过影片之后的结论是,打仗太好玩了,巴不得明天就爆发战争。我深为震惊——这位教授的确说破了一个秘密。我在童年时代反复观摩过这两部影片。我的想法同样是,打仗真好玩。

这两部电影隐瞒了战争的残酷而将战争形容为有趣的游戏,以至于儿童开始向往战争——这样的戏剧性带来了什么呢?

(刊于《上海文学》1999 年第 12 期)

假做真时真亦假

浏览过传媒之上五花八门的新闻之后，我们不得不正视一个意外的结论：造假无疑是现今发展最快的领域之一。这个领域分支众多，各显神通。目前为止，形形色色的造假资源配备就绪。公共关系人员业已练就三寸不烂之舌，化腐朽为神奇是各个项目、各种产品介绍的基本功；科学研究人员提供了强大的技术支持，从假古董、假珠宝到假证书、假大米，无不唯妙唯肖；某些行政办公楼内部形成彼此掩护、共生共荣的连锁系统，虚假的统计数据、政绩考核、新闻报道、个人履历与公众舆论遥相策应；造假甚至波及一个最古老的行业——乞讨。如今，不少长跪街头的乞丐随心所欲地虚构父母双亡或者盘缠失窃之类的悲惨故事，然后在夜幕之中换上一套行头，将讨来的一大把零钱花费在酒店或者歌舞厅里。当然，这个领域的从业人员必须接受一个共同的训练：蒙蔽良知，坦然地跨越各种道德屏障，仅仅注视即将到手的利益。

对于一个长期拥有儒家文化传统的国度说来，这是一个尴尬而又奇怪的事实。儒家文化之中，修身不仅是社会成员处世的基本课程，而且是社会架构的内在衔接形式。儒家子弟口颂道德仁义，逐渐从修身走向齐家治国平天下。"修其身"首先是"正其心"，仁义礼智信是时刻仰望的人生准则。己所不欲，勿施于人是日常生活必须遵循的底线。什么时候开始，这些传统已经荡然无存？的确，"国学"如今仍然是一批教授津津乐道的题目，儒家文化被尊为"国学"的核心。然而，再三重复那些并不深奥的命题又有多大的意思？在我看来，"国学"首先要解决的是，为什么如此之多的儒家文化命题相继搁浅？发达的全球经济网络依赖契约关系维持合作，农耕时代的社会理想走不了太远。农耕时代相对贫瘠，大机器生产和金融系统可以调配远为庞大的财富。这时，"软性"的道德能否锁住炽烈燃烧的贪欲？迄今为止，答案并不乐观。如果我们意识到，许多"国学"倡导者无非是为儒家文化核定一个优惠的价格，大众传媒上表情神圣的表演或者学院内部激烈的学科竞争无非想占有更大的市场份额,那么,著名的义利之辩已经沦为虚伪的口头文章。

造假领域的持续扩大对于社会信任产生深刻的腐蚀,时至如今,谁还敢相信一个陌生的电话,哪一个驾驶员还敢随便搭载一个素不相识的路人?因为街头的广告购买了伪劣商品,我们只能抱怨自己的轻信;听到几句豪言壮语就将对方捧为社会英雄,这已经几近于幼稚。当一诺千金成为稀有品质之后,信任或者信赖因为屡屡扑空而逐渐演变为愚蠢。怀疑主义弥漫在日常生活之中,所有的人都对听到的消息打一个问号——哪怕是来自权威部门的声音。为了重新赢得对方的信任,许多发言者不得不加大自己的音量,端出一副更为虔诚的神情。这再度引起新的怀疑,如此卖力的广告宣传隐藏了哪些企图?这就是恶性循环的开始。恶性循环不仅极大地增添了社会运行成本,而且开始瓦解现代社会架构。例如,由于食品安全存在的巨大隐患,许多人开始在阳台或者房前屋后自己种植没有污染的蔬菜,一些大型企业重新创办生产基地,力争为自己的职工提供可靠的瓜果、生猪和自然喂养的鸡鸭。这是令人不安的迹象。现代社会的特征是各个专业领域的分工,这不仅是质量的保证,而且,只有广泛合作才能形成高效的社会网络。广泛合作的必要条件是,各个专业领域的彼此信任和共享衡量标准。如果这种信任开始瓦解——如果教育、医疗或者企业、商店相互猜疑,农业生产、信息通信和科学技术部门尔虞我诈,那么,现代社会必将急速碎片化继而退回小生产阶段。这是我们的向往吗?

多数造假是为了牟利,然而,背信弃义的后果是牺牲长远的收益。一个人因为闯红灯而获利,无数人的群起模仿必然导致十字路口的瘫痪。这时,恢复秩序的呼声才会重新响起。相似的理由,一个由于造假而赢得不义之财的亿万富翁不断地在五星级宾馆里吃到瘦肉精或者地沟油,他就会摇身一变,成为"食品安全"或者诚信体系的积极倡导者。这就是利益辩证法提交的预言。当然,这个预言的实现往往需要漫长的时间。五年?十年?那将是一个混乱的、充满疑虑的过程,所有的经济、贸易、文化宣传或者社会管理无不因为信任危机而减缓速度。无谓的摩擦不断地产生巨大的损耗。如果可以预见,这个过程的终点只能是社会的崩溃,那么,我们为什么不愿意尽快重建相互信任的道德秩序呢?

（刊于《光明日报》2011 年 5 月 17 日）

华丽的枷锁

　　如火如荼的"超女"总决赛终于让夜生活沸腾了。我们惊异地发现,生活的各个角落隐藏了如此之多的歌手。旷日持久的卡拉OK训练展示了令人欣慰的成果,许多人抄起麦克风就能唱得声情并茂,或者仰天长吟,或者如泣如诉,一改日常生活之中的拘谨或者矜持。另一些人可能五音不全,四肢僵硬,然而,她们毫不忸怩地粉墨登场,并且坦然地向四周索取掌声。如果说"超女"们的浴血搏斗制造了许多悲剧,那么,她们扮演的喜剧及时地调剂了气氛。所有的人都在"超女""超女"地说个不休,以至于没有人敢于表示怀疑:我们的生活需要这么多歌手吗?

　　另一个意味深长的事件是,规模盛大的"超女"运动使PK成为众所周知的流行词汇。记忆之中,只有金庸小说中的某些术语具有如此之高的引用率,例如华山论剑,或者葵花宝典。PK——英文playerkill——的原意是玩家之间的恶意厮杀——是"超女"决赛形式之中的精华。"超女"们的美妙歌喉仅仅是表面文章,PK的来临才是惊心动魄的时刻。必须承认游戏形式设计者的聪明,他们绞尽脑汁,精心策划:从短信支持、不同级别的评委、如痴如醉的亲友团到插科打诨的主持人……绕来绕去的最后一个出口只能是PK。相互牵手的"超女"犹如待宰的羔羊无助地站在那里,身后每一个投票者的咚咚脚步声代表不可预测的命运之神。一个如花似玉的"超女"被击中,另一个如花似玉的侥幸者与她相拥而泣,主持人眼里噙着泪花,评委们说着一些动情的安慰之辞,多么感伤的场面!这就是悲剧的高潮。可以断言,如果删除这一幕,这一场游戏立即变得索然无味。

　　"超女"运动曾经招来种种异议——拉票,暗箱操作,暴得大名的期待如何损害了纯洁的芳心,从伪造辛酸的身世到伪造姣好的面容,短信公司正在利用我们幼稚的激情大肆捞钱,那个花团锦簇的舞台与挥汗如雨的工地或者炮火下的废墟毫无关系,如此等等。与此同时,另一些人正在以同样激烈的态度为"超女"运动辩护。他们将"百姓"作为辩护的关键词,"超女"运动

属于百姓自己的娱乐，轮得上那些满嘴术语的理论家插嘴吗？PK 显示了
"民主"的生动形式。歌手的去留取决于百姓手里发出的短信，还有哪一种
活动可能如此大面积地提供亲自参与结局的成就感呢？

　　始终没有人挑剔这种游戏形式，这的确是一件令人困惑的事情。一次
又一次地看到受伤的"超女"热泪长流，我总是不恭地想：至于吗？怎么像真
的一样？不拘名利的游戏精神哪里去了？"超女"之间的淘汰无非是一种人
为的圈套，既然她们自愿钻入，同时又哭哭啼啼，这就有些不伦不类了。真
正的牺牲令人唏嘘，但真正的牺牲是不可抗拒的。大自然灾难凌空而降，酷
烈的战争吞噬了活泼的生命，种种无法回避的生离死别令人悲痛。然而，如
果悲剧的情节缺乏足够的必然性，人们的悲痛就会减弱从而转向质疑和追
问——为什么必须如此？没有人强迫"超女"们痛苦地互相 PK。这种煽情
的游戏更像是利用某种缜密的设计刻意挑逗我们的悲剧感。虚构苦难，玩
弄悲情，尽量将自己感动得无法自制——这常常让我想起多年前听到的一
句机智的俏皮话：用粉笔在地上画一条白线，然后在上面摇摇晃晃地走
钢丝。

　　我当然相信，许多粉丝的眼泪来自内心。他们疯狂地崇拜某个"超女"。
这个偶像从舞台上陨落不亚于痛失亲人，悲痛甚至使他们无法察觉自己内
心的一个秘密渴望——放纵悲哀。如果这个游戏不能玩得涕泗滂沱，那就
太不过瘾了。游戏设计者当然早就狡猾地洞察了一切，他们不会赤裸裸地
号召享受悲伤的快感，而是提供一个紧张的游戏形式圣化我们的内心。涂
脂抹粉的化妆之后，深藏于我们心中的那些不无卑劣的念头就可以堂而皇
之地尖叫了。

　　识破这些化妆术的确令人扫兴甚至令人憎恶。我肯定不会故意破坏隐
藏于各种精神魔术背后的生财之道。我企图争辩的主题仅仅是，艺术并非
存活于角斗场。一部杰作的标志是发现了什么，而不是摧毁另一部杰作。
尽管许多人期待两个歌手如同武侠一般拔剑单挑，但是，艺术家之间不存在
战场。曹雪芹 PK 巴尔扎克，莫扎特 PK 贝多芬，或者，张大千 PK 凡·高，
这是一种多么荒谬的想象。然而，"超女"决赛试图用 PK 证明这种怪异的
艺术生存法则。一个评委反复申明，这种规则十分可恶，以至于他不得不屡
屡将心爱的歌手驱逐出场；另一个歌手坦然宣称蔑视评判：PK 没有多大意

173

义,她的心愿无非是在舞台上唱出自己的个性。这些观点肯定更接近艺术的真谛。可是,事先设定的程序不可抗拒,"超女"决赛强行将载歌载舞的艺术押上生死立判的擂台。

竞争,弱肉强食,丛林法则——有些人将逐一提到这些术语为"超女"运动辩护。从激烈的足球赛事、企业之间的互相兼并到国家与国家的军事力量对比,强者当道,胜者为王,弱者只配忍气吞声地承受失败的命运。然而,并非所有的领域都在复制这种逻辑——例如艺术。艺术宽容地接纳各种个性,提供不同风格,弱者可以在这里栖息,成功人士有了新的启迪,种种奇思妙想找得到生根发芽的土壤。这种宽容是艺术的迷人品质。因此,艺术不是用于制造泪水,而是为了增添笑容。一些艺术广泛地赢得大众,另一些艺术可以独往独来,不必为取悦什么人而四面作揖。艺术对于新生力量始终保持好感,但艺术从不因为一个新人的报到而删除一部经典。总之,艺术的舞台全面敞开,这里没有栅栏,也没有规定的跑道、裁判的哨声和冲刺的终点。既然每一种风格都可以按照自己的心意舞蹈,那么,残酷 PK 的代价是压抑艺术的自由和宽容精神。与其抗议某个"超女"遭到的不公待遇,不如抗议艺术遭到的不公待遇。我的担忧是,一年一度的"超女"冠军加冕之日,会不会是艺术套上某种华丽的枷锁之时?

(刊于《解放日报》2006 年 9 月 22 日)

盛大的游戏与象征

五环旗、熊熊的圣火和腾空的璀璨烟花,奥运会始终是全世界的狂欢节目。伦敦当然也不会示弱。"奇迹之岛"的开幕式载歌载舞地展示了莎士比亚、007、憨豆、贝克汉姆和白金汉宫的女王这些英伦的文化符号,众多赛事一幕又一幕地循序拉开。激烈的对抗和胜利的怒吼,金牌,国旗和国歌,不可遏制的狂喜,热泪长流,声嘶力竭的解说和例行的电视采访,这些意象反反复复地出现。强者崇拜是奥运赛场强悍的意识形态,所有的人都在追逐胜利的快感。这里的上宾只能是冠军,电视镜头、震耳欲聋的欢呼和成色十足的金牌都是为他们准备的。某些时候,我们偶尔也能看到一些幕后的花絮,例如发令枪失灵,撑杆跳运动员的撑杆断成三截,乒乓球裁判刚愎自用,日本队甚至在开幕式上被莫名其妙地引导到场外,还有某些奥运会官员豪饮之后的天价账单……然而,这一切似乎无损于伦敦奥运会的壮观。相反,由于种种无伤大雅的差错,这个奥运会仿佛更真实了。

然而,守候在电视机跟前的时候,异样的感觉时常潜入我的意识——不真实。伦敦奥运会如同梦幻般的孤岛,这个人工舞台上的悲欢与外面尘土飞扬的日常生活没有多少联系。离开体育馆大门之后,放纵的激情与血脉偾张再也不可能维持下去。游戏已经留在身后。Game is over.

游戏——用"game"形容奥运会赛事是否有失庄重?无论是体操、游泳还是十项全能,刚刚诞生的冠军站在领奖台上,他们的国旗在嘹亮的国歌之中冉冉升起,这是令人动容的一刻。赛场上的竞技仿佛象征民族之间的较量,金牌成了民族荣誉的证明。一切似乎都天经地义,人们如此娴熟地以民族主义观念包装各种体育竞技,以至于没有多少人愿意指出,这仅仅是某一个特殊场合人为的临时规定。因为一项竞技失利,运动员的自责是"对不起国家",利用体育赛事证明民族国家的强盛似乎已经约定俗成。

尽管如此,我仍然要强调一个词,这仅仅是一种"象征"。远古的某些时期,个人躯体的力量与速度可以决定许多社会事务,魁梧的身材和无敌的臂力成为部族英雄和领袖人物的资本,体育即是政治与经济。然而,当航空母舰、超音速战机和精确制导导弹成为这个时代的常规武器之后,个人躯体拥有的意义急剧衰减。如今再也没有人为了送信而训练长跑,或者继续把标枪投掷视为作战技能,这时的体育竞技更像是重温远古旧梦的代偿性游戏。至于乒乓球或者排球这些新型的体育竞技从来不会超出游戏的范畴,著名的弧圈球或者拦网技术无法在国计民生之中得到广泛的使用。许多运动员退役之后的再就业成了一个问题,他们的擅长与社会生活脱节了。所以,如果不是象征性地叙述体育竞技与民族荣誉的关系——如果夸大了体育馆里的图腾从而赋予超额的观念,许多时候无法自圆其说。

这种观点至少有助于遏制金牌神话的过度膨胀。奥运会金牌无疑是某一个单项竞技的最高褒奖,这个荣誉标志了一个特殊领域——譬如,射击、足球或者短跑——的至高成就。还有哪些可以延伸的意义?我们没有理由限制体育记者的出色想象力,但是,当奥运会金牌与民族国家的强大联系起来之后,我们的论述最好保持必要的谨慎。我相信没有一个国际战略专家真的根据奥运会金牌榜评价每一个国家的实力;另一方面,没有必要过高地估计丢失金牌带来的损失。一个体育项目的失守与国家领土的失守不可同日而语。一些人乐于用"国运"的盛衰比附体育竞技,这是一种不负责任的理论冒险。如果乒乓球和羽毛球的盛大凯旋源于兴旺的"国运",那么,足球与篮球的铩羽而归又算什么?

我赞同扩大奥运会体育竞技的"象征"意义——但是,我倾向于"象征"一个民族的文化性格,而不是简单地用竞赛名次冲击国家综合实力评价体系。"象征"一个民族的文化性格包含许多内容,例如坚毅,刚强,敬业与责任心,团队协作,逆境之中的坚持,独立自主的精神与尊重异族文化的大度,还有如何对待失败。对于一个民族说来,健全的文化性格远比各种名次——无论是体育竞技还是经济总量——重要。当奥运会成为一个民族文化性格的镜子时,这个虚拟的游戏终于拥有无比真实的意义。

有时我会好奇地想到一个问题:冠军在自己的国旗下接受金牌的时候,那些商人的脸上会有什么表情?他们也刚刚经历了一场激烈的厮杀。奥运会同时是一个巨大的生意场,商贾云集,购销两旺。从赛场的广告分布、形形色色的体育器材到电视转播权、门票订购,奥运会的每一个细节都经受过商业的精心盘算。当然,奥运会开幕式举行的时候,商人之间的竞技已经大致就绪。胜者把自己的著名商标留在赛场,败者黯然打道回府。的确,他们没有必要在国旗下点钱,他们的领奖台设在公司的账本上。

钱总是一个敏感问题,最好隐藏在幕后。然而,当领奖台上的冠军激动地享受无限的荣耀时,金牌背后的投资与收益终于被带出来了。一系列意味深长的数据暴露在大众传媒上,国家投资的运动员训练费用,教练队伍和配套行政机构费用,还有各种奖牌背后名目繁多的高额奖金。如果得知一个国家的这方面费用高达数百亿元,那么,许多纳税人就有可能拿出计算器,算一算这一笔花销是否物有所值。

没有人可以否认,体育竞技的各种奖牌带来"正能量",譬如信心、自豪、勇气。尽管如此,我们仍然有权利考虑这个数额的投资是否恰当,民族主义观念的包装并不造就拒绝审计的特权。投资贫困的乡村,投资某种疾病的研究或者投资生态污染的治理,国家同样可以获得另外一些"正能量"——尽管这些题材无法吸引势利的大众传媒大做文章。如果杰出的经济学家、物理学家、文学家或者中小学老师都无法赢得同等条件的经济资助,人们必然会更多地计较,体育竞技的特殊贡献究竟是什么?

奥运会金牌赢得的荣耀慷慨地分赠给整个民族共享,然而,这一笔投资的实际经济收益仅仅由一个小圈子受惠。运动员团队及其后勤人员的按劳取酬无可非议,运动员的高额奖金常常让人嘀咕。如果一块奥运会金牌带来的钱物超过普通公务员一辈子的收入,我们的心情肯定有所改变。我们已经习惯了这种成功的故事——勤奋、意志、拼搏,或者再加上一些特殊的天分。他们仿佛在真空中训练,没有多少局外人意识到令人咋舌的训练费用。否则,我们对于冠军的敬重会略微打些折扣,因为他们在勤奋、意志、拼搏之外还享有某些特殊的照料。

通常,事后的一两声嘀咕无损于成功者的辉煌形象;但是,当某些成功者晋级为民族偶像的时候,这些嘀咕在飙升的崇拜背后悄悄地积攒。刘翔的故事即是如此。"飞人"的美誉给他带来巨额的收入,这个天之骄子短短的时间之内身价暴涨。他被十多家著名企业聘为商业广告代言人,每年进账两千多万到六千多万不等;即使还没有跨过第一个栏就摔倒在跑道上,仍然有一大批名流第一时间出面慰问。如此优厚的待遇必然隐含公众的同等期待。这种情况下，刘翔的失败遭到高度的放大。失望的浪潮衍生出种种恶意的猜测，他单足跳过终点的悲壮景象甚至被演绎为事先安排的商业策划。如果刘翔背后不存在一个长长的利益链，他收获的景仰和同情肯定超过现在。

世界范围内，体育竞技背后的铜臭味愈来愈重，奥运会也不会例外。令人垂涎的巨额收益甚至诱使一些运动员做出有违体育初衷的事情，譬如贿赂裁判，或者使用兴奋剂。"更高、更快、更强"的最终总结是更多的钱财，这是精明还是耻辱的反讽？贿赂裁判或者使用兴奋剂遭到舆论的一致谴责，这是公认的错误行为。然而，至少还有一些不良倾向正在得到悄悄的默认。

众多体育明星并未带动大众体育的发达，不少人察觉到大众体育的贫困。公共体育设施破旧不堪，大多数青少年运动量不足，体能指标全面下滑。众多奥运会奖牌得主如同神一般生活在电视机里，他们与周围的现实之间存在一条深深的裂谷。电视机之外，许多人参与体育的主要形式——或者说唯一形式——就是坐在沙发上目不转睛地观看。

不过，电视机里的运动员示范的又是什么？最近流传的一句俏皮话是：奥运会就是——一群最需要运动的人，看着一群最需要休息的人在那里运动。我们仿佛觉得，运动员所从事的体育就是争夺金牌。这是一句没有出口的反问：没有金牌的体育运动还有价值吗？电视采访之中可以看到，大多数赢得金牌的运动员无不痛哭流涕，他们嘴里最经常重复的关键词就是"伤痛"和"压力"。没有一个职业运动员不是伤痛缠身，从"更高、更快、更强"的体魄追求到不惜残害身体，体育竞技早就与"健身"背道而驰。某种程度上可以说，所谓的"压力"即是精神上的"伤痛"。四年一度的奥运会周期，运动员的神经日复一日地越拧越紧，这时的体育丧失乐趣而成为一种煎熬。无论我们读到的是奥运会不断刷新的纪录还是运动员的病历卡，这是一个不变的结论：这种体育已经远离我们的生活而成为一种虚幻的景观。

在我看来，奥运会金牌榜并不那么重要，谁打破了纪录或者谁遗憾地失利也不那么重要。那些情节的紧张性只能维持三分钟，内心的真正震动始终没有出现。相对地说，某些貌似无足轻重的片断反而萦绕不去，令人再三回味。我提到牙买加的博尔特并不是因为他又一次卫冕 100 米和 200 米短跑，而是因为他的快活。弯弓射大雕的姿势和做俯卧撑，漫不经心的起跑和冲刺表明他没有多少运动员常见的思想负担。我还想提到一个伊朗的女射箭手，她的比赛成绩肯定很差，但是，她的开心笑容无忧无虑。差距如此之大的人物以相似的表情踏入同一个奥运会，这或许隐含远比冠军梦更为生动的故事。

（刊于《读书》2012 年第 10 期）

"大妈"的崛起

　　大妈社区广场大战高音喇叭,大妈巴黎卢浮宫前展示舞姿,大妈火车车厢即兴起舞;高速公路堵车,大妈集体下车跳舞消遣;一年一度的高考来临,大妈开恩停止跳舞三天……广场舞强劲节拍的伴奏之下,一个彪悍的社会群体突然闯入人们的视野——大妈。

　　据说,海外友人对于大妈的欢快生活羡慕不已。不论是伦敦、纽约,还是柏林、悉尼,许多人工作之余孤独而寂寞。入夜之后,这些城市的大部分街道灯光幽暗,偶尔一两个路人行色匆匆,形同鬼魅。如果不愿意蜷缩于公寓的沙发上陪伴电视,只有昏暗的酒吧可供挥霍剩余精力。那些个人主义者的夜生活之中,酒吧是仅有的公共空间。

　　什么是东方的人情社会?这时,大妈的舞姿如同一个形象的标志。她们坦然地占据社区大大小小的广场,打开音响设备,然后开始自信地扭动发胖的身躯。锻炼,减肥,消遣,表演,只要克服当众起舞的羞涩,一切 OK。她们从未意识到,震耳欲聋的音响可能骚扰他人。这不是音乐吗?碍你们什么事?不想听可以不听嘛,允许你们关上窗户呵。大妈对于周边的批评声浪不屑一顾,她们的文化之中尚未贮存尊重他人的传统。

　　大众传媒的口水战围剿基本失效,广场上的大妈我行我素。人们不得不开始搜索自己的记忆,这个社会群体究竟是什么时候炼成的?意外的是,没有人可以界定这个社会群体的年龄段。三十五岁能够进入大妈之列吗?这时,绕膝的子女可以交给电视机、游戏机或者家庭作业,她们终于有机会出门参加夜晚的公共生活了。三十五年的饮食已经造就一身赘肉,再不锻炼就要定型了。大妈的上限是几岁?不得而知。由于体力不支而退出舞蹈的队列,估计已经七十出头。这个庞大的社会群体,以前隐藏在哪里?

　　的确,这个社会群体以前是分散的,分散于烧饭洗衣的日常家务,分散于购物或者接送子女烦琐功课,当然也分散于麻将或者韩剧。她们任劳任怨,默默无闻,日复一日地老去,甚至来不及伤春悲秋就到了耄耋之年。没

有人料到,广场舞曲响起,她们居然生龙活虎地集聚起来了。

旺盛的精力是这个社会群体的一个令人吃惊的品格,黑鸦鸦的一片塞满了夜晚的广场,舞曲嘹亮,舞曲悠扬,无数手臂丛林般地举起,无数的脚掌踩出一阵又一阵的尘土,这种景象每日不辍。事实证明,大妈身躯之中隐藏的活力长期被低估了。我突然想到了当年的"小脚侦缉队",她们是当年的大妈。当年的大妈胳膊上套一枚红袖章,大义凛然地巡逻在街头巷尾,目光炯炯,声色俱厉,一样精力旺盛,同时也不怎么尊重他人。

然而,如今的大妈与"小脚侦缉队"之间存在一个重大的差别——表演欲。如今的大妈决不愿意到荒郊野岭抛洒她们的激情,她们需要广场,需要观众,众多好奇的目光让她们心旷神怡,尽管许多大妈舞姿僵硬,手脚笨拙。很大程度上,她们的活力是被周围的目光调动起来的。如同许多男人的帝王梦,许多女人都有一个舞台梦。可是,"表演欲"是当年"小脚侦缉队"最为痛恨的品质之一,她们更为经常使用的是另一个通俗的字眼——骚。不知道汉语字典如何解释"骚",但是,几乎所有的人都明白这个字眼对于一个女人的杀伤力:"骚"往往意味着,这个女人的所有卖弄都是为了勾引异性。时过境迁,现在轮到大妈扮演"骚"的主角了。这种状况当然可以作为开放文化观念的例证,也可以启发精神分析学对当年"小脚侦缉队"进行考察:她们愤怒的对象多半也是自己竭力压抑的欲望;当社会允许这些欲望现身的时候,汹涌的洪流仿佛要把昔日的损失弥补回来。

老龄社会正在成为一个备受关注的话题,延迟退休正在成为一个广泛争论的漩涡。许多人觉得,撤出工作多年的办公室离岗退休,这不啻被抛向社会边缘,回到个体状态。然而,大妈的骤然活跃表明,办公室并非组织社会成员的唯一机构,广场上的舞曲也能扮演组织者。

作为一个社会群体,大妈突如其来地崛起。她们的文化观念,她们的消费特征,她们的隐秘欲望,她们的社会诉求……迄今为止,这些问题远未赢得足够的关注。这个地带怎么可能存在惊人的矿藏?多数人视而不见地转身而去,某些精明的商人就是在这个时刻悄悄地开始了他们的事业,例如广告商。当年那些冗长的电视连续剧即是广告商为美国大妈定制的消费品,拖沓的故事和缓慢的节奏恰如其分地投合了她们的心智。日用清洁剂厂家的肥皂广告穿插在跌宕起伏的剧情之间,"肥皂剧"成为电视连续剧的别称。

这种设计的背后隐藏了广告商的一个重大发现：美国大妈通常掌控家庭的采购大权，她们是接受广告的理想观众。这个故事发生在遥远的异地，听起来如同一个远离现实的传奇。现在，大妈正在从社会的各个角落冒出来，欢乐，奔放，前呼后拥，家长里短；喧嚣之余，人们能不能启动思想，从红尘滚滚的背后发现点什么？

（刊于《文汇报》2014 年 7 月 13 日）

房价的豪赌

　　一本即将出版的社交指南著作告知，公众场合缺少话题的时候，谈论房价可以立竿见影地改善尴尬气氛。气候或者全球变暖的辩论归哥本哈根会议，金融危机的成因归那一帮打领带的经济学家，地震以及海啸这种题目令人生悲，只有房价可以迅速让所有的人亢奋起来。沾沾自喜也罢，跌足长叹也罢，犹豫不决也罢，愁眉不展也罢，每一个人都有话想说。抵达一个城市，询问房价已经代替了询问名胜古迹而成为新的习俗。许多根本不想买房子的人仍然兴致勃勃地指点这个城市每个著名楼盘的价格；另一些人打开电脑之后的第一件事即是浏览几个明星式房地产商的博客，揣测他们的言论背后藏有何种玄机。如此的热议背后隐藏的是巨大的焦虑，房价使大半个社会患上了强迫症。周围的楼房愈盖愈多，楼层愈来愈高，可是，人们愈来愈恐慌。这是为什么？

　　若干年前听说，京城的房价每平方米已经逾万。我觉得那儿的人都疯了——一百平方米的房子难道要一百万不成？现在，我所居住的这一座城市正在上演相同的剧目。当然，没有人再大惊小怪。据说上海的汤臣一品每平方米十一万，我深信不疑。房价已经变成神话，什么奇迹都可能发生。我们要做的仅有一件事：别将房价与自己的收入联系起来。

　　我们肯定会慢慢地想到，往日不是这么想象房子的。事情如此明白——房子不就是一个家吗？天黑下来的时候，我和一批小伙伴停止了疯跑，离开尘土飞扬的街头踅入一条小巷。推开一扇斑驳龟裂的木板门，木板门背后就是我的家。那儿有母亲端到桌上的晚餐和父亲额上的皱纹。家不仅是几间屋子，一个厨房，家还是一个惬意的精神空间，这里可以睡懒觉，吵闹，撒娇和蓬头垢面。多数人的新婚洞房并没有实木拼镶的地板和华丽的枝形吊灯，他们仅仅在某个筒子楼或者平房找到一个容身的小房间。婚礼之前一块残破的窗户玻璃来不及更换，这块玻璃就会在窗框上一直呆到孩子上幼儿园之后。这并未影响什么。两情若是长久时，没有人在乎住的是寒窑、工棚还是茅屋、帐篷。年轻的时候奔赴乡村落户,安置在小山坡顶上的一幢木板搭盖的粉条厂,出门的阶梯边上即是一座大坟。收割季节在水田里晒得脱皮,每晚睡觉之前的享受是,三五成群地坐在大坟周围吹习习夜风,听蛙鸣狗吠。几个人曾经相约探访过邻村的一幢"鬼屋"。昏暗的贮藏间、落满灰尘的卧室、发出喔喔回声的楼梯和挂下长长蜘蛛网的厨房至今仍然保存在记忆之中。如果没有各种记忆,房子不就是水泥、砖块或者木板隔出的一个个方格吗?另一些房子仿佛修建在厚厚的书本之中。古代诗人倒背着双手朗声长吟"结庐在人境,而无车马喧""山中相送罢,日暮掩柴扉""柴门闻犬吠,风雪夜归人",这种房子是他们抛弃功名、退隐江湖的栖身之所,容不下带有铜臭的俗念;女权主义作家伍尔芙要求有"一间自己的房子",她企图守护的是一个拒绝男性目光监督的文化闺房。总之,谈起一幢一幢的房子,也就是谈论一段一段独特的掌故和历史。

然而,现在的房子只剩下一个主题——价格。房子仿佛是一摞摞钞票叠起来的,价格成了谈论房子时的唯一关键词。地段,楼层,面积,绿地,附近的公共设施,造价和利润,这一切统统压缩为价格。银行存折上的数目决定一个人住在哪里。不论是南征北战的"炒房团",还是砥柱中流的"钉子户",不论是竞争激烈的土地拍卖,还是贷款政策的调整,价格是一切分歧的终极症结。价格之外一无所有。没有地方感和风格,没有传统和历史。北京的盘古大观均价每平方米七万八千元,上海的白金湾每平方米吆喝价十六万元,八百多米高的"迪拜塔"刚刚落成,内部的公寓每平方米八万元左右。数字就是一切。一个个水泥砌出来的空间不再负担任何额外的观念。货币是世界通行的等价物,货币的语言足以表述一切的时候,这种产品不会拥有多少自己的故事。即使有些趣闻轶事,说来无非是各种盈亏的算盘。一个数学教授痛悔自己经济嗅觉迟钝,几年前错过了一次购买房子的机会。如果当时买下那一套公寓,简直像成功地抢了一次银行。他愤愤地补充说,抢一次银行无非背出一旅行袋的钱,有那么一百万不错了。买一套大房子一倒手,挣一百万易如反掌!相形之下,他的同行幸运多了。一对担任中学数学教师的英国夫妇依靠房产敛财,一度坐拥九百套房子出租或者出售,挣了个盆满钵满。迹象表明,以数学为生的书呆们已经醒过来了。在他们那里,数字不再是抽象的符号,数字要么是银行里的巨款,要么是用来给房子标价的。

一套房子就是一堆钱，一个吓人的数目。什么时候可以入住？错了，许多人购房仅仅是一种投资。千辛万苦挣了一笔血汗钱，如何理财成了苦恼的心事。把钱装入瓦罐埋在床铺底下，担心哪一天受潮腐烂或者被老鼠咬成一堆碎屑。存入银行或许安全一些，但是，银行的严密电子保安系统以及坚固的保险柜仍然挡不住贬值的蚀骨寒风。许多人共同认为，明智的做法是尽快将薄薄的纸币换成令人放心的实物，尤其是可能升值的实物。这时，房子显然是首选。据说马克·吐温说过，赶快抓住土地吧，上帝已经不制造了。土地的不可再生保证了房价的节节攀升。一夜暴富的机会已经不多了，房子交易是一个诱人的项目。多大面积的房子适宜于中等家庭，房价与收入之间的合理比例是多少，这种问题无人问津；所有的人仅仅热衷于计算，房价上浮之后净赚了多少。买房子的意义是增添财富，而不是增添居住空间。筹几文小钱，开一间杂货铺，如此辛苦地挣钱太不值得。投身于房地产就是投身一个梦幻。买下一套房子捂几年之后挥手抛出，一百万就会魔术般地变成两百万。房地产商费尽心机地构思种种售房广告，然而，各种广告背后的真正诺言毋宁是——还能有什么投资比买房子更为划算？

有趣的是，这种诺言时常被另一些专家讥为一厢情愿的春梦，专家的有力证据是居高不下的房子空置率。入夜之后，许多城市新区黑黢黢的一片。一幢幢新盖的楼房仅有几星灯火，大部分房子空空如也。买不起房子的人望洋兴叹，仍然憋气地挤在逼仄的老房子里；拥有三五套房子的人分身乏术，支付了高额物业费的空房子只能关在那儿喂养蚊子。房地产商依靠贷款绑架银行，鳞次栉比的新房仅仅是泡沫般的虚假繁荣。这个脆弱的平衡还能维持多久？一个秘密的号召正在暗中传播：咬紧牙关拒绝购房——房价的总体崩盘指日可待。那个时候，囤积在那儿等待升值的房子立刻成为甩不下的沉重包袱；神气活现的房地产商只能哭丧着脸大幅度地削价贱卖，求爷爷告奶奶地将房子的钥匙塞到买主的手里。等着吧，这将是一个狂欢的节日。迄今为止无人知晓，这是"仇富"一族编出来的泄愤之语，还是高瞻远瞩之后的准确预言？可怜那些口袋里攒了几文钱的人犹犹豫豫地站在十字路口，一脸茫然。看紧钱包还是倾囊而出？买还是不买？这不啻一场生死存亡的豪赌。

如此诡异的历史形势下,最为乏味的选择无疑是,购买一套房子并且大兴土木地装修起来,然后扶老携幼地住进去。装修——多么恐怖的字眼!那一张设计图显然是纸面上的楼阁。择个黄道吉日焚香开工,没想到这就是灾难的开始。建材市场上摆放了无数各种型号的拼木地板、水龙头、电灯开关、瓷砖、油漆、窗帘、抽水马桶和浴缸。所有的店主都将自己的商品吹嘘得天花乱坠,房主以最快的速度丧失判断力。东奔西走已经逛得双腿发麻,货比三家当机立断:不错,就买这一套洁具或者那一种墙纸。然而,付款完毕一转身立即发现,相同的产品就在附近的另一家商店卖得更便宜。这种损失如同一种暗伤,一笔一笔地加起来令人心惊。每一天晚上取出计算器按了一阵就得叹口气:今天又超支了。装修房子的工程队师傅来自一个友人介绍的,据说经手过多少大户人家,工艺精湛。可是,两天之后事情似乎就不那么对劲,电路的设计或者贴瓷砖的技术怎么会如此拙劣?当然,房主的任何不满都会遭到强烈的反弹。那些师傅用执拗而无辜的表情对付谴责,以至于房主不得不惭愧地承认理亏——任何精益求精的企图都要视为非分之想。不幸的是,大多数人的太太偏偏喜欢在这个时刻粉墨登场。她们袖手旁观多时,积攒起来的精力亟待消费,苛刻的挑剔和冷嘲热讽不绝于耳。显而易见,先生们的恼羞成怒是迟早的事情。许多人不惮于承认,装修房子严重地损坏夫妻关系,没有多少优质爱情承受得了装修工程的漫长折磨。磕磕碰碰一套房子装修下来,许多人形容枯槁、心力交瘁,乏善可陈的婚姻趁机亮起红灯。当然,正如俗话所说,钢铁就是这样炼成的。装修终于使一个人拥有了丰富的抽水马桶知识和高超的水龙头品鉴能力,并且擅长与店主或者工程队讨价还价。令人遗憾的是,这些本领已经是用不上的屠龙之技。经济学家测算,一套房子的价格相当于工薪阶层三代人的财力。这么看来,下一次装修恐怕是儿孙辈的活计了。

当然,如果装修的是一幢别墅,多少辛苦都算不上委屈。别墅是房子的极品,隐在郊外绿树杂错的斜坡上,四周一圈欧式的金属栏栅。城市中心的高层公寓多么没有品位:一大堆俗不可耐的邻居塞在一起,楼道污浊,电梯狭窄,一户人家的吵架三个楼层都听得到。别墅撤出了凡夫俗子的庸常部落而遗世独立,单门独户意味与众不同的人生高度。一个仁兄当年仅数十万侥幸购下的一幢别墅,现在成了骄人的资产。山清水秀和清风明月仿佛悬挂在窗口,闹市的喧嚣终于被甩在了遥远的灯火阑珊处。童话世界似的房子造型,敞亮的落地窗和家庭影院,楼上若干卧室分别带有考究的浴室,专门为访客设计的麻将室和茶座,别墅的四周一大片绿地成荫,社区里还有一个游泳池……如诗如画,夫复何求!可是,这种诗情画意很快开始变质。郊外荒凉,入夜之后时常有毛骨悚然之感。一阵风呜呜地从窗外刮过,树影摇曳如同精灵起舞。龟缩在一个偌大的房子里,各种窸窸窣窣的可疑声响令人惊惧,即使打开全部灯光也无济于事。为了壮胆,许多别墅的住户开始养狗,一户甚至养了好几条。夜里驱车返回,成群结队的狗蜂拥而至,对着车灯高高低低地吠成一片。郊外没有医院,高烧腹泻上哪儿急诊?别墅背后的山体是否稳定?一场暴雨会不会造成致命的滑坡?这些问题如同芒刺在背,心存疑虑的人又陆陆续续地返回繁闹的市区。他们徘徊在游人如织的马路上,逛商店,品尝小吃,看夜场电影,参加形形色色的派对,对于久违的汽车尾气备感亲切。这时,郊外的别墅逐渐演变成他们周末度假的处所。星期六上午,他们早早地起床换上休闲服装,采购了若干食品之后赶到别墅;星期日傍晚,他们锁好防盗门风尘仆仆地回到市区,唯一的愿望就是在狭小的老房子里喝两碗爽口的热粥。间隔一个星期,别墅里落满细细的灰尘,度假期间的主要工作即是擦拭桌椅和地板。有一回别墅原因不明地跳闸停电,存放在冰箱里的鱼和肉散发出令人作呕的恶臭。艰苦的冰箱清洗如同压垮骆驼的最后一根稻草,徒有其表的度假就此终结。他们扯几匹布罩住家具,如释重负地绝尘而去。日复一日,别墅渐渐地成了一片薄薄的影子,一个概念。唯一可以安慰的是,别墅从未贬值。坐在狭小的老房子里啜一口咖啡,遥想郊外贮存了一笔数百万元的资产,内心无比充实。他们终于明白了过来,实物是不堪的累赘,只有房价是关注的焦点。

"安得广厦千万间,大庇天下寒士俱欢颜,风雨不动安如山"——现在的人们已经读不懂这些诗句了,因为缺少价格的注释。只有算清楚房价,这种诗句才能从华丽的唐朝降落。可是,现今的房价还算得清吗?愈来愈多的人觉得,疾速向上跳跃的数字正在将一幢幢房子愈推愈远,终于成为地平线上的一抹幻影。一个人辛苦一年的收入还不够买一个马桶的位置,这种房子怎么可能真实地矗立在面前,吱呀一声打开大门? 也许,对于伸长脖子看热闹的平民百姓,这个世界的房价仅仅是生活之外的一个话题,谈谈而已,谁当真谁就是傻瓜。

（刊于《海燕》2010 年第 4 期）

虚假的出走

假期渐渐临近，口袋里慢慢地攒出了几文钱，内心似乎就浮出了一些蠢蠢欲动的企图。这时，种种旅游手册总是会及时地出现在我们手边，积极地推销一系列风光胜地：阿尔卑斯山的雪峰，巴黎的艾菲尔铁塔，八达岭的长城，峨眉山的寺庙，这些生动的名字终于为闷在口袋里的那几文钱找到正当的出路——我们旅游去。旅游体现白领阶层的高雅趣味，只有那些没文化的小市民才会一头扎在麻将桌上，或者依赖那些没完没了的肥皂剧打发时间。于是，我们收拾行装，带上信用卡，锁好房门，飞越万米高空，或者坐上哐当哐当的火车，不远万里，直扑一个山洞，一片海滩，一道瀑布或者一座山峰。

我们的心中不是没有一丝犹豫：心疼一大笔血汗钱，担忧家中被窃，飞行的安全系数，江湖险恶千万不要在异国他乡遇到麻烦……可是，这些犹豫几乎见不得人。我们遭到气势汹汹的批驳，读万卷书还要行万里路，否则如何长见识？千金散尽还复来，怎么能年纪轻轻的就当守财奴？不是趁着身强力壮出门看世界，莫非还要待到腿脚不便的老迈之年？不喜欢出门奔波？大哲学家康德从不离开居住的小镇？别说了别说了，都什么年代了，不出门还像个男子汉吗？一时之间，我们几乎是被狼狈地轰到机场或者火车站。

其实，我们还是不太明确旅游是干什么。我们隐隐地觉得，旅游就是回归大自然，但是，我们到达的目的地多半是人造的风景。拉斯维加斯的赌城，曼谷的"人妖"，拉萨的八角街，北京的故宫，这些地方距离大自然还十分遥远；至于三峡、黄山、张家界、武夷山只能说是人工修饰过的大自然。当然，这个世界还保存了一些茂密的原始森林，一些未经开发的山洞和地下河，一些险峻的悬崖峭壁；可是，通常的旅游不去这样的地方。恐怖的野生动物、不明的瘴疠之气以及迷宫似的地貌吓住了我们，我们才不想破费为自己订购致命的危险。这样，我们转身回到安全地带。这里游人如织，我们明白大家的心情都一样。我们居住的城市已经人满为患，旅游却如同到了一个更为拥挤的地方。

当然，旅行社的导游会在这个拥挤的地方设计一条合理的游览路线。我们模仿幼儿园的孩子排好队，尾随导游的三角旗和半导体喇叭寸步不离。导游像哄孩子一样告诉我们，这块岩石是一只青蛙，那个山峰是一个吃桃的猴子，溪边的凹陷之处是仙人遗留的脚印，崖上的洞穴是牛魔王的眼睛。这时，我们已经无心从天造地设或者鬼斧神工之中纵想大自然的奥秘，倾听天籁之音——我们的智商仿佛只能听得懂初级的童话和民间故事。我们不但没有对导游的信口雌黄表示反感，相反，我们呆头呆脑地反复端详，看不出那只青蛙或者猴子就不肯离开。多数导游似乎已经事先约好，天地之间多少气宇轩昂的奇峰怪石都被他们演绎出老鼠偷油或者猪八戒背媳妇这一类猥琐的故事。导游终于说得疲倦了，挥挥手让我们开始拍照。好不容易来了这么一趟，不拍一些照片何以为凭？于是，我们尽情地消费胶卷，镁光灯闪烁不停。拍过照片之后就是购物。我们尽量往背包里塞入一些毫无意义的土特产，越是怪异越可贵——我们暗中相信，购买这些土特产也就是撕下一个风景的碎片带回家。夜幕降临的时候，我们匆忙赶回旅馆。旅游区的旅馆通常不那么干净，偶尔还有一些鬼鬼祟祟的人试图过来搭讪。我们听从导游的劝诫将房门的链条扣上，烫过起泡的双脚之后仰八叉地躺在床上。今天并没有多少可圈可点的景象，明天或许会有趣一些？在这种安慰式的期待之中，我们醺然地发出如雷的鼾声。

规定的游览路线，导游的三角旗和大同小异的民间故事终于将旅游变成机械操作。一切都程式化了。一位文学教授抱怨，精彩的游记越来越少。"落霞与孤鹜齐飞，秋水共长天一色""云横秦岭家何在，雪拥蓝关马不前""山高月小，水落石出"，今天还有多少人能写出这样的句子？这并不奇怪，我们已经丧失自己的发现能力。一切都是别人的事先安排，一切安排都是如此相似。然而，我们为什么还是乐此不疲？某一天我们终于明白过来，旅游的意义不是去哪里，而是离开哪里——离开我们的居住之地。我们必须换个陌生的地方透一口气，为自己想象一些有趣的情节。浪漫多半和陌生联系在一起。站在一个陌生城市的公园门口，我们就会期待一些奇遇、邂逅或者猝不及防的艳情；如果我们的寓所与这个街区只有十分钟的距离，所有的故事都会像肥皂泡一样破灭，熟悉释除了想象与激情。那个杂货店的柜台后面只有一些生锈的五金器材,左手这条巷子是个死胡同,这家玻璃店是后院王大爷的三儿子开的,常到这个公共汽车站等车的那个女郎已经名花有主。总之,熟悉就是什么也别想。只有旅游才会将我们抛入一个新的环境,让我们透出肺里积压多时的废气,活跃细胞,重新分泌肾上腺素,提神醒脑,洗心革面。不管怎么说,再乏味的游览还是比朝夕相对的那几张一成不变的面孔多一些内容。

可是,旅游是有家的人玩的游戏。如果撤除了家这个圆心,旅游就会变成漂泊,我们的神经还远远不适应漂泊。这时我们承认,旅游仅仅是一种虚假的潇洒。我们的确渴望出走,但是,我们总是用回家为旅游制造一个千篇一律的,同时是令人安心的结局。第一阵疲惫袭来之际,我们就开始想家了。想念家里的稀饭、咸菜、硬板床、布拖鞋,想念父母、邻居甚至办公室里最讨厌的同事。这样的想念会在某一个傍晚突然严重起来,甚至让我们潸然泪下。梁园虽好,不是久留之地;田园将芜,胡不归;苦海无边,回头是岸……我们胡乱地念叨一些句子,匆匆地买下第一个航班的机票,逃命似的奔回家中。两个月之后,我们才懒洋洋地将相机里的胶卷冲洗出来。相片上实在看不出名山大川的气象,只有那块铭刻了地名的石碑确凿地证明我们到此一游。为了向周围的人炫耀一些有趣的经历,我们开始回忆这次旅游。奇怪的是,除了半导体喇叭发出的嘈音、难以下咽的伙食和几片剪影似的山峰,我们再也想不起更多的事情来。

（刊于《散文〈海外版〉》1999 年第 6 期）

第四编

记忆或观感

凤凰树下随笔集

那时的电影

　　那时年纪还小,精力充沛体力旺盛,时常从街的这一头飞奔到街的那一头。那时的生活充满动感,飞拳拽腿,打架斗殴;锯下一截树枝做弹弓,一盏一盏地打碎马路两边的路灯;爬到一幢废弃的老屋里拆除电线,剥出电线的铝芯熔成军用皮带的扣子;翻开街头公园里一块块潮湿的破砖碎瓦,搜索那种外壳纹路特别清晰的蜗牛……那时,只有电影能让我们歇住喘一口气,安静地呆上一两个小时。那时的电影多半是黑白片,和我们的生活色调相仿;因此,我们不是太明白,布幕上那个神秘的空间有什么理由让我们如痴如醉。

　　那时——那时大约是六十年代后期至七十年代后期,总是有十年左右的时光。

　　那时的电影院更像是一幢破败的大仓库,现在不太看得到了。电影院的天花板特别高,一些老式的吊扇正在上面飞速地旋转;电影院里陈列了一排排硬木的靠背椅,观众入场和退场都会噼啪乱响一阵;天长日久,电影院的几扇窗户已经合不拢了,白天放映时会有几缕刺眼的光芒从那里射入;漫长的夏季,电影院里的汗酸味和体臭久久不散。可是,梦幻就是在这样的地方神奇地制造出来。灯光终于暗下来了,音乐响起来了。黑暗之中的等待犹如穿越某一个秘密洞穴。几秒钟之后,前方的银幕豁然亮了起来。一辆敞篷轿车疾驰而过。一个女人穿上连衣裙摇摇摆摆地行走在棕榈树下。一阵哨子声,几下枪响。另一个有声有色的世界猝不及防地打开了。

　　如若城市的广场没有举行集会,电影院就是首屈一指的繁闹之地了。大批闲散人员、小贩、三轮车夫、街头团伙以及某些扒手集聚在电影院门口的台阶上,他们的羡慕目光会让我们这样的观众将胸部挺得更高。让人苦恼的是,电影院凭票出入。那时的电影票不算太贵,可是轻易买不到手。如果有了新片子,一张电影票就能约上一个漂亮的姑娘。新片子的电影票多半内部分配,仅有少量在电影院那个一尺见方的窗口出售。电影院的窗口镶上结实的铁条,只有一个小洞供攥着一把零钱的胳膊伸入,每人限购三张或者五张不等。那时不习惯排队买票,一尺见方的窗口往往拥挤着十多条大汉。如果从这些大汉的缝隙抢购几张电影票,肋骨往往会痛上好些天。一个机灵的家伙曾经想出了一个办法:我们几个人合力抬起一个特别勇敢的伙伴,"一二三"发声喊把他高高举起,让他趴在窗口那群大汉的头顶。他不顾一声声恶毒的咒骂和杵到肚子上的乱拳,居高临下地将胳膊伸入购票的窗口。这么做通常都能得手。如果推推搡搡过了分寸,打起架来我们好歹也算得上人多势众。

不论怎么说,都有买不到票的时候。于是,我们只得设法混入电影院。三张票混入四个人或者用旧的电影票浑水摸鱼都是我们的拿手好戏。可恶的是电影开演之后还要查票,找不到座位的人要被轰出去,我们只好在电影院里与查票员打游击。他们亮着手电筒在东边巡逻,我们就蹑手蹑脚地从西边溜走。某一回我们乘乱裹入一个没票的小女孩,查票员过来的时候让她蜷缩起来蹲到另一个女孩的长裙底下。这样的伪装天衣无缝,查票员没发现什么破绽就要转身离开。裙子底下的女孩看不到手电筒的光圈以为警报解除,她从裙子下面蹦出来的时候几乎吓坏查票员。这样的戏剧性当然产生不了皆大欢喜的结局——事实上我们一伙五人统统被赶出电影院。

今天看来,那时的新片子并没有多少,我们更多的是将那些老片子看得倒背如流。《地道战》《地雷战》《南征北战》《列宁在十月》《列宁在一九一八》《宁死不屈》《第八个是铜像》……每个人都可以时刻进入角色,无论是扮演瓦西里、列宁,还是那个有一撮仁丹胡、掏了满手大粪的日本鬼子。"面包会有的""鬼子进村了""看在党国的分上,拉兄弟一把""先生,能帮忙推推摩托车吗",这些台词编织在我们的日常生活之中,甚至比政治领袖的语录更多地得到了引用。

七十年代中期,我移居乡村,告别了电影院。幸运的是,我仍然常常有机会看到露天电影。我们的小村子往北走十余公里有一个兵工厂,那里每个月会在操场上放映一部电影。我们如同企盼节日一样等待这个日子。即使那一天在田里累得半死不活,收工之后我们还是会三口两口扒了晚饭就捏起一支手电筒上路。我们赶到兵工厂,操场上总是已经密密麻麻地坐满了人。从我们占到的位置远远望去,放映的布幕仅仅比豆腐块大一些。这样的位置令人沮丧,我们宁可来到后台坐在布幕的背面。因为与布幕的距离太短,我们不得不竭力仰起头来。一大批人在我们的鼻尖上跑来跑去,一概用左手开枪或者写字,偶尔还会坐在靠右的驾驶台上把汽车开得飞快。某一天收工迟了,一个知青匆忙从村里借了一辆自行车,后架上驮着我心急火燎地冲入黑暗的山路。临近兵工厂的时候,自行车突然撞上了一堵肉墙,我们俩人横斜地摔入路旁的水渠。自行车哐当当的乱响之中,一只猪尖叫着跑开了。我被摔得半天动弹不了,骑车的那位抖着水淋淋的双手破口大骂:"你这婊子养的凑什么热闹,你看得懂吗?"

　　如果有了什么喜庆日子,放映队偶尔也会到村里演一场。布幕就牵在村口的晒谷场上,时常被山风鼓得像一张帆。村民看电影十分入神。瞠目结舌忘了摇动手里的扇子,一尺长的涎水明晃晃地拖到地面。忽然布幕上有一列火车迎面驰来,晒谷场上的观众纷纷拎起自己的小板凳四散而逃。村里放映电影生怕断电,电力不足的时候,那盏吊在老式放映机旁的白炽灯就会忽明忽暗,布幕上的人物对话变得怪腔怪调。这时观众都没有心思说笑,生怕放映机啪的一声停了下来。只有待到这部电影演完,我们才会如释重负——这时才有人开始模仿刚才听来的怪腔怪调。

　　那时的电影仿佛就封存于那时——封存于那种贫瘠的、粗鲁的,同时又生气勃勃的日子里。现今的电影具有了金碧辉煌的风格,我们却丧失了那时的狂热。我们会读一读电影海报背后种种耸人听闻的消息:令人咋舌的投资数额,影星秘史,巨大的拍摄场面和无与伦比的特技,数码成像和风靡世界的主题歌;我们也承认电影颁奖仪式上那些打领结的男人和穿长裙的女人风度迷人,可是,我们却很少光临电影院,真正看一场电影。我们的躯体开始发胖,心情也日渐散淡。一事能狂便少年,这样的散淡就是中年了。中年就是认可了现实的坚硬和庸常,不再寄情于奇幻或者浪漫。这是中年的慵懒,也是中年的坚韧。遥想那时的电影痴迷,我们的脸上浮出了过来人的微笑。为了兑现某一个奖赏的诺言,我们会在周末上街替儿子购买一张电影票,明星荟萃故事跌宕索性让他痛快地激动一回。我们打不起精神陪儿子上电影院,我们宁愿在一张晚报和一杯淡茶之中消磨一个漫长的黄昏。

（刊于《今晚报》1999 年 8 月 25 日）

魔术般的物质

一、玻　璃

　　玻璃拥有一种奇怪的品质:玻璃存在的意义恰恰因为它的不存在。透过玻璃,我看见了窗外晃动的树枝,一只鸟倏地飞过,远处蓝色的山脉蜿蜒不绝……玻璃从不遮断我的视线。玻璃仿佛没有什么"自我",它无限地敞开"自我",但里面空空落落,什么也没有。透明的玻璃隐喻了"空"的观念。

　　玻璃是一种没有渣滓的物质,晶莹剔透。我习惯地觉得,玻璃不能和其他物质混淆在一起。桌面上有一匹玻璃铸成的马,马是透明的,腹腔里没有内脏。如果玻璃马的腹腔里有一堆热气腾腾的胃肠正在蠕动,我一定会感到恶心或者恐怖。玻璃就是玻璃,不能再有别的。有时,某些女人被比拟为"玻璃人儿",这是形容她们内心没有多少小九九,仿佛阳光都透得过去。

　　大约是由于冰清玉洁的品格,玻璃通常不适于担当低贱之物的材料。玻璃制成了茶杯、灯具、花瓶、精致的茶几和餐桌,如此等等;我们不想用玻璃制造抽水马桶、痰盂或者下水道。阳光斜斜地射过来,在玻璃的花瓶上形成了一个闪亮的反光点,这犹如一个梦幻。闪烁不定,晶莹光洁——的确,玻璃是制造童话般梦幻的材料。两个世纪之前,伦敦的海德公园里盖起了一个玻璃的展览馆,展览馆负责展示种种新奇的发明。进入展览馆的观众觉得,玻璃的展览馆就像传说之中的水晶宫。

　　据说,玻璃已经拥有悠久的历史。现在我关心的是,如此透彻明亮的物质是从哪里来的。玻璃不是天然之物,没有自然的根源。它是人工炼制出来的——是化学工业的产品,这使玻璃的价值下降了许多。化工产品可以按照一定的配方持续地复制和大批量生产,没有什么可稀罕。所以,玻璃永远不可能像水晶或者钻石那么贵重——后者的家谱必须追溯至大地深处的稀有矿藏。

镶在戒指上的一小块晶亮的玻璃仅仅是一个廉价的赝品。可是,赝品难道就没有意义吗?囊中羞涩的村姑从地摊上买到一个镶着玻璃的戒指戴在手上,多少可以享受一下贵妇人戴钻戒的骄傲。这个意义上,闪闪发光的玻璃饰物隐含了强大的普罗精神。

某些时候,我们将玻璃的一面涂上水银。这就成为一面镜子。镜子是玻璃的女儿。这时,我们的视线再也不会空洞地穿越而过,镜子的意义就是挽留眼睛,镜子里面藏有一个丰盛的世界。我们不仅看到了世间万物,而且还能看到自己的脸。然而,令人伤感的是,镜子一晃就什么都没了。镜花水月,镜子盛不住任何东西。这么说来,镜子仍然隐喻了另一种意义上的"空"。

二、塑　料

罗兰·巴特曾经撰文谈论塑料,他觉得,塑料是一个魔术般的物质。从方形的箱子到浑圆的水桶,从精巧的头梳到蓝色的靠背椅,或者坚如磐石,或者薄如蝉翼,塑料从一种形状转移到另一种形状,无所不能。塑料令这个世界平白无故地增加了许多物种,这不是魔术又是什么?

这种魔术般的物质擅长模仿他物,塑料的玩具飞机、管道、瓶子、晒衣架、汽车零件,如此等等。以往,这些玩意儿原先可能是木头、钢铁或者别的什么材料制成的。但是,罗兰·巴特同时还发现了一个转折:塑料的模仿仅仅是为了实用。玻璃乐于模仿珍珠,塑料却乐于模仿木桶——使用价值淹没了美学价值。所以,塑料仅仅是家常之物。碗、汤匙、碟子、打火机、牙刷、塑料袋、塑料薄膜、水管,塑料组织在日常生活之中,丝毫没有神秘之感。

塑料的意义就是使用,所以,塑料无法赢得高贵的身份,仿佛缺乏悠久的渊源。贵重、豪华、传统、历史——这些词统统与塑料无关。祖先可能传给子孙一方砚台,一幅字画,一块印章,一扇木雕屏风,但是,没有人会把塑料制品留给后代,塑料制品没有保存的意义。贵族之家的标志是笨重的红木书橱、沉甸甸的银制餐具、象牙装饰的镜框、斑驳的铜制灯台。轻飘飘的塑料制品是上不得台面的。

的确,塑料贱得很。塑料盘子或者塑料水桶都不会轻易地破碎或者开

裂。一把塑料的椅子并不在乎日晒雨淋。玻璃器皿常常在一声脆响之中迸为碎片，这是一个毁灭的场面，可能制造出悲剧性的联想。然而，塑料产生不了象征的功能。一个表示愤慨的人通常不愿意摔桌上的塑料杯子。摔在地上的塑料杯子骨碌碌地滚了一阵，分毫无损，这可能带来一种滑稽之感。

上帝说，要有光，天空要有飞鸟，地上要有万物，于是，一切都有了。不过，我估计上帝没说要有塑料。塑料是人工合成的，上帝并没有见过。塑料不存在血缘关系或者长幼尊卑。千百个塑料袋同时生产出来，一模一样，无所谓真或者假，主或者从。这就是人与上帝的差别。上帝创造万物的同时还创造了秩序，人没有这种能力。

塑料有诸多变种，电脑外壳、矿泉水瓶子、塑料鞋、手提包、文件夹、电线插座，形形色色的塑料品种不胜枚举。各种塑料制品愈来愈多，一般人根本叫不出大部分塑料品种的准确名称。当然，这没有关系。生活在光滑的塑料世界之中，我们会觉得愈来愈有现代感了。

可是，塑料会不会堆满地球的每一个角落——以至于把我们挤出家园？现在，这终于成为一个问题。不少人认为，塑料可能是"人类最为糟糕的发明"。大部分塑料是不可降解的，塑料不会朽烂在地里，成为肥料，塑料不肯加入上帝安排的循环链条。这时，温顺的、任人捏弄的塑料显示了极其倔强的一面。它固执地呆在那里，面目可憎——仿佛要一直呆到下一个冰河时期。

三、硅 胶

硅胶是一种高活性吸附材料，属非晶态物质，化学分子式为 $mSiO_2 \cdot nH_2O$。硅胶不溶于任何溶剂，无毒，无味，化学性质稳定。除了强碱和氢氟酸，硅胶不与任何物质发生反应。

这一段摘自教科书的说明文字看不出什么，这一段文字无法解释，这种人工合成物为什么骤然之间炙手可热？一团硅胶捏在手里，松软的同时又富有弹性，犹如饱满的肌肤。的确，这就是秘密所在。硅胶的外观和手感如此接近人的身体，以至于"再造身体"的梦想突然得到了足够的技术支持。如今，不少婴儿吸吮的奶嘴已经由硅胶制成，替代母亲的乳头仅仅是硅胶的

201

牛刀小试。现在,硅胶就要成为大规模生产身体的原料了。古老的神话传说之中,女娲仅能用黄泥造人;这个意义上,硅胶如同化学工业制造的现代神话。

身体是神圣的,不属于个人。人的身体曾经属于上帝,后来又属于家族,属于社会,个人不允许自作主张地篡改或者重新设计。纵容身体的享乐必须遭受谴责,人为地更换容貌意味了不敬祖先,毁灭身体——例如自杀——是一项可怕的罪过。然而,这些观念持续地遭遇挑战。许多人改造自己身体的欲望决不亚于改造山河。他们的企图就是要主宰自己的身体。硅胶的出现让他们欣喜若狂。

硅胶的首要用途是整容,鼻子,嘴唇,胸,脸,臀部,硅胶可以填入身体的任何部位,修改出理想的尺寸。尽管这是一项危险的手术——硅胶可能游离乳房或者臀部全身乱蹿,但是,众多的女性还是乐此不疲。不久之前读到一则有趣的报道:一个相貌平庸的德国女子嫁给一个整容医师,整容医师大刀阔斧地对她进行了二十多次手术。这个德国女子终于出落成为可以与好莱坞明星媲美的美人儿,得到了"硅胶美人"的绰号。当然,这个故事的结局是一个悲剧,"硅胶美人"负心地爱上了另一个汽车商,雇人用斧头砍死了整容医师——她是害怕整容师还会源源地生产出另一些"硅胶美人"吗?姣好的容颜是许多女郎擅长使用的特殊资本,美貌可以轻易地打开男性中心社会的种种秘密通道,牵动一系列独特的社会关系网络,形成巨额利润。这个意义上,硅胶的发明有助于缓解天生丽质所制造的特权。那些貌不惊人的女郎也有出人头地的机会了——整容医师和硅胶不啻她们的再生父母。

硅胶的另一个主要用途是仿造性器官。有史以来,性快感必须由异性双方共同创造。然而,性始终是一个动荡不宁的领域,性关系是现今最为复杂的社会关系之一。性交往之中充满了陷阱、麻烦、怨恨、屈辱;许多时候,人们必须为片刻之欢偿付一辈子的代价。现在,硅胶把问题简单化了,硅胶向性关系竞争之中的失败者提供了理想的仿真代用品。硅胶是一种许诺——这种物质把许多人从复杂的性关系之中解放出来,他们可以独自为自己制造性快感了。许多硅胶性器官拥有大号尺寸,甚至配上了电动震颤功能,它们的刺激性远远超过了人的身体。尤为重要的是,硅胶不会抱怨,要挟,索取报酬,也不必服用伟哥、催情药物或者避孕丸。购买硅胶性器官无须登记注册,多买一两件算不上重婚。物代替了人,减免了一系列繁杂的社会责任。听说,一个"女作家"兴高采烈地在互联网上宣布,硅胶男性性器官终于帮她实现由来已久的性爱梦想。

仿佛有些不可思议。不过是某种化工产品,硅胶整容可以制造某种社会关系,仿真性器官又退出另一种社会关系。教科书要如何表述它的社会功效呢?

四、橡　胶

橡胶与硅胶存在许多相近的性质——柔软,有弹性,性质稳定;但是,橡胶低贱得多。硅胶填入美女的鼻梁和乳房,或者制成人造阴茎——总之,硅胶通常承建敏感娇贵的身体器官。相反,橡胶产品粗鄙笨重,工艺简陋,例如汽车轮胎。

橡胶具有任劳任怨的品质,憨厚朴实。橡胶产品往往担当不了主角,它们更像是忙碌在角落里不起眼的仆人。橡胶垫圈,胶鞋底,自行车龙头的把手和刹车闸,捆绑头发的橡皮筋,马达带动的橡胶带……橡胶制品永远是一些敲边鼓的配件,甚至是一个垫底的倒霉蛋。据说,日本的某个公司门口竖着一个橡皮人。这并非某个先驱的纪念塑像,而是一个挨揍的角色。憋了一肚子怨气的企业员工享有一个特权:下班之际可以到门口操起一根木棒猛击橡皮人泄愤。

各种塑料制品常常摆上桌面,五颜六色。橡胶制品更多隐蔽地垫衬在某一个缝隙里,或者踩在脚底下,几乎不会有出头之日。尽管如此,橡胶却赢得我们的信任,这是一种令人安心的物质。橡胶不会轻易地磨损,或者遭受腐蚀,碾过千山万水的汽车轮胎仍然结实牢固——这时,橡胶的能耐远远超过金属。橡胶是绝缘材料,不导电,我们不必担心橡胶从事某种危险的社交。橡胶的形象可靠,稳重,即使偶尔夸张一下,也很快就会低眉敛眼,不苟言笑。一架弹弓在手,我放肆地将橡皮筋拉长到极限——橡皮筋的长度一下子扩张了五六倍,力大无穷;松手之后,泥丸嗖的飞出,橡皮筋随即老老实实地恢复原样。它决不会居功自傲,得意忘形。

玻璃的世界晶莹夺目,但是又惊惊乍乍,弱不禁风。一失手打翻了玻璃盘，一大堆碎片哐当哐当地响成一片。相形之下，橡胶十分沉稳。橡胶制品傻大黑粗，但是韧性十足，捶不扁，砸不烂，扯不断，扑扑地闷响一阵之后，稳稳当当地依然如故。

据说橡胶区分为两种：一种是天然的，从橡胶树上割下来；另一种是人工合成的。可想而知，这个世界需求大量的橡胶，天然的橡胶不够用。的确，如果寻找一种物质作为这个世界的底座，橡胶再合适不过了。

（刊于《福建文学》2004 年第 4 期）

山幽水远读不尽

　　闽地多山。火车哐啷哐啷地穿行于千百个山坳与隧道之间,峰回路转,蜿蜒逶迤,声嘶力竭,风尘仆仆——所有的人都在固执地找寻一座山中之山。古老,神秘,峰奇峭,水清冽,这就是武夷山了。中生代晚期,地壳不安分地剧烈运动。天倾西北,地不满东南,火山喷出了滚烫的熔岩。那个时候武夷山就来到天地之间。"碧水丹山,珍木灵草",这是南朝的江淹赠给武夷山的八个字。当时的江郎仍然才高八斗,寥寥八个字第一次将武夷山送入史书。从南朝的江淹一直到今天,多少人翻山越岭,千里迢迢,就是为了觐见武夷山?

　　入住幔亭山庄。领了房间的钥匙,插入锁孔拧开门,不禁倒退了一步——满当当的一窗青峰与浮云。当即扔下行李呼朋唤友:看山去! 看山去!

　　登泰山而小天下。登武夷呢? 武夷山是不必攀登的。看武夷山,下水去。武夷山的众峰簇拥之间,竟然有一脉流水曲曲折折地穿山而过。取来一份武夷山地图,九曲溪犹如太极图中央的那一条曲线。一曲一峰,一折一壑,水盘山转,九曲溪浅浅的,细细的,仿佛贴心贴肺,逐一地招呼过千峰万壑。第九曲的码头,早就有竹筏等在那儿。乘竹筏沿九曲溪漂流而下,武夷山的纵深就一幕一幕地拉开了。夕阳斜照,山岚尽散。玉女峰羞怯可人,含情不语;大王峰状若莽夫,横冲直撞;天游峰一壁危崖,光秃秃的一块巨大的岩石寸土不留,倔强而孤傲。九曲溪两岸山势腾跃,千树葱茏,无数黑黝黝的岩石嶙峋嵯峨,如同万千怪兽出没于峰峦之间。

　　刚刚下九曲溪,水深不过两三尺,哗哗有声。溪水清澈见底,河床上的鹅卵石历历可见。梢公左一篙右一篙地撑着竹筏,信口诌一些野趣十足的传说调侃山水,听不听都无所谓。偶尔会有些水花顽皮地溅上竹筏,打湿人们的鞋袜。过了第七曲之后,水渐渐深了,一篙下去插不到底——梢公说,最深之处竟然三十余米。这时的竹筏缓缓地漂浮于清风和青峰之间,万虑俱泯，一心澄然，似看非看，无思无念。两岸的石壁上铭刻了历代文人的墨迹，或者龙飞凤舞，或者沉郁顿挫——这是山的千年记忆吗？

　　舍筏登岸，似乎就踏到朱熹的足迹。隐屏峰的紫阳书院是朱熹五十四岁时亲手创办的。这位儒学大师生前并不显赫，他的大半辈子都在武夷山区治学、传道、授业。紫阳书院曾经鸿儒云集，据说受业于朱熹的儒生有两百多人。"程朱理学"的一半扎根于武夷山水之间。奇山异水曾经给大师带来多少灵感？武夷山的朱熹纪念馆是一座简朴的庭院，碑文记载了朱熹的业绩。入门即可见一则题词"东周出孔丘，南宋有朱熹。中国古文化，泰山与武夷"——北国南国的两座名山竟然因为孔子、朱熹两位大儒而遥相呼应。纪念馆之中有一尊朱熹的塑像，这是一个清瘦的老人，隐于东南一隅，藏身于崇山峻岭，他的思想竟然能破空而去，从南宋到清末，七百余年传播流布于大江南北之间。朱熹纪念馆之外，可以见到几丛碧绿的芭蕉树与粉墙相映。曲阜的孔庙古柏苍苍，森然肃然；芭蕉丛中的紫阳书院或许有更多的生趣？阔大的芭蕉叶的确另有一番开朗的气象。

　　别过了朱熹，也不要忘了柳永。"寒蝉凄切，对长亭晚，骤雨初歇。都门帐饮无绪，留恋处，兰舟催发。执手相看泪眼，竟无语凝噎……"谁没有低吟过这些悲悲切切的句子？这位著名的词人也是武夷山之子。不要以为武夷山只有刚直的理学，武夷山也出得了放浪不羁的文人。笑在青楼，醉在街头，今宵酒醒何处，杨柳岸晓风残月，这也是武夷山的风流。"凡有井水饮处，即能歌柳词"，文学史可以证明，柳永的几十首词也被传唱了七百余年。

　　山中闲居，自然是要饮武夷山茶的。找一个山坳里的茶寮，要一壶武夷山的"大红袍"，看山峦之间一团一团的浮云变幻无端，这就是武夷山的韵味了。每一个茶寮主人都会振振有辞地说，他们的茶叶是正宗的"大红袍"；其实，这些茶叶仅仅是"大红袍"的后裔。真正的"大红袍"仅仅两三株，孤零零地长在一面绝壁的半山腰。每年采下的茶叶不过数两，始终是送往京城的贡品。这几株茶树的种子如何到了绝壁之上？谁发现了它们？怎么有了一个如此华丽的名号？各种传说言人人殊。茶寮主人手脚麻利地烫好茶壶，一排摆开几个小酒盅似的茶杯。嫩黄的茶水稠得像酒，一时异香四起。茶寮主人的嘴也没闲着，他们说得出各种版本的"大红袍"故事——神仙、书生、状元、和尚，如此等等。于是，一杯，两杯，齿颊之间余味缭绕，微涩之中似乎还品得出些许历史的沧桑。

的确是沧桑历史。多少人听说过,武夷山层层叠叠的黄泥底下埋藏了一个完整的汉代古城?南北长八百六十米,东西宽五百五十米,面积四十八万平方米,无数的炊烟、笑语、铁匠的铺子、陶器作坊以及旌旗、鼓角、酷烈的杀伐都无声无息地凝固在地表之下,只剩下一片漠然的荒草杂树。登上一座不高的山岗,老城址赫然而现:城墙的残迹,干涸的护城濠,城里的建筑横竖有致,清晰工整。考古队挖掘了高胡南坪宫殿建筑群基址。这是天井,这是殿堂,这是前庭,这是后院,这是厢房,这是廊房,这是浴池,这是台阶,这是铺着河卵石的小道,这是弯弯曲曲的排水系统……总之,这仿佛只是一幢刚刚拆除的老房子,片刻之前主人才抽身离去。很难想象,现在踩住的这一块石头竟然是两千多年前的墙基。

闽越国的遗址。汉高祖刘邦封闽越族首领无诸为闽越王。后来的历史就是一系列大同小异的演义了:叛乱,讨伐,自立为帝,大军压境,打破城门和付之一炬,这是中国历史故事惯用的叙事学;英雄远逝,灰飞烟灭,留下的只能是骚人墨客千年咏叹不尽的抒情素材了。高胡南坪宫殿遗址迄今还保留了一口水井,泉涌不息。提上一桶水喝一大口,清凉,微甜。这口井饮过君王,饮过重臣,饮过嫔妃佳丽,饮过三军将士。俯身把耳朵贴近井口,或许还听得见两千年前的澎湃激越。

二十余年,我已经记不清几番登临武夷山,而每一番登临都重新感到陌生,山幽水远读不尽。幔亭山庄的服务台可以购得导游手册。接笋峰、伏虎岩、鹰嘴岩、桃源洞、一线天、遇林亭、云窝……每一个名称都是一个巨大的诱惑。如若盘桓的时间长一些,根本不必烦琐地查书。信步出门,不问东西南北,拣一条曲径只管走去,脚力尽时必有所见。

袁枚于老迈之年遍览名山大川,七十岁入闽谒武夷,叹为观止:"以文论山,武夷无直笔,故曲;无平笔,故峭;无复笔,故新;无散笔,故遒紧。"踏遍青山,老而无憾矣——袁枚的游历止步于武夷山。《游武夷山记》如同此行的一个完美的尾声:"援笔记之,自幸其游,亦以自止其游也。"

(刊于《河南日报》2002 年 9 月 6 日)

醉来稳作芦花梦

　　站在阳台上看一派大水，大约是传说中的阳澄湖了。水阔天圆，湖面一层薄雾。附近有一个小码头，一艘褐色运输快艇突突地驶出。蓦然一声汽笛，吼声如牛。湖水之中游鱼如箭，湖底螃蟹横行。

　　追溯这一派大水的发源地，竟然是数十年前的记忆。"前面就是沙家浜！"京剧《沙家浜》之中的念白迄今仍在回响。"垒起七星灶，铜壶煮三江。摆开八仙桌，招待十六方……"这是汪曾祺先生写下的脍炙人口的唱词。《沙家浜》的唱腔刻录在我们意识的某一个角落，不经意间就会悄然浮现，盘旋在口吻之间。同行的许多人能够一字不落地演唱《智斗》，一个二十来岁的姑娘惊叹：你们真渊博！我在卡拉 OK 厅里遇到一个歌手，她可以独自声口毕肖地包圆了阿庆嫂、刁德一和胡传魁的所有唱段。

　　湖里的芦苇荡，不如想象的那么茂密。一阵风过，哗啦啦地响成一片。小木船无声地潜行，这就是当年新四军奇袭的路线吗？这些故事如今已经储存在革命历史纪念馆里了。我在纪念馆内见到了阿庆嫂的相片。一个面目平常的妇人，穿一件土布的褂子，肚子有些拱起来，看不出多少伶俐之态；另一张相片上的茶馆简陋得很，几把椅子，地板似乎有些破损。找不到《沙家浜》唱词中"春来茶馆"的雅趣。但是，历史曾经从这里经过。芦苇荡、新四军、阿庆嫂、沙家浜都成为历史传奇的组成部分。

　　然而，这算历史吗？小镇原名横泾镇，因为《芦荡火种》特别是《沙家浜》的巨大名声而改称"沙家浜"。飘在水面上的小镇搬到舞台上，从此成为历史的起点。没有史书的记载，没有碑铭石刻，一台戏唱了下来，说改就改了。横泾镇从此沉没，所有的故事都从沙家浜开始。是不是太随便了些？

　　我未曾将这种疑虑放在心上。山不在高，有仙则名；水不在深，有龙则灵。地名不过供人称呼，供人记忆；有一个好的理由，修改一下也是无妨。什么叫好的理由？惊动了文人墨客，一个地名尾随一篇美文而风传天下，这就是雅事了。古往今来，多少地名是被文人墨客带入历史的？因为王羲之会稽山的曲水流觞之饮,兰亭至今犹存;西安城外的终南山,由于王维的吟咏而名垂千古;李白仅仅在梦中游历了一番天姥山,后人就要循迹而至,参拜再三;苏东坡写《赤壁赋》,写《念奴娇·赤壁怀古》,尽管他所游览的黄州赤壁并非三国孙曹交战之地,人们仍然将此处称为"东坡赤壁";至于鲁迅的百草园和三味书屋给绍兴增添了多少分量,这已经是众所周知的事情了。另一些时候,人们甚至兴致勃勃地给文学虚构的世界找一个真实的落脚之处,例如《红楼梦》。《红楼梦》之中的大观园如此迷人,以至于人们按照曹雪芹的想象在地面上仿造出这么一座园林。如果有一门文学地理学,这些地名远比北京、上海或者深圳响亮。

　　横泾镇把自己的故事衔接到一台戏上,从此,这一派大水注入了文学的魂与魄。"醉来稳作芦花梦",这是常熟人杨仪的诗句。秋凉蟹肥,芦花飘白,那些集聚到阳澄湖的人不仅因为水乡风光,还因为听到了文学的召唤。

　　（刊于《佛山文艺》2006年第7期）

北望长安大明宫

　　我的故乡田野肥沃，河流蜿蜒，青峰挺拔高耸，可是找不到太多的古迹与历史巨人。南宋的朱熹朱元晦，明人李贽李卓吾，清代的林则徐和严复，这一份名单搁在西安微不足道。西安乃历代古都，汉唐魂魄，帝王将相和名流硕儒济济一堂。四月那个阳光灿烂的上午，我们搭乘波音飞机赴西安拜谒古老的历史。飞机盘旋在八百里秦川上空，地面一层薄薄的烟霭，机场的跑道如同一截短短的香烟。就是这儿吗？十三个王朝和七十多个帝王走马灯似的轮番而过，千古兴亡多少事？

　　出了机场，顺路拐到霍去病的墓看了看那几尊石雕。简洁、洒脱、举重若轻，这种艺术气度仿佛凝定于另一个遥远的时代，叹为观止——历史隔开了一切。我们只能呆在世界的这一边指指点点，品头论足。清明时节，西北的太阳开始灼人。田地里绿了起来，间或有一片梨花开在农舍的黄泥墙边。驱车一马平川的原野，见得到远处几堆起伏的土丘，据说都是帝王的陵墓。几辆手扶拖拉机冒着浓烟卟卟地驶过，不知会不会惊扰地下的亡灵。一圈蓝色的山脉如同一面屏风，或许就是有名的终南山？"分野中峰变，阴晴众壑殊"，还记得起王维咏终南山的名句。一阵风无拘无束地掠过原野扑入车窗，仿佛带有秦汉时节的气息。侧耳倾听，风中并没有隐隐的鼓角和铿锵的杀伐之声传来。

　　午后进入西安城，历史似乎一下子消失在鳞次栉比的高楼和车水马龙之间。街道两旁是五花八门的橱窗和嘈杂的人流。大幅的房地产广告，冒热气的羊肉泡馍，出售泥塑、望远镜、头梳和镜框的杂货铺，湿漉漉的水果摊，卖气球的老头正在沙哑地吆喝，一辆轿车大大咧咧地停在人行道上……那些古代的幽灵哪去了？西安城中有一圈古城墙，墙垛间插上了彩旗，恍如刚刚出炉的人造古迹。人来熙往之中，只有大雁塔落落寡合，无语地矗立于鼎沸的市声之上。我猛然觉得，历史已经进散成碎片，零星地落到了各处。一个红脸膛的小伙子浓眉高鼻，浑如出土的兵马俑，可是一口标准的京片子

怎么也不像古代勇士;小店里卖服装的丰腴女子肤若凝脂,然而气咻咻地奚落人的架势哪有杨贵妃的妩媚？到了大唐芙蓉城里看了一段歌舞,帝王、贵妃、宫女、太监一应俱全,鼓乐喧天舞姿曼妙一个筋斗翻得众声喝彩。尽管如此,历史闪动了一下还是悄悄地从缀金饰银的戏装后面溜走了。出得门来,忍不住给自己提了一个谜一般的问题:我们已经安逸地生活在玻璃幕墙背后,为何还要念念不忘埋葬于黄土之中的历史呢？

历史是村夫野老的谈资,是教授们安身立命的故纸堆,是政治家的灵感,是电视肥皂剧的素材,还可能是一个梦——例如,当我们眉飞色舞地谈到"盛唐气象"的时候。遥想我们祖先的各种故事,宋代之后的日子令人唏嘘悲叹,以至于我们忆念的总是唐人的文韬武略和扬眉吐气的襟怀。无论是贞观之治、武则天还是李杜诗篇,这个大气磅礴的朝代会不会还有重现的一天？我愿意猜想,大明宫就是在这个时刻被记起来了。

大明宫始建于贞观八年(634),二百三十多年之后毁弃。大明宫的一砖一木见证了大唐的起落盛衰。我们驱车抵达郊外一个粉尘飞扬、遍地瓦砾的所在,这即是大明宫的遗址了。这里的民居拆迁到了尾声,修复工程已经启动。阳光下那个阔大的土台,据说就是大明宫含元殿的基座。登上土台极目而望,天际空旷,树影婆娑;多少年前,李氏的猎猎旌旗曾经在这里飘拂,八面威风。现在,一切皆已埋下厚厚的土层——同时埋下了后人的千般疑问。土台的边缘有一个玻璃罩子,下面罩着一个含元殿的柱础。一个偌大的王朝已经灰飞烟灭,这些圆滚滚的石块肩负的不过是空荡荡的岁月罢了。

我对于各种修复大明宫的方案介绍充耳不闻——我固执地将修复之后的大明宫想象成若干残垣断壁和几处破败的庭院。金碧辉煌的宫殿找不到历史的沧桑感。无论是埃及卢克索的卡纳克神庙还是古希腊的雅典神庙,那些残破的柱子、门廊和缺损的雕像处处遗下岁月的斧凿痕迹。大明宫的雕梁画栋属于唐太宗、武则天、唐玄宗这些帝王;"九天阊阖开宫殿,万国衣冠拜冕旒",如此盛大的场面属于那个富足而开放的朝代。为什么唐代的鼎盛和辉煌沉没于历史的深渊——为什么宋元明清再也无法续写大唐的赫赫风范？这个毁弃的宫殿里埋藏了一个绝大的主题。夕照如血,晚风萧然,石阶缝里的枯草抖索不已,绕梁的数只昏鸦三两声长啼。这时蹀入衰朽凋零的亭台楼阁,长长的心事感慨不尽。无论是大火、兵患还是人去楼空,毁弃就是历史的叙述语言。谁又能真正把大明宫从历史手里抢回来?巍峨的宫墙砌起来,威严的金銮殿摆起来,雕栏玉砌,朱门笙歌,尝一口御膳,坐一坐龙椅,那时我们或许再也想不起任何历史主题了。西安的帝陵、寺庙、遗址和传说如此之多,大明宫修复并非补上一座油漆锃亮的大宫殿。我想象的修复是一个仪式——我们想要召回的是一个历史的梦。

(刊于《美文》增刊 2009 年第 10 期)

风高雨疾镇海楼

一个巨大的热带气旋数日奔波，千里迢迢地穿过太平洋，此刻正在我的窗外。大风如同一只巨兽焦急地徘徊在房子的周围，试图强行挤入。一注又一注急促的气流穿过这幢房子大大小小的缝隙，制造出千奇百怪的音响。

台风来了。大名鼎鼎"苏迪罗"。

八月八日这一天是日历上的好日子，多数华人认定"八"是一个吉祥数字。而且，这一天立秋。坊间素有"贴秋膘"的风俗，立秋可以大快朵颐。然而，这一天我忙碌的事情是，调集十来块抹布征战于寓所的一个窗台。大雨如注。雨粒不是垂直地从天上落下来，而是如同一把又一把的砂石狠狠地摔在玻璃上。水流在飓风的抽打下顽强地穿透窗框的缝隙淌进窗台。窗台下面是一排插座，必须制止水流入侵产生的断电危机。

台风。十七级风力粗野地咆哮。这个城市正在遭受千军万马的来回践踏。天空一团一团的乌云惊慌地夺路而逃，地面一排排高楼无语伫立，一副逆来顺受的表情。沿路所有的树木夸张地俯仰起伏，仿佛苦苦地哀求。寓所前面是一条大江，浊黄的江水竭力拍打江岸，涛声哗然。斜斜的雨帘之中，几座大桥仅仅存有几片薄薄的影子。站在窗前还可以看到一条城市的内河，水流湍急，水面上漂浮着树枝、木条、泡沫、衣服，这些杂物似乎是城市痛苦地呕出来的。晚上会停电吗？我突然记起孩童年代的台风，那时住在一座千疮百孔的瓦房里，台风来临的日子肯定没有电。大风猛地从天空灌进来，房子骤然之间充气一般地膨胀起来。木桌上的两根蜡烛竭尽全力挣扎了几个回合终于熄灭。我只能静静地坐在黑暗之中，孤独地聆听玻璃碎裂、瓦片落地，还有一阵又一阵深沉的、地动山摇般的长啸。

今年第十三号台风，据说苏迪罗译为"酋长"。对于一个狮子座的台风，这个名字有了几分神似。气象台的台风警报通常喜欢夸大其辞，我并未放在心上。前一天晚上，挂在北面窗户的风铃响成一片，我没有从叮叮当当之中听出多少不安。十年左右的时间，台风渐渐成了一个过门而不入的传说。

213

　　这个城市的山巅矗立起一幢镇海楼。

　　十年之前的那个秋天，一个号称"龙王"的强悍台风出其不意地袭击了福州。几个小时的狂风骤雨，地面上所有的孔洞都在咕嘟嘟地往外冒水。晚上驾车回家，许多路段淹没在雨水之中。途经一条小河，河水与路面已经联为一体。汽车驶入一片水域如同一叶孤舟梦游似的漂浮。水中的车闸开始失灵，刹车之后的车厢依旧悠然滑行。"龙王"扬长而去之后，一种舆论开始隐秘地辗转于这个城市的大街小巷：现在是重修镇海楼的时候了。

　　这个城市内部排列的三座小山构成了三角形的三个端点——乌山、于山、屏山。明代洪武年间，朱元璋的驸马王恭在城北的屏山山顶修建镇海楼。当年的镇海楼分为上下两层，屋顶飞檐翘角，状如城墙的门楼——事实上，这一幢楼房当初即是福州七座城门门楼的范本。据说闽江的入海口可以远眺屏山的山巅，这一幢门楼逐渐成了往来船只的航标。"镇海楼"的称谓什么时候开始流行的？不得而知。日复一日，城北山巅的这一幢楼房终于拥有了传说中的魔力。风高浪涌的时候，镇海楼居高临下地弹压这一片海域。夏秋之际，太平洋上的台风穿梭往来。一幢镇海楼犹如声名赫赫的神器，那些耀武扬威的台风必须有所收敛。古往今来，镇海楼曾经屡屡失火或者遭受雷击。不知哪个年代，一个路过的道人出了个主意：楼前的坡地上按照北斗七星的方位设置了七口石缸，据说可以预警火灾。

　　明代至今六百多年的时间，镇海楼慢慢开始衰老。泥灰剥落，柱朽墙倾，这一幢楼房终于到了垮塌、拆除的那一天。拆除之后的三四十年时间，多少台风曾经到访？风雨交加之间，总是有人念叨屏山曾经屹立的镇海楼。呼啸的"龙王"台风无非是促成决策的最后一个筹码。重修象征了对历史的敬重：按照相同的比例归还一个古老的镇海楼，包括昔日坡地上的七口石缸。

　　重修镇海楼之后，许多人开始察觉一个有趣的现象：那些来自太平洋的台风不再长驱直入。它们有意无意地绕开这个城市，悄悄地另寻登陆地点。有的台风眼看临近福州，露面之后又匆匆地拐走。夏季燠热，蝉声断续，一天一天仿佛是从蒸笼里端出来的。突然，晾在露台上的衣物急促地晃动飘拂起来，一片疏朗的雨帘斜斜地扫了过来。抬眼望去，一个台风正从天边过境。送来了一窗清凉和适度的雨水之后，这些台风转身礼貌地避开了镇海楼的辖区。

现在,"苏迪罗"来了。

国际空间站的宇航员从太空拍下了"苏迪罗"。这个巨大气旋的外围无数均匀的云团,云团中央一个清晰的台风眼,安详而静谧。然而,"苏迪罗"的预报告知,最大风力超过十七级。可是,这个城市逐渐遗忘了十七级风力的真实含义。一夫当关,万夫莫开,许多人向城北山巅的镇海楼行过注目礼之后,气象台的警告就被抛到了脑后。没有人想到,数千公里之外的太平洋,"苏迪罗"降生的那一天开始,就将福州锁定为不变的打击目标。这个家伙是十年之前"龙王"的转世吗?随后六七天的时间,"苏迪罗"的路线极其稳定。除了持续积攒更大的能量,"苏迪罗"仅仅做了一件事情:校准方向,顽强地扑向这个城市。东海的台湾岛挺身而出,三四百公里绵延起伏的山脉试图扯住"苏迪罗"的衣襟。这个家伙因此大发脾气,登岛横冲直撞,摧枯拉朽,十七级的风力竟然将台北游乐园一架六百吨重的摩天轮吹得如同风火轮一般急速旋转。顷刻之间,"苏迪罗"甩下台湾岛大踏步蹚入窄窄的海峡。风雨飘摇,现在就看镇海楼了。

当然,那个风雨大作的世界仅仅由一扇玻璃勉强挡住的时候,我丝毫未曾想到镇海楼。中午时分,一片尖利的呼啸之中,镇海楼突然叮当一声现身于手机之中。估计哪一个诙谐的网友曾经在微信之中幽然发问:如此良辰美景,镇海楼安在哉?令人意外的是,镇海楼居然拥有一个微博账号。许多人都在手机里听到一个朗声回答:正在镇!

网络的空间顿时人头攒动,众多网友竞相露面为镇海楼助威。一些网友积极地出谋献策,例如提议修改"苏迪罗"登陆密码。闽地各路著名的镇海神器——它们居然都有微博账号——纷纷现身互联网。泉州的郑成功塑像相邀莆田的妈祖娘娘披挂上阵,片刻之后,漳州的定风珠和福鼎的太姥娘娘火速驰援,频繁往返的微博叮当叮当响成一片。听到手机里一阵又一阵大呼小叫,我突然明白,身后还有一个风雨不侵的虚拟世界。这里嬉笑怒骂如常,风花雪月依旧。转身蹚入这个世界惊奇地发现:弟兄们都在这儿!

窗外只有风雨的节奏铺天盖地。每一个人隐身的小小寓所已经被隔离为遥不可及的孤岛。然而,网络之中的聚会气氛持续高涨。诸多奇怪的网名络绎登场,犹如开始了一个盛大的化装舞会,没有人知道屏幕上一句又一句的俏皮话背后是一张什么样的真实面容。因为无法出门，网络空间比平时还要拥挤。忽然一条消息闯入禀报：镇海楼的一扇窗户刮飞了，文字下面附有一张窗棂落地的图片。镇海楼会失守吗？一阵惊呼之后，蜂拥而至的打趣和调侃迅速淹没了短暂的担忧。网络空间的温度愈来愈高，玻璃外面的凄风苦雨仿佛退出一箭之地。

傍晚时分，骤雨稍歇，浊黄江面的一圈圈涌浪声势不减。突然有一叶扁舟闯入，顺流疾驰。黝黑的小船似乎长不盈尺，船上伫立的三个人影清晰可数。我正站在窗前，一声感叹悠然落地：这条江又活过来了。天空依然乌云低垂，可是，那一只长啸的巨兽意兴阑珊，渐行渐远。

"苏迪罗"离去之后，镇海楼微博出面澄清：关于镇海楼损毁的传言乃不实之词。风狂雨急，南面的一扇窗户脱落。仅此而已，诸公不必多虑。坊间另有一种传说："苏迪罗"本来预定在福州登陆。然而，离开台湾岛的时候，台风不知为什么向南小小地拐了一下。这个拐弯带来的结果是，台风中心移到一百公里开外的另一个城市上岸。电视屏幕上，气象台公布的"苏迪罗"路线图清晰地证实了这个拐弯。那么，现在至少可以说，城北山巅的镇海楼还是把这个拥有十七级风力的庞然大物绊了一个小小的趔趄。

（刊于《红岩》2016 年第 3 期）

提梁壶

　　闲暇的时候嗜好喝茶,手边慢慢有了几把茶壶。有一种称作"提梁壶",壶把安装于壶身上方的肩部,状如半月,提一把茶壶如同拎一个小菜篮。"提梁壶"比通常的茶壶大一些,灌一壶就能喝得心满意足。我有一把铸铁的提梁壶,来自台湾;一把据说是火山灰烧制的提梁壶,来自日本的鹿儿岛;一把紫砂的,不慎磕破了。不久之前意外地得知,提梁壶是苏东坡创制的作品,号称"东坡提梁壶"。这个故事发生在宜兴,所有宜兴人都知道这个典故,只是我孤陋寡闻刚刚听说,惭愧。

　　宜兴如同苏东坡后半辈子的精神故乡。苏东坡二十二岁进士及第,结识同榜进士蒋之奇,二人一见如故。蒋之奇乃宜兴人,他邀请苏东坡到家乡走一走,订下了所谓"鸡黍之约"。仕途辗转,苏东坡三十六岁的时候才初次来到宜兴,立即有了似曾相识之感,否则他不会有"此山似蜀"之叹。"似曾相识"往往发生于一见倾心的恋人之间,刚刚谋面就打算托付终身。苏东坡的确打算把自己的终身托付给宜兴了,他很快在宜兴购买了一个田庄,似乎早早地开始为日后卜居宜兴筹划。嗣后的数十年,苏东坡多次返回宜兴,旧梦重温,但愿能够终老于此地。四十九岁的时候,苏东坡的官场颠簸稍稍平息了一些。他自黄州赴汝州上任的间隙两度上书朝廷,乞求归隐宜兴,理由即是那里有几亩"薄田"。朝廷的恩准让苏东坡大喜过望:"十年归梦寄西风,此去真为田舍翁。"六十六岁的时候,又在官场历经了一个轮回的苏东坡遇到大赦,兴冲冲地从海南岛返回,他的漫漫归途还是指向宜兴,最终病逝于宜兴旁边的常州。

　　宜兴临近太湖,周边水域阔大,河道纵横,一些平缓的小山坡上绿荫错杂,竹林遮天蔽日,田野阡陌之间水天相映。智者乐水,这一定是苏东坡喜欢的地方。"吾来阳羡,船入荆溪,意思豁然,如惬平生之欲,逝将归老,殆是前缘。"苏东坡甚至想到了买一个小果园栽种柑橘,果园旁边修建一个小亭子,名曰"楚颂"——应和的是屈原的《桔颂》。二十二岁进士及第的时候壮怀激烈，想象如何成就一番经天纬地的功名，"羽扇纶巾，谈笑间，樯橹灰飞烟灭"；这时年近半百，感叹的是天命难违。苏东坡无法忍受京城那些自命不凡的衮衮诸公，他宁可与宜兴的几个故人朝夕厮守，栖身于山明水静之间怡然自得。

可以让苏东坡怡然自得的肯定还有宜兴的茶，当年称为阳羡茶。据说陆羽——《茶经》的作者——形容阳羡茶的评语是"芬芳冠世产，可供上方"。苏东坡嗜茶如命，尤其宠爱"阳羡雪芽"。烹茶必须选用二十里开外的金沙泉水，烧水必须用桑树叶。"蟹眼已过鱼眼生"，汤水刚刚烧沸即要冲泡，煎煮过度即成死水。这里讲究的不是财主们的绫罗绸缎、披金戴银，而是传统文人的山野之趣。山野之趣可以摒去浊世的名利。一壶清茶洗涤油污淤塞的肚肠，舌尖上召来出尘之想，这就是茶的禅意了。"枯肠未易禁三碗，坐数山城长短更"，内心沉静了下来，熙熙攘攘的世间就没剩下多少声音了。

唐代卢仝《七碗茶诗》之中有"三碗搜枯肠"之句，苏东坡的"枯肠未易禁三碗"用的是这个典故。尽管诗人时常有夸张之语，但是，我隐隐地觉得，苏东坡或许真的是大碗喝茶。他会捧一把巴掌大的小茶壶，倒上酒盅大小的一杯，在那儿咂着舌头细细品味吗？似乎太"婉约"了。喝到"两腋清风起，我欲上蓬莱"，我只能把苏东坡想象为用碗喝茶的豪放派。所以，苏东坡嫌通常的茶壶太小。传说之中，苏东坡创制提梁壶的灵感来自书童手中的灯笼。灯笼大的一个茶壶，安装在侧面的壶把无法承重，况且烹茶的时候可能烫手。苏东坡想到了房屋内部的大梁，左右两根柱子撑住，这就是提梁壶壶把的原型了。"松风竹炉，提壶相呼"，山林泉石之间提一壶茶，招呼若干知己席地品尝，如此场面果然是苏东坡的行径。如今，这两句话还镌刻在许多提梁壶上。

通常的文学史没有记载这些轶事。苏东坡的文学史形象潇洒出尘，超然拔俗。我们熟悉的是"会挽雕弓如满月，西北望，射天狼"的苏东坡，是"大江东去，浪淘尽，千古风流人物"的苏东坡，所谓"学士词，须关西大汉，执铁板，唱'大江东去'"；《前赤壁赋》与《后赤壁赋》之中，苏东坡仿佛徘徊于月色与水光之间，遗世独立，优游自得；虽然偶尔也能读到"十年生死两茫茫，不思量，自难忘"，但是，他的旷达、洒脱无人可及。所以，黄庭坚称苏东坡"语意高妙，似非吃烟火食人语"。苏东坡的天才溢出诗文，他的绘画和书法亦独步古今。我们至今还可以从博物馆看到一份苏东坡致友人的信札,商议在宜兴再购置若干田产,史称"阳羡帖":"轼虽已买田阳羡,然亦未足伏腊……"数行的行书从容不迫,一派天真的情趣,全无踬踣萎顿之气。

苏东坡写阳羡帖的时候大约五十岁。其实,这时他刚刚遭受过一次人生的重创。由于官场党争,苏东坡卷入著名的"乌台诗案",继而锒铛入狱,险遭极刑。如此凶险的劫难居然没有将苏东坡吓成一个谨小慎微的小吏,这不能不追溯到他特殊的乐观天性。麻烦的是,"乌台诗案"并非苏东坡仅有的不幸。此后他在官场屡起屡仆,终究还是被逐出朝廷。年近六十的时候,厄运又一次光临,苏东坡突然被一贬再贬,由京城至广东的英州,继而惠州,最终一叶孤舟漂洋过海,流落到海南岛的儋州。二十多年的岁月,天南海北,流离颠沛,但是,被贬的苏东坡不是千里单骑,可以随遇而安。相反,他拖家带口,妻儿成群,柴米油盐的账单每一日都不易结清。刚刚到黄州的时候,苏东坡仅有少许俸禄。每个月的初一,苏东坡精确地取出四千五百钱分为三十份,一串一串悬挂在屋梁上,每天只能用画叉挑下一百五十钱用于日常开销。如有盈余,则存入一个大竹筒,以便招待不期而至的宾客。阳羡帖之所以请友人帮忙物色合适的田地,是因为苏东坡第一次购置的宜兴田产不足以安顿家人。这时的苏东坡一家有三十余口,他不得不盘算如何在宜兴度日。我想说的是,文学史之外的那个苏东坡远非衣食无虞,逍遥自在地"诵明月之诗,歌窈窕之章",他必须同时充当一个负责的家长。

当然,苏东坡从未淹没于各种烦琐的世俗事务,但是,他的顿悟、妙想、乐趣时常流露出世俗的温度。苏东坡不像屈原那般愤世嫉俗,慨然自沉于汨罗江;也不像八大山人那般冷寂,呆在一个角落里向这个世界翻白眼。苏东坡快乐地走动在生活之中,这是一个有趣的人。与黄庭坚斗嘴,与佛印和尚争食,与父兄、小妹赛诗;侍女形容他"一肚子不合时宜"的时候,苏东坡鼓腹哈哈大笑。贬谪黄州,他研制出"东坡肉";贬谪海南岛,他率众挖井取水,开辟学府,研制出清凉解毒的中药"东坡黑豆"。虽然京城的朝廷訾议蜂起,龙颜震怒,但是,天并没有真的塌下来,该喝茶的时候还是要喝茶,而且要用大的提梁壶。

有一份历史资料曾经详细考证了"东坡提梁壶"的沿革。历史学家认为,苏东坡当年使用的烹茶器具当为铜制的铫子,称"铜石铫";紫砂铫的问世大约已经是清朝的嘉庆与道光年间。现今的提梁壶款式真正出现于二十世纪三十年代初,是宜兴几位紫砂制壶艺人的杰作。当然,他们的构思可以溯源至遥远的苏东坡传说。这些历史事实的年代不算久远,但是如今没有多少人说起。原因很简单,所有的人都愿意将苏东坡认作提梁壶的鼻祖,所有的人心目中都有一幅苏东坡提壶汲水、松下烹茶的图画。

（刊于《新华日报》2016 年 6 月 14 日）

无限玄机

伸手将一枚围棋拍在木制的棋盘上,铿然有声。黑白两色的棋子盖在圆形的木盒里,无声无息地沉睡。然而,只要将这些棋子搁到棋盘上,它们就会像施了魔咒似的活起来。黑白相间,一人一手,如此简单的设计将在棋盘上演绎出无数的故事情节。乾坤,天地,阴阳,黑白——许多时候,简单就是无限玄机的最初始源。有时我会暗暗庆幸:幸亏围棋盘仅仅纵横十九道。如果围棋盘没有边沿,是不是整个世界都要被卷进去了? 世事如棋,这句话一点儿也不假。

对于一些人说来,下一盘围棋决非一件随随便便的事情。找一个相当的对手,来到一间清雅的厅堂,沏一壶酽茶,屏退左右。双眉紧锁,寂然凝思。或者经天纬地,或者勾心斗角;激烈的心智搏杀决不亚于刀枪相向,终局数子的心情犹如大将军收拾旧山河。这么一盘棋可以不断品味,再三复盘,每一手的回忆都跟随着得意、懊恼、后悔、惊讶、愤怒、犹豫。当然,这种棋没法多下。王者的骄傲或者束手就擒的壮烈都有沉甸甸的重量,负担一局棋的精力以及心理能量得渐渐地积累。谁有办法每时每刻都在巅峰上过日子呢?

当然,多数的凡夫俗子还是将围棋视为富有人间烟火气息的乐事。一群人相聚斗室,几盘棋草草地铺开。棋盘上好勇斗狠,率性而为;输了就输了,一把抹去重新开始。轮不着上阵的人只好呆在浓烈的劣质烟草味之中,心痒难熬地品头论足,或者斗嘴取乐。这种棋谈不上修身养性,但是能杀一杀棋瘾,甩开上司的白眼或者丈母娘的唠叨。

围棋有一个文质彬彬的雅号——手谈,然而,不管如何礼仪周到,坐到棋盘跟前就是要争一个胜负。某些棋手对于胜负耿耿于怀,即使在极度劣势之中亦不轻言放弃。相反,命悬一线的局面反而激起他们的强大斗志。打破常规,冒险犯难;精密计算,妙手叠出;出其不意地漂亮一击,终于力挽狂澜于既倒。这些棋手常常被称为"胜负师",胜负的压力驱使他们最大限度地启动心智,赢得逆转的机会。人类历史上,许多天才的战役均是争胜负的产物。以命相搏的时候,人们必定使出全身的气力。

但是,胜负可能在另一些棋手那里成了莫大的负累。尤其是胜负事关重大的时候,他们开始患得患失。一着不慎,数十万奖金或者一辈子的英名就要泡汤,于是犹犹豫豫,不敢祭出新的招法或者放手一搏。权衡再三,他们多半还是要拐回熟悉的旧辙安全运转。所以,人们屡屡感叹"大赛无名局"。抛开了胜负的计较一身轻松,人们或许会收获意想不到的灵感,甚至收获一些超越攻城略地的奇思妙想。我曾经赢过棋友一局。复盘的时候,我询问他序盘的一招怪棋什么意思。他一撅下巴傲然答道:我觉得下在那里富有诗意!这种不凡气度迄今仍然让我景仰。既存有胜负的责任心,又不拘泥于胜负而缩手缩脚,二者的平衡几乎是人生的一门学问。渴望功名或者追慕散淡,聚敛财富或者享受生活,入世兼善天下或者出世独善其身,这些问题何尝不是如此?

围棋具有令人敬畏的复杂性,千变万化,鬼神莫测。然而,我已经到了愈来愈不讲究胜负的年龄,因而不愿意耗费太多的心思对付一个定式或者一个局部的计算。相反,退出棋盘想一想,时常会得到一些豁然的顿悟。例如,一手棋并没有好与差的绝对规定,评价这一手棋必须考虑到周围全部棋子所形成的关系——这种思想给我的启示超出许多术语纷繁的哲学著作。一个局部处理不好的时候,干脆扔开不下,静待时局之变——这种迂回背后是何等的气魄和智慧。尖、跳、罩、压、挖、碰、点、扑,围棋之中各种近身格杀的技术令人眩目。然而,围棋还有一个意味深长的术语——本手,老老实实本分的一手,常常消弭眼花缭乱的聪明劲。活蹦乱跳的表演退场之后,那一块不动声色的石头还在那里。这就是"大道"与"小技"的差别了。围棋的另一个有趣的术语是"平常心"。天翻地覆平常心,这句话算不上深奥——可是,知易行难。

不少人抱怨围棋过于费时。一盘围棋需要两三个小时,一盘象棋一刻钟就够了。然而,这是一种错觉吧——什么时候我们仅仅下了一盘象棋就起身离去?只要没有上班的铃声鞭子似的催在背后,我们总是要坐两三个小时,不论是麻将、扑克牌、象棋还是围棋。围棋的特点是手数多,一局棋两三百手不稀罕。所以,围棋让人心胸开阔,不必固执地逞一时之勇。棋手的全部实力分摊在每一手之中,初期的优势或者失误可能在漫长的行程之中一点点地失去或扳回来。如同万米长跑一样,围棋的奇迹是一步一步地积累出来的。孤立地说,四个黑棋才能围死一个白棋;然而,两三百手棋绕来绕去,寥寥的几个子就可能噎死一块大棋。这就是奇妙。

　　我的围棋未曾得到正规的训练。读初中的时候,父亲因为眼疾在家休养,百无聊赖就教我下围棋消遣。那时找不到一副围棋,只得搜罗了数百个小药瓶,剥出瓶口的橡皮塞当棋子。父亲对于围棋仅仅略知皮毛,记得两三个定式而已。真正下起棋来还是大学毕业之后的一段日子。几个固定的棋友几乎每日捉对厮杀。我手边备有吴清源的《黑布局》《白布局》,棋谱之中种种天才的着想令人痴迷。进入中年,众多的事务逐渐湮没了年轻时的各种嗜好。但是,围棋从来没有从我的心目中后撤。只要争取到一个间隙,我就会溜到网络上杀几局。我的网名叫"单刀",太太有时会拍拍我的肩膀,慈祥地叫我"单刀同志"。设想未来新居的时候,总会在窗户底下预留一个角落给围棋。可能并没有太多的机会真正下一盘,这不要紧。有一个想念就行——我觉得,围棋托得住一辈子的想念。

　　（刊于《美文》2008 年第 5 期）

一个业余围棋手的足球观感

我忍不住想说几句。我，一个三段棋手，业余的。一个业余三段突然心血来潮想说几句。我猜不少人体验过这种状况：某些时候，一吐为快的冲动说来就来，如同一场猝不及防的倾盆大雨浇得人浑身湿透。

我得首先表示，"业余三段"是一个令人满意的头衔。我喜欢围棋，可是从不考虑当一个职业棋手，哪怕可以晋升到九段。一辈子只能在纵横十九道的棋盘之上旅行，这种世界是不是太狭窄了？所以，我仅仅愿意把晚上的业余时间交出来。离开了那一间嘈杂的办公室后可以转身与围棋幽会，这是充满乐趣的夜生活。

我的大部分晚上都在安静地打棋谱，有吴清源的，也有古力的或者李世石的。可是，这一段时间我突然觉得，身边充满吵闹的杂音。看了看电视我才明白，那个顽劣的足球又出笼了。骨碌碌的足球滚过欧洲杯的草坪，世界又一次进入周期性的震颤。欧洲杯多少年举行一次？总之，这时的世界仿佛只剩下这么一件事。电视主持人的播音用上前所未有的高亢音调。无数白领一把扯掉胸口的领带，放肆地敲打桌子。他们一面往喉咙里猛灌啤酒，一面大声地爆出久违的粗口。有趣的是，那些涂口红、画眼影的姐儿们也开始癫狂。一批赶到欧洲杯现场的姐儿在脸颊上喷绘一面小旗子，然后站在座位上跳摇摆舞；更多女球迷在微信里发表无数的感叹号，追捧这个球星或者崇拜那个球星。她们真的弄懂了 433 阵型或者越位吗？也许，让人激动的不过是，涂满汗水的肌肉在阳光之下闪闪发亮。几个帅气的小伙子豹子般地奔窜在草坪上，那些久久地趴在键盘和屏幕之前的宅男宅女伸长脖子发出声嘶力竭的尖叫，这种情景有些怪异。

我猜许多人是去赶热闹的，无论如何，必须对足球发表评论，显示出一个球迷的必要姿态。决不能吝啬赞美的辞句，所有颂歌的修辞都不会觉得刺耳。他们夸张地说，足球是一种伟大的图腾，不信仰足球就 out 了。整个世界都在充满激情地燃烧，唯独你一个人 out，向隅而泣，多么可怕的事情。

尽管如此,我还是没有亢奋起来。

回想这一段时间,只有李世石与"阿法狗"的世纪对决让我心潮澎湃。历史将会证明,那是一件意义深远的事情。足球为什么没有及时地打动我——好像得提到智商吧。一个黑白相间的足球滚动在草坪上,两个队加起来的 22 个人都没看管住;一副围棋的黑白棋子 360 个,对弈的棋手只有两个。这当然只是个玩笑,别当真。可是,听到一个电视主持人满脸正经地说足球很复杂,我一下子就笑了。知道围棋有多少种变化吗?计算机演算的结果是——10 的 172 次方。记住这个事实就够了:围棋变化的数目比宇宙之中已知的粒子数目还要多。这才是复杂。只有最好的大脑才能与如此之多的变化周旋。所以我提到智商。一个围棋教练告诉我,他训练的许多小围棋手,智商测试都超过了 150。所以,这个围棋教练表示大惑不解:怎么能把围棋队划拨给体育机构管理?难道我们与那些四肢发达的运动员一样吗?

围棋教练没有说出"四肢发达"后面通常跟随的那四个字。这当然不符合事实。同时,我们都很谨慎。随便诽谤足球,很可能在街头被人掐死。我的猜测是,竞技与胜负构成了围棋与排球、足球或者游泳、短跑相提并论的原因。然而,那些体育机构从未认真地考察,围棋与足球的胜负观念差别多大呀。

围棋极其讲究风度,如同贵族的决斗。高手对弈时常让人觉得在执行某种仪式。棋手之间流传的一个无形的规则是,要懂得适时地认输。大势已去,就要及时地投子表示放弃。无聊地死缠烂打只能收获嘲笑——你真的还看不明白棋局吗?等待对手的走神、疏忽或者低级错误,显然胜之不武。对于棋手说来,骄傲和名誉远比胜负重要,鬼鬼祟祟的伎俩令人羞耻。现在有些年轻的棋手不那么讲究规矩了,赢了就好,不名誉的奖金也是钱呵。好在这种人没有几个。

我猜许多棋手读过川端康成的小说名篇《名人》。小说情节脱胎于一个真实的历史事件:日本的最后一代名人秀哉与新锐大竹七段举行一场告别赛。秀哉威严地正襟危坐,他希望下出无可挑剔的一局之后慨然谢幕。然而,秀哉的梦想被 121 手的"封棋"残酷地毁坏了。告别赛为时长达半年,中途屡屡打挂暂停。为了避免对手利用暂停的时间思考,暂停之前的一招棋通常密封于一个信封之中，下一个回合开赛之际才在棋盘上公开。大竹七段的 121 手出其不意地下在一个无关紧要的所在，秀哉暂停期间的一切揣测与对策完全失效。这并未违规，而是利用规则扰乱对手。然而，秀哉对于这种谋略极为不屑。没有出息的晚辈让他怒火中烧，愤怒影响了秀哉的行棋节奏，以至于这一局五目落败。然而，他并不惋惜。棋道破碎，一局的胜负又何必介怀？棋盘如同一个角斗场，一招一式必须光明磊落，赢得问心无愧。

一些棋手坚定地演示独门刀法，即使棋盘上的失利也不能动摇他们的风格。武宫正树的"宇宙流"天马行空，气势宏大，他决不会因为战绩、名次不佳而收敛浪漫主义的想象；大竹英雄号称"美学棋士"，他对于棋形的美学形状近于苛求。如果哪一块棋不得不丑陋地委曲求全，他宁可放弃成活的希望。不优美，毋宁死，呵呵。然而，我不知道，这些独特的气度会不会被一些势利的球迷当作可笑的迂腐姿态？

足球场的草坪肯定不像棋盘那么纯粹。踢球之余，那些球员热衷于在拼抢之中施展种种阴险的小动作，他们可没有觉得丢人。推搡，搂抱，肘击，踩踏，铲伤对手的脚踝，跃起顶球的时候撞得对方血流满面，如此等等。对了，还有著名的假摔。那些声望如此之高的球星居然愿意装神弄鬼，的确不可思议。如果不是顾忌裁判口袋里的红牌和黄牌，估计他们还会弄出更多的花样。马拉多纳不惮于公开承认"上帝之手"，现场的队友假戏真做地上前握手祝贺，弹冠相庆。他们始终心安理得。我不明白的是，日后那些了解到真相的球迷为什么并没有弹劾马拉多纳，甚至呼吁撤销这一场比赛的战绩。瞒过了裁判就算真理在握了吗？

这多么切合世俗的气氛呵，成者为王，败者为寇。然而，围棋不屑于如此，棋盘的十九道纵横划出了一个纯粹的——你看，我又用了"纯粹"这个词——空间，棋手严格遵循游戏规则从事公平的智力搏杀。我们共同鄙视种种鸡鸣狗盗的把戏。这种空间的确与世俗生活拉开了距离，没有多少人进得来，"人气"不足。一场豪华版的围棋大赛，捧场的人仍然寥寥无几。新闻记者一则乏味的例行报道，网络上有几句不痛不痒的议论，基本上可以忽略不计。足球就不同了，举世瞩目的狂欢。不论是真心的痴迷还是伪装的热爱，所有的人都愿意跳出来表白自己的景仰之情。不过，我觉得这没有什么可羡慕的。人少也不是什么错。据说爱因斯坦曾经与一些学术同行发生激烈的争论。对方联合了一百名教授签名反对他。闻讯之后,爱因斯坦仅仅耸了耸肩膀:要那么多人干嘛? 如果你是对的,一个人就够了。我喜欢这种特立独行的姿态。

尽管如此,我还是没有料到,足球可以在世俗生活之中调集那么大的能量。美艳的太太团来到现场,她们不仅仅声援奔跑在球场上的先生,同时是自我显示,她们的容貌、装束无不立即成为时尚。还有一些所谓的"足球宝贝"活跃在大众传媒之中,互联网是她们尤为青睐的舞台。"足球宝贝"抢夺视线的基本策略就是裸体,亮出乳房是她们的杀手锏。呵呵,再说下去我就要脸红了。总之,足球场上弥漫着浓郁的荷尔蒙气息。当然,我一点儿也不觉得奇怪。我们时常西装革履,女士们在某些场合还必须穿起晚礼服,彬彬有礼,仪态万方,但是,七尺之躯的某个角落始终贮存着古老的原始激情。一种特殊气氛降临的时候,我们的体温骤增,热血沸腾,心中的唯一欲望就是脱掉所有的衣服,像野兽一般狂奔。

对了,我怎么能忘了"足球流氓"呢? 这一次欧洲杯比赛,英国的"足球流氓"与俄国的"足球流氓"进行了充分的表演。他们大打出手,互相扔椅子和啤酒瓶子。防暴警察的上街和外交部长的表态说明事态的严重。我在互联网上看到一张俄国"足球流氓"照片。一群上身赤裸的彪形大汉行走在法国街头,肌肉发达的胳膊上缀满形形色色的刺青。我的想象之中,他们如同一些另类的乐师,用自己的方式为足球伴奏。

许多人觉得,围棋没什么可看的,太平静了,没有动作性。那一年一个摄影师负责拍摄棋盘面前的李昌镐。相片冲洗出来之后令人震惊:几个小时的时间,李镐镐纹丝不动,数十张相片犹如同一张相片。他的"石佛"之称就是如此流传起来的。足球场提供的是一个眼花缭乱的场面。22 个人穿插包抄,围追堵截,看台上山呼海啸,有时还要扔一扔矿泉水瓶子什么的,气氛炽烈得好像划一根火柴就会燃烧起来。角球传中,头球攻门,全场都会情不自禁地叫出声。顺便插一句,头球攻门老是让我觉得滑稽。伸长脖子竭力跳起来,让自己像一发炮弹蹦出去,然后失控地重重摔在地上。多么不自然呵。我知道,足球不允许用手,人体之中最为灵巧的器官遭到废弃,于是出现头球攻门这种奇怪的招式。围棋多么优雅:沉思良久,食指和中指轻轻拈起一粒棋子搁在棋盘上，一剑封喉。有些棋手弈出得意的一手，他会将棋子啪的一声用力拍在棋盘之上。这就是双方对抗之中最大的动静了。千钧之力，两根手指也就够了。

请不要误会——温文尔雅的对弈不等于胜负没有重量。围棋史上记载了多盘吐血之局：棋盘上的殚精竭虑居然使棋手吐血而亡。当年吴清源与木谷实十番棋大战，木谷实突然鼻血喷涌，昏厥在棋盘旁边，聚精会神地坐在棋盘对面的吴清源竟然久久没有发现；另一件更为离奇的事情发生在桥本宇太郎和岩本薰之间。1945年夏天，他们在日本的广岛设局比赛，争夺本因坊头衔。对弈之际，突然灼亮的白光一闪，狂风挟带雨点卷进对局室，门窗玻璃完全震碎，桥本宇太郎被抛出室外，岩本薰趴在棋盘上——广岛原子弹爆炸。然而，两位棋手竟然不想知道外面发生了什么。他们很快重新摆好棋盘，收拾起地上的棋子，丝毫不苟地下完这一局——后人命名为"核爆之局"。的确，两眼盯住棋盘的时候，一些棋手甚至把生死置之度外。

我得公开承认，偶尔观看足球比赛，我不止一次在电视机面前可耻地睡着了。我觉得足球赛不够紧张，远不如围棋。慢一点反驳我——我所说的"紧张"指的是一种越拧越紧的连续性。一个戏剧家说过，如果第一幕在墙上挂了一支枪，最后一幕就要让枪打响。戏剧性的冲突就是一步一步地逼向那个图穷匕首见的时刻，不容人们喘息。可是，足球赛太松散了。盘球，传球，带球，渐渐临近球门，突然一个大脚解围，一切归零，重新开始。无效的空转，浪费能量。一场足球比赛可以分解为许多小战役，这些小战役仅仅是一些零散的无机堆积而无法形成积累。破门的那个片断精彩绝伦，可是高潮的形成不是来自之前一系列持续不懈的加温。这个片断是一次偶然的闪耀，也许发生在第一分钟，也许要等到最后一秒，也许什么也没有——一场平局。总之，取决于上帝如何投骰子。

相形之下，一局围棋构成了一个有机整体。整盘棋不存在多余动作，如同身体内部大大小小的器官各司其职。每一步棋的思想含量不等，但是，没有哪一步棋脱离了胜负结局的持续积累。马拉松长跑的每一步都无法省略，一局围棋也不能删除任何一步。彼此之间的攻防，刀刀不离后脑勺，一招一式必有回音。事后可以指出哪一步好手锁定胜局，哪一步隐含了轻微的失误或者致命的错误，然而，这一切无不悉数烙印在结局之上，决定胜负之间的对比度。一个又一个的棋子陆续落下,棋盘逐渐缩小;剩余的空间愈来愈少,最终的结局步步临近,这即是始终递进的紧张节奏。电视机时常反复播放足球的射门集锦,一些瞬间足以代表一场赛事的精髓;可是,一局围棋不可能简化为一个孤立的小局部。人们可以挑出一个巧妙的定型或者一次出其不意的奔袭作为示范;然而,所有的分析无不包含这个主题——这个耀眼的局部是如何在全局之中承上启下的?

不知道我是否说清楚了。太深奥吗?我曾经与一个铁杆球迷深入地交换意见,至少他接受我的观点。这个铁杆球迷始终自我标榜为理性的人,心甘情愿地服从逻辑的伟大力量。尽管如此,他的表情痛苦许久,犹豫再三,直至他突然发现另一个观点——他获胜似的喊了起来:对呀,足球赛是零散的,是无机的堆积,可是,我们的生活不就是这样的吗?一场杂乱无章的足球赛不就是生活的最好写照吗?

说得好,我不由地微微颔首。空转,生命的无谓消耗;即将登顶,一个偶然的事故功亏一篑,一切都是徒劳;西绪福斯神话,推上山的石头又一次滚下来了;长长的嗟叹,借酒浇愁,可怜白发生……还可以补充许多。我丝毫没有反驳这个铁杆球迷的愿望,我只有一个后续的问题:兄弟,经历了如此之多,思考得如此透彻,为什么你还想到足球场上重温一遍?当然,我没有把这个问题提出来,我还没有愚蠢到试图用这种问题改造一个铁杆球迷。我仅仅是为自己提供证明:的确,现在已经夜深人静,与其打开电视机接受一场疯狂的足球赛骚扰,不如打一盘吴清源的棋谱。

好了,我想说的就是这么几句话,不管有没有人愿意听。也许,周围空无一人?那么,我的听众就是我自己。

（刊于《书城》2016 年第 9 期）

较 真

中年人的标记是一架眼镜,一个腆出的肚皮,一条领带,外加一副哼哼哈哈虚与委蛇的腔调。中年人擅长的是乒乓球,僵硬的关节玩不转大球了,于是就拍打一粒赛璐珞的小球做些有限的运动。对手之间横亘的球台有效地回避了粗野的冲撞,发胖的身躯不会难堪地粘在一起。不约而同,众多中年人都历历地记得乒乓球的辉煌日子,历数庄则栋或者李富荣,张燮林或者徐寅生——这些球员是他们早年梦幻的唯一偶像,马拉多纳、乔丹或者打拳的刘易斯不可能跻身那个贫瘠的年代。中年人对于足球或者篮球的痴情只能维持在电视机与沙发之间。进入体育馆,他们东张西望地犹豫了一阵,终究还是磨蹭到乒乓球台面前。

我与几个教授、刊物主编成了铁杆的球友。弧圈球、直拍横打或者刁钻的发球都是我们孜孜不倦的话题,一个教授甚至不时到网络上查询球拍的保养知识或者对付长胶的有效技巧。当然,几个读了些书的家伙凑在一起,耍嘴皮逗趣也是一件乐事。扣球出界,另一个人就会用惊诧的表情询问:真不知道桌子在哪里?侥幸赢了一局,一定要用不屑的腔调调侃对方:你已经发挥得很好了。大获全胜也罢,丢盔卸甲也罢,每个人都有一套自炫或开脱的语录。机智或者幽默是一种风度,胜负算不了什么。人到中年,"胜固欣然败亦喜"这句话一定是听过许多遍了。这一座不大的城市之中,我们的名次是 200 名至 300 名之间。从 250 名苦苦挣扎到 248 名又有什么意义?谁都清楚,透彻地出一身大汗才是真正的目的。

耍嘴皮难免要出大话来。谁都可能心血来潮地狂一下。站到球台前摆个扣杀姿态,突然声称今天一局都不让对手赢。对手当然不服气,威胁地说那就赌一赌。旁边的看客巴不得有些波澜,嘻嘻哈哈地吵着要下注,一局三元、两元地制造气氛。片刻之后,牛皮终于吹破了,四周一片起哄,几元钱倒是没有人认真地去收。

所以,那天的事情的确有些突然——仅仅因为一个擦边球。一局临近结束的时候,主编扣出了一板。他指着对方的桌子胜利地喊起来:擦边! 我坐在旁边的藤椅上点头证实:的确是擦边。我和主编都没有料到,教授突然声嘶力竭地吼了起来:怎么可能是擦边? 距离这么远怎么会擦边?

我和主编一怔,随后就开始力争。三个人的手势越来越夸张,辩论一句比一句激烈。话题逐步扩散。我和主编批评教授脾气暴躁,蛮横无理,教授呵斥我们合谋捣鬼,公然作弊。双方都变了脸色,终于放肆地大喊大叫,重重地摔球拍。——不打了! 不打了! 真没意思! ——不打就不打,没见过这么不讲理的人! 乒乒乓乓地收拾衣物,气呼呼地拎起挎包,摔门而去。年近半百的教授和主编,赌起气来寸步不让,比孩子还要固执,彼此撞得火星四溅。

出门走了几步路,几个人都有些羞愧。想了想,不由地相视一笑。教授解嘲地说,一个擦边球就吵翻了脸,可见都是性情中人。一时之间烟消云散。大家相约,不再纠缠这件事,球还是要一天一天地打下去的。

奇怪的是,一连几天,我竟然觉得这一架吵得过瘾。我突然明白,中年人不一定就是要隐藏在风度背后,明智而公允。总是有一些较真的时刻,发胖的身躯里面肝火上蹿,拍一拍桌子大声骂娘也没有什么了不起,管他面对的是谁。只会插科打诨,甚至目光闪烁,一声不吭——如果只能这么世故地活着,那么,中年不过是一段可悲的人生。

一个棋友正式告诫我,别到网络上下围棋。他认为,网络上的围棋弥漫一种轻浮之气。用电脑的鼠标将一个个棋子送上屏幕,根本没有临战的激昂。他把我拉入一个茶馆,租一副棋具,一人一杯碧螺春,正襟危坐。啪,一颗黑子拍到一寸厚的木棋盘上,铿然有声。感觉来了。

可是,我还是抵挡不了上网下围棋的诱惑。棋瘾来了,呼朋唤友无一回应。鼠标一点,嗖地跃入另一天地。屏幕上现出一个大厅,厅中设有上百张棋台,众多男女老幼棋手捉对厮杀。挑中一张棋台点击鼠标,我的化身即刻上座。俄顷,另一个对手落座,举手相邀对局。天南海北的棋手顷刻相会,登台竞技。一块棋盘赫然而现,大雪崩,双飞燕,扑劫,点杀,天花乱坠,烽烟顿起。一局棋罢,胜负立判,各自退出,踪迹全无——眼前依然屏幕一方。每逢此刻,我总是会想起《崂山道士》之中老道设宴的奇妙幻景。

鼠标的点击念动了开启网络的咒语。一个奇怪的虚拟江湖寄居于某一台服务器之中,这就是刀光剑影的古战场。众多蒙面高手纷纷从光缆或者电话线潜入,他们自号东邪西毒、老枪、酷妹、昆仑山人或者飞刀小李,跃跃欲试,各施绝学。胜一阵或者败一局,电脑都会负责地记录分数,标明棋手的等级。偶尔也有某些高手重新注册为低级选手,浑水摸鱼地掩杀一场,所向披靡之后狂笑而去。多么有趣的一个空间——我时常听到了电脑主机深处传来的杀伐之声。殚精竭虑的论文写作之际,我会突然退出现代主义、后殖民理论、文本分析、解构这些专业术语,转身到围棋网站逛一圈,会一会列位英豪,晃一晃自己的刀枪。

这个虚拟的江湖之中,最为恼人的是遭遇无赖之徒。即使败局铸定,他们仍然用各种伎俩胡搅蛮缠,以至于电脑的裁决迟迟无法执行。不论是一招一招的废棋还是扰乱电脑的点目,这些做法的全部意义都是拖延时间。一旦对方熬不住自动撤出,迂呆的机器就会将分数拱手相送。慷慨悲歌的英雄让无赖之徒钻了空子,这大约是世界通行的规律。可是,难道围棋也开始丧失信义的品格吗?

不同于麻将和扑克,围棋追求刚烈的武士精神。一切都公开地摊在棋盘之上,坦荡磊落,不屑于隐瞒什么。真正的棋手有一个讲究——要懂得认输,回天无力,就要适时投子,这是尊重对手,也是尊重自己。拖泥带水,死缠烂打,磨磨蹭蹭,希望等到对方的低级错误捡个便宜,这种猥琐之心令人鄙视。这是胜负背后的棋道。

许多人读过川端康成的小说《名人》。作为最后一代围棋名人,秀哉与大竹七段进行了一场历时半年的告别赛。秀哉名人身材矮小,但是坐在棋盘面前竟然分外威严。他希望人生的最后一盘棋成为一件完美无瑕的艺术品。然而,121手的时候,这个梦想被大竹七段破坏了。121手是"封手"。这一招棋封在一个信封里,等到下一个回合开赛之际才能让对手看到。大竹七段将121手下在一个无关紧要的地方,秀哉停赛期间的一切揣测和思考都落了空。这并没有违反规则,相反,这是巧妙地利用规则扰乱秀哉的心智。然而,秀哉不可遏制地愤怒起来了。他觉得,这犹如在一幅精美的图画上滴了一团多余的墨迹。这种情绪漫入棋盘,秀哉后来的招数过于激烈,以至于以半目落败。秀哉并不觉得惋惜。既然亵慢了棋道,这盘棋的胜负已经不堪计较了。

现今已经没有多少人将棋道当回事——尤其是在网络上。对方远隔千里，又不能愤怒地拍案而起，伸手揪住他的领口。一个虚拟的空间而已，犯得着生气伤身体吗？所以，遇到那些无赖之徒，我总是以最快的速度放弃纠缠，退避三舍。

然而，这种持之以恒的平和是否不负责任？那天晚上，一个家伙故伎重演的时候，我突然决意奉陪到底。我抱一本书坐在屏幕面前，一边读书一边对付。他下一招废棋，我就跟上一招废棋，无论如何不肯先行撤退。这盘棋无聊地延续了近三个小时，对方终于坚持不下去，怏怏而退。

相对于消耗的时间，我争回的分数微不足道。重要的是，坚决不让对方得手。我相信，制造这么一种时刻肯定是一种快乐：顽强地充当一块不知趣的小砂石，硌痛另一些人的牙齿，迫使他们倒吸一口凉气——这种快乐甚至不亚于自己得分。

（刊于《河南日报》2004 年 3 月 4 日）

魔术与伪奇迹

　　我始终无法为舞台上的魔术表演而真正地激动，尽管我曾经努力过。魔术是一种没有悬念的游戏，最终的谜底已经事先通知人们：魔术并不会为世界增添什么，舞台上的奇迹无非是来自某种瞒过人们视力识别的技术。魔术师是一些混迹于江湖的艺人，他们依赖这些技术取悦周围，赢得维持生计的银两。没有人天真地期待魔术师真的变出早餐的面包或者居住的宫殿。拥有这等功夫的人怎么可能还会在舞台上辛苦？

　　早期的魔术师多半依赖无与伦比的迅捷手法，手绢、扑克牌以及袖口、衣襟这些日常之物无不充当表演的道具。现今的魔术具有时髦的后现代风格，诡异的舞台灯光和精密的机械设备彻底改变传统魔术的手工性质。当然，后现代魔术的主题不再是从怀里变出几支玫瑰、一缸金鱼和扑闪翅膀的鸽子，而是在众目睽睽之下藏匿一架飞机，或者将一个活生生的人体肢解成几段。然而，不论哪一个门派的魔术，所有的成功均依赖技术的视觉效果，尽管没有多少人可以在眼花缭乱之中清晰地破译每一个步骤的巧妙设计。我对于这种破译兴致索然，丝毫不想钻研那些慢镜头播放的揭秘视频。这不仅是对行业秘密的尊重，而且还由于始终如一的乏味结局——没有什么是变出来的，也没有什么消失了，区别仅仅是看到与否。不少人对于这些技术的不可思议发出尖叫，但是，单纯的惊奇是短暂的。魔术师的设计以及如何训练暴露之后，再也没有什么技术之外的主题可以谈论了。

　　这是对于艺术的轻慢吗？我一直没有产生愧疚之意——我一直没有决心将魔术视为艺术。音乐、绘画、雕塑、电影、文学，艺术的标志之一是精神家园的诞生。艺术依靠各种技术体系力图再造一个灵魂的居所，魔术没有这种企图，魔术的技术设计不考虑灵魂的感受，而是集中挑战人们的视觉。魔术制造的离奇情节征服了无数明亮的眼睛：一个公开摊在眼前的过程突然蒸发了。然而，蒙骗了人们的视觉之后，魔术无法提供征服灵魂的后续故事。事实上，灵魂对于变出一缸金鱼或者藏匿一架飞机这种事情无动于衷。

所以,人们很少在魔术师的脸上发现艺术家的骄傲表情。艺术家自认为做的是类似上帝创世的工作,尽管他们仅仅是使用各种符号;相形之下,魔术不过是玩弄一些扰乱人们视觉的小把戏。魔术师往往装出一副逗乐的模样,不少魔术师的服装与马戏团的小丑相似,他们明智地把自己认定为插科打诨的角色。

刘谦是不是有些不同?目前,这个来自台湾的魔术师如日中天。至少在华语圈子内部,没有人不认识刘谦那张俊俏的小脸。他一次又一次坚定而庄重地宣称:"现在是见证奇迹的时刻。"一片瞠目结舌的表情之中,奇迹的确如期而至,那张俊俏的小脸随即浮上一缕得意的神态。也许,刘谦不屑于充当艺术家。"奇迹"一词仿佛表明,操纵这一切的毋宁是神。刘谦的某一次魔术表演之中,玻璃罩子里一张白纸上的墨迹自动地画成一个圆,冥冥之中的神秘力量的确令人毛骨悚然。这是神驾临现场的情景,魔术师像是一个通神者。他似乎可以与另一个世界对话。

但是,难言的悸动转瞬即逝,敬畏之心无法持续地维持。想一想吧,神怎么可能仅仅热衷于让一枚钱币自如地穿过玻璃,或者将一把钥匙塞入瓶口狭小的瓶子?人们对于神的期待至少是,阻止地震与海啸,驱逐各种病魔,让普天之下的穷人享有足够的食物和温暖。即使是蝙蝠侠这种伪超人,他所赢得崇敬的原因仍然是行侠仗义,扶贫济困。魔术对于这些迫切的主题无能为力。所以,魔术只能是一种游戏;再奇妙的游戏也不能将魔术师塑造成一个神。

这么说来,"魔术"是一个有些夸张的称谓。神并未隐身于舞台的幕布背后,某种可能改变物理定律或者化学常识的神秘力量并不存在。不期而遇的那张扑克牌是事先藏好的,利刃斩断的身体是灯光制造的错觉。魔术师动作花哨的手法和真伪莫辨的快乐神情毋宁是某种干扰,他们熟练地诱惑人们转移视线,从而在电光石火的一瞬成功地偷梁换柱。魔术师的得手惹恼了某些人,他们决心让魔术师陷入尴尬。这些人开始利用各种尖端的摄像器材专注地记录和分析魔术表演的技术体系,试图在魔术师出手的那一刻逮个正着。当然,更多的人仅仅对于魔术保存了些许的好奇。他们神闲气定地坐在舞台下面,如同一批没有投入剧情的观众。最终的谜底设定之后,魔术师的卖力表演如同一套多余的假动作。于是,那些职业化的高亢语调和娴熟的动作程序丧失了打动他们的魅力。这些人心平气和，没有惊呼和赞叹，也没有为难魔术师的念头。偶尔察觉魔术师露出的破绽，他们仅仅宽容地一笑。我想，我大约就是这种人。

（刊于《晶报》2014 年 2 月 21 日）

单眼皮

单眼皮这个概念的含义是,某些人的眼皮上少了一条皱纹。全世界的女人都在如火如荼地清剿皱纹,还原光洁无瑕的肌肤,唯独这一条皱纹逃离法网,并且赢得了不可思议的礼遇。

少年不言愁,何来辛酸泪?眼皮大问题,未解其中味——还是一个瘦骨伶仃的男孩时,偶然听到一个梳羊角辫的女同学朗声宣布,我们的班级里只有三个真正的双眼皮。游目四顾,一张脸又一张脸地暗暗打量,始终没有弄清单眼皮与双眼皮的差别。当时四处都在排演革命现代京剧《智取威虎山》和《红灯记》片断。我探头探脑地争取了一番,老师仅仅施舍了一个不起眼的小角色:座山雕身边八大金刚里的老五。威虎厅里的盘问是这么开始的:"脸红什么?""精神焕发!"另一个紧跟上去:"怎么又黄啦?"——这就是我唯一的台词。杨子荣与李玉和必须有一双炯炯有神的大眼,可怜的单眼皮小眼睛一辈子也别想轮上。

晋代大画家顾恺之说:传神写照,正在阿堵中。然而,他从未表示,那个阿堵必须拥有双眼皮。事实正相反。据考,历代仕女图之中的美人皆是单眼皮。西施捧心,昭君出塞,贵妃出浴,黛玉葬花,美人千姿百态,但是,单眼皮的崇高地位从来没有动摇。手擎青龙偃月刀的关云长是男人中的大英雄,两眉入鬓,凤眼朝天,他那一双细长高挑的丹凤眼也是单眼皮。

单眼皮是蒙古人种的特征,西安出土的兵马俑是一个重要的佐证:清一色的苗壮身躯,一副厚厚的单眼皮,这种男人朴实、憨厚、稳重、可靠,坐如钟,站如松。当然,一旦他们动起来,那就要闹出很大的动静。想一想蒙古人成吉思汗就明白了。一匹骏马,一柄弯刀,瞪起一双单眼皮的眼睛,从亚洲风烟滚滚地驰骋到欧洲。无论是攻城略地还是抢夺女人,单眼皮的骑士所向披靡,勇不可挡。

近代的双眼皮崇拜显然是一场面容美学的哗变。许多人无限景仰眼皮上那一条多余的皱纹,因为这一条皱纹可以制造出大眼睛的假象。天知道大眼睛有什么了不起。深沉，深邃，深不可测，这统统是一些毫无根据的形容词。没有人的眼睛比牛还要大。然而，我从来没有从牛的脸上解读出深什么来的。牛和猪、青蛙都是双眼皮，它们都不如单眼皮的狐狸聪明。

双眼皮崇拜或许与欧洲人的长相有关。那些穿燕尾服和套着钢箍长裙子的男男女女鼻梁高耸，眼窝凹陷。许多人觉得，凹陷的眼窝深处目光闪烁，意味无穷，而双眼皮的皱纹在蓝眼珠的外围增添了半圈迷人的阴影。然而，这怎么能是鄙薄单眼皮的理由？事实上，那些欧洲人就时常赞不绝口地形容单眼皮：噢，眯成一条缝的小眼睛，优雅飘逸，真正代表东方的神秘，多么可爱！的确，江西那位高个儿、单眼皮的吕燕就是在这种赞叹之中迈着猫步走上法国的模特儿舞台，风光无限。

不管怎么说，现今仍然是双眼皮统治天下。无论是报考电影学院、参加选美大赛还是到邻村相亲，双眼皮肯定是得分手段。但是，正如人们所察觉的那样，单眼皮的反抗之声日益响亮。当然，人们已经不再夸耀传统的朴实憨厚，单眼皮正在试图换上另一套富有现代气息的形容词。一些人贬抑双眼皮太烦琐，单眼皮简练明快，甚至富有金属感；另一些人勉强承认双眼皮的帅气，但是这种漂亮多少有些媚意。单眼皮的风格是"酷"。有什么必要毕恭毕敬地讨好这个世界呢？单眼皮如同对于这个世界的斜视。下垂的眼皮遮住了大半个眼睛，眼神朦胧；偶尔有一瞬间，眼缝里斜斜地漏出刀刃般锋利的光芒。这正是隐藏在冷漠背后的高傲。

大大咧咧的男人们似乎不必为单眼皮伤感。陈道明、葛优、濮存昕这些大牌明星以及几个俊朗潇洒的韩国男演员均是单眼皮。老派一点的偶像还有日本的高仓健，厚厚的单眼皮背后是坚韧的男子汉气概。所以，当下流行的一部电视连续剧干脆就叫《爱上单眼皮的男生》。相对地说，单眼皮的女人时常表露出遭受伤害的情绪。她们赌气地说，单眼皮的女生一点儿也不寂寞；单眼皮少了些复杂的暧昧，但是别有意味。如果想爱她们就得什么都爱，单眼皮容不得挑剔。"我喜欢独来独往，所以我的单眼皮会跟我一辈子""男人我只要一个，眼皮我只要一层"，这种歌词显示出，她们那种仰着脸的骄傲背后仍然隐藏了某种自卑。有时，她们的歌唱甚至直截了当地摆出挑衅的口吻："单单单单单单单！"

我当然义无反顾地坚守地单眼皮的阵营，理由格外简单。一家医院的整容科许诺,六十元钱就可以将单眼皮划成双眼皮。我四处打听,多少钱能将双眼皮变回单眼皮? 所有的回答都是——这不可能。单眼皮变成双眼皮仅仅是一条单行道,不允许原路返回。既然如此,单眼皮无价。我怎么肯将无价的单眼皮换成六十元的双眼皮?

(刊于《生活·创造》2006 年第 2 期)

深夜不眠人

　　"转朱阁,低绮户,照无眠",这是苏轼的句子。无眠的夜晚,看月光缓缓地爬过阁楼,移过窗口,多少人有这种雅趣呢? 中年人渐渐有了失眠的嗜好,一夜一夜地睡不着。枕头太软,床铺太硬,被子太热,侧卧肩膀有些疼痛,总之,了无睡意。睡不着就会想些心事,有了心事就更睡不着。我的失眠是周期性的。一天,两天,三天,四天,五天,每天一个小时,两个小时,三个小时……逐渐攀升到顶点,然后突然滑落——疲惫不堪之后终于有了一次酣然大睡。平稳的睡眠大约维持半个月,另一个新的失眠周期重新开始酝酿。不妙的是,近时的失眠期似乎愈拉愈长了。数数,读黑格尔,背诵诗词,这些催眠手段都渐渐地失效。

　　失眠是一个顽症,死不了人,却会制造一种莫大的焦虑。人们如此依赖睡眠,没有睡觉的日子就像塌了天。一些监狱惩罚囚犯的手段就是用灯光或者喇叭干扰他们的睡眠。一个人可能腰缠万贯,也可能拥有一个智慧的大脑,某些大人物的手里甚至掌握核按钮,可以随时威胁整个世界,但是,他们就是没有办法对付失眠。找不到自己身体上的按钮——一个任意支配睡与醒的开关。

　　不睡可以多出许多时光,这犹如上帝的额外赏赐。可是,人们总是觉得,睡不着肯定是一件蹊跷的事情。为什么如此苦恼呢? 因为颠倒了昼夜的秩序吗? 深更半夜,店铺打烊了,车子停了,楼房里的大部分灯灭了,整个城市陷入起起伏伏的鼾声。失眠的人精神亢奋,目光炯炯,可是,一切都歇下来的时候,他又能干些什么呢? 白天的工作时段,瞌睡突如其来地袭来,防不胜防。坐在第一排聆听上司的报告,眼皮不可遏制地耷拉下来,喝浓茶,抽烟,掐大腿都无济于事。待到被上司恼怒的眼神盯住时,怎么解释都晚了。

　　一个人痛恨自己嗜睡,充足的睡眠会让人像猪一样长膘。他伤感地抚摸日益扩大的腰围,无比向往失眠。可是,另一些人却被失眠剥夺了许多。

呼呼大睡,这是人生的一种享乐。若是有黄粱一梦,当一任皇帝或者娶一个公主,也算快活过了。庄周梦蝶抑或蝶梦庄周,谁说那个皇帝一定是白当的呢?可恼的是,失眠时总是想到一些难堪的事。紧张,心惊肉跳,各种恐怖的情节活跃在幽暗之中,所有的故事都没有阳光。深夜不眠,我会站在窗口看一看这座城市:还有多少人圆睁双眼躺在黑暗中,被自己的故事追得无处藏身?

问一问张三,问一问李四,失眠的原因多半是纷扰的世事。身体已经躺下,灵魂仍然被外部世界牢牢地攫住。诸多事情编成一张缠人的大网,须臾不敢撒出。不盯住这个世界仿佛立即就要出事似的。六根不净,尘缘难却,心里的事情多,睡眠被挤得无影无踪。谁是帮助升迁的关键人物,股票涨了多少,这是功名利禄。某个航班会不会出事,某一封情书能不能如期到达心爱者手中,这是牵挂。一个久悬未决的数学命题如何证明,一部卷帙浩繁的长篇小说如何结束,这是炽烈的思想和激情。账本上的一个漏洞如何堵上,一个神秘的证据会不会落到对方的手上,这是噬人的亏心事。总之,外部世界一波一波地涌来,扰得心神不安。一个长长的哈欠之后,鼾声大作,这如同转身踅入私人的一隅。阖下眼皮就是谢绝世界,彻底地放松,返回一个不可知的黑暗,什么也不干,什么也不想。然而,强悍的外部世界总是不屈不挠地敲破了梦乡,强行侵入私人空间。中年人不仅身体开始发胖,而且,精神负重与日俱增,睡不着呵——长长的哀叹背后有长长的心思。

失眠是一个不光彩的缺陷吗?因人而异。声称自己失眠多少有些"小资",有些"知识分子",有些弱不禁风的意味。一个情种或许愿意当众表白自己的失眠——为了某一个可爱的女人。多情反被无情恼,不失眠怎么能算一回事?政治家不太愿意暴露自己失眠,他们乐于显示坦荡磊落的风度,一切尽在掌握之中,大局已定。失眠是惊慌,是向对手示弱,是心怀鬼胎,总之,损害了标准形象。

那些想睡就睡的人多半定力非凡。无论多少烦心事,他们都能痛痛快快地睡一觉。回过神来,世界不是还在那儿吗,没有什么了不起。大将风度,举重若轻。还有一些人根本就没把这世界放在心上,荣辱不惊,去留无意。居住在茅庐里的诸葛亮伸了伸懒腰,高声吟诵"草堂春睡足,窗外日迟迟"。闲云野鹤,管他冬夏与春秋。嵇康在拒绝做官的一封信中申明,他的每一日都要睡到实在憋不住尿的时候才愿意起床。如此舒坦的日子,还要做什么鸟官。睡眠如何的确是一个人精神姿态的象征。一个富翁反复表示的理想是,挣足了钱后躲到一个海岛上,每一日自然睡自然醒——凡事不再操心。可是,那几个衣衫褴褛的民工嘻嘻哈哈,打打闹闹,收工之后二两烧酒,然后躺在一张破席子上睡得口角流涎。他们的快乐指数是不是超过富翁?

两个死囚关在一起。临刑的前一夜,一个鼾声如雷,另一个彻夜不眠。第一个死囚说,死不就是长睡不醒吗,有什么必要吓得睡不着了?第二个死囚回答说,死就是要让你睡个够了,现在又何必急着睡呢?人到中年远比死囚尴尬。因为还得在漫漫的人生中途反复煎熬,既睡不着,又不能不睡。无奈之下,只能求助于安眠药。一个出门旅行的中年白领即使忘了打领带也不会忘了带安眠药。安眠药利用麻醉神经使人入睡,犹如借助伟哥勃起——这都是一些不自然的事情。可是,中年不就是开始吃药的年龄吗?

《世说新语》记载了王徽之的"雪夜访戴":一夜大雪初霁,月光清朗。王徽之一觉醒来,温酒独酌。酒兴正浓,忽然想到剡溪的名贤戴逵。王徽之即刻乘船,行走一夜抵达戴逵门前,突然掉头而返:"吾本乘兴而行,兴尽而返,何必见戴?"不眠之夜想起这个故事,心中生出了许多感慨。即使三更时分,街上的出租车仍然方便。可是,有谁可以让我星夜造访,哪怕只是在门前站一站呢?

（刊于《福建文学》2005 年第 1 期）

无知的想象

培根先生说过一句名言："知识就是力量。"多少年来,这句名言被当成一种最为重要的知识四处传播。许多教师在课堂上重复培根先生的名言,勉励众多学生保持吞咽种种知识的好胃口。没有人敢于公然怀疑知识的意义,人们将知识一层一层地堆积到了自己的肚子里面发酵:牛奶有营养,汽车比人跑得快,一场正规的篮球赛有十个球员,英语由二十六个字母组成,南极气温很低,火星上没有发现生物,如此等等。什么叫做能人?民间对于能人的定义就是,天上的事情知道一半,地上的事情全都知道。

很久很久以后我才听说,居然有人对于知识的积累不以为然。一个友人去了澳洲,来信说那里有不少人不愿意当知识的奴隶。他们大概觉得,一辈子侍弄知识有些愚蠢。除了自寻烦恼,知道那么多干什么?人就是人,吃的是五谷杂粮,谁还能是知识喂大的吗?

后来我才明白,将话说得更聪明的是先秦的庄子。"吾生也有涯,而知也无涯,以有涯随无涯,殆已。"的确,黑暗是无穷无尽的,人类的手里只有一点点亮光。我们走到了这个光圈的边缘,终于发现外面是一圈更大的黑暗。与其孜孜不倦地求知,将自己折磨得精疲力竭,还不如神闲气定,抱残守缺,采菊东篱下,悠然见南山。人生一世,草木一秋,我们还想走得多远呢?就在我们自以为很有知识的时候,我们又想明白了哪些事情?犹太人的那句名言大家已经耳熟能详:人类一思考,上帝就发笑——世界上又有多少事情让人想不通呢?贫富悬殊,百分之九十五的财产聚集在百分之五的人手里;偶然组织了奇妙的故事,一只蝴蝶翩然飞进坦克的炮筒里;宇宙无限,宇宙的圆心在哪里;飓风刮过太平洋西岸,这跟某一个人的喷嚏有什么关系:这些问题我们绞尽脑汁也无济于事。其实,知道了又能怎么样?如果知道两天以后火山将要喷发,我们只有恐惧——谁又能用巴掌捂住火山口呢?

的确,不懂有不懂的乐趣,懒可以引申出懒的哲学。奥勃莫洛夫许多时间都躺在床上睡懒觉,他也没有耽误什么。一箪食,一壶浆,日出夜寝,春种秋收,这哪里要从小学读到博士毕业? 早晨听得见鸡犬之声,午餐有二两烧酒,晚上将火炕烧得热热的,这不就够了吗? 明月在一定的时候总会升起,清风在一定的时候总会拂过,操那么多的心干吗? 如果上帝真的不想让人活,再有知识的人也活不成。知识多不一定带来益处,这就像钱多也不一定就是好事一样。我想让各个大学签署协约,裁减知识,组织竞赛,比一比谁懂得更少,这样也许会出现一个更加宁静祥和的世界。

当然,历史最喜欢取笑的就是如我这样天真地倡导无知的人。历史之所以伟大,就是因为历史从来不以像我这样的个人意志为转移。历史将世界塑造成一个竞争的社会,知识就是竞争的资本。一个人掌握气象知识,许多人都要登门求教,问一问出门要不要带伞;一个人掌握航海的知识,所有的水手都要选他充当舵手,让他发号施令;一个人掌握枪支的知识,一支枪就能威震天下,手执镰刀的芸芸众生就会乖乖地为他种田。说来简单,领袖就是在知识数量的基础上产生了。如果哪一个国家拥有航空母舰和核导弹的知识,它就具备驾御世界的能力。

有人认为,培根先生的那句名言的翻译有点问题。更准确的译法是——“知识就是权力”,权力意味着征服。法国的福柯先生已经写下了许许多多关于这个命题的心得。我不想参加有关翻译的探讨,但我终于重新明白了这样的真理:知识也许不是幸福,不是快乐,可是,知识的确就是力量;当然,说“知识就是权力”也一样。

(刊于《南方周末》1998 年 5 月 1 日)

钱

一

俗人一个,免不了要说到钱。当然,我习惯于虚伪地使用"货币"这个词。"货币"是书面语,抽象一些,不会让人立即就想到一张张用于付账的皱巴巴的钞票。其实,我们还设计出许多掩护性的词:经济、资本、资金、润笔、稿酬、孔方兄,如此等等。我们就是不想说那个粗俗的字眼——钱。

不知道源于什么传统,文人雅士必须羞于谈钱,这如同一个古老的陋习。现代社会怎么可能不说到钱呢?国家的财政大臣是一个伟大而又体面的职业,大腹便便的银行家四处接受人们的致敬,学院里面的金融专业人满为患。这些人士的所有职责就是理直气壮地谈钱。经过一些经济学术语的搅拌,"钱"这个字眼已经在他们的口吻之间周转得珠圆玉润。但是,文人雅士却没有理由计较钱。文人雅士不就是吟风弄月吗?清风明月不用一钱买,他们还有什么必要考虑钱?"千金散尽还复来"是李太白醉醺醺的狂言。然而,这句狂言却迫使那些瘦骨伶仃的诗人强作慷慨。钱不就是一些纸吗?他们勉强地戏谑着,抖抖索索地将口袋里的最后两张钞票交到小酒馆的柜台上,然后气壮山河地坐到一伙快乐的食客中间,内心一阵阵发虚。

现在我们到底明白了过来,文人雅士说一说钱并非见不得人的事。"文人雅士"不过是一个虚名,并没有多少人拥有一间平静的书斋,拥有一张宽敞而又平坦的书桌。我们也有权利谈钱,谈这些钱怎么买面包,付房租,给孩子交学费,偶尔再省吃俭用地买两本心爱的书。文人雅士也可以斤斤计较,铢两悉称,甚至可以在谈钱的时候穿插一些粗话,例如说:"妈的,老子没钱!"

二

的确,文学之中存在一个嘲弄或者鄙视金钱的传统。莎士比亚鞭笞了夏洛克,莫里哀嘲笑过"悭吝人",巴尔扎克唾弃了葛朗台,艾略特之后的一大批诗人对于纸醉金迷的现代世界深怀忧虑。文学似乎无视金融为近代历史所制造的奇迹,作家们甚至热衷于描写一些老派的传统性格,热衷于让血性、情谊、义气、勇敢、道义、正直、善良抗拒金钱的权威和诱惑。作家们喜欢的信条是,可以为少女失去爱情而歌唱,但不能为守财奴失去金钱而歌唱。

可是,这个传统并不表明作家可以免费生存。作家同样是两个肩膀扛着一张嘴,那一张嘴同样要吃五谷杂粮;作家的每一本书都要花钱印刷,哪一本书产生不了利润就会被书商毫不客气地拒之门外。文学史上,托尔斯泰或者普鲁斯特那样衣食无虞的作家并没有几个。相反,许多作家是在债主的压迫之下匆匆忙忙地写作。巴尔扎克和陀斯妥耶夫斯基都曾经负债累累,他们时常焦心地计算着某一篇稿子能够偿还哪一笔债务。爱伦·坡似乎更悲惨一些,他衣不蔽体地躲在一个寒冷的地下室里援笔疾书,那些精彩的短篇大约仅能换取一些维持热量的食物。作家期望自己的作品卖出一个公道的价格,作家对于剽窃和盗版义愤填膺,这丝毫不奇怪。不少作家雇佣经济代理人与出版机构讨价还价。这些书生终于弄懂合同和版税的意义,于是,他们开始像推敲一个句子的结构一样计算钱的数目。没有一个作家不承认,钱是重要的。

那些文学反复地告诉人们,现实之中还存在着金钱无法计量的价值。这恰好证明,作家深知钱对于日常生存的压力。这样的压力可以轻而易举地击穿种种人生的守则。文学没有能力解除钱的包围,但文学在包围之中坚持一种主题:某些人生的守则不该因为金钱的数目而随意修改。有些人生的守则无价,那么,钱多或者钱少都是一回事。多数作家肯定愿意自己的钱更多一点,但是他们所从事的文学说出了一个又一个这样的故事:至少有一些东西多少钱都不该出卖。

的确,文学就是用这种复杂的眼光看着钱。

三

似乎有一个大作家说过,深刻地思想,简朴地生活。这是什么日子呢?
我想象出一幢小木屋,明亮的阳光从窗口落到了橙黄的地板之上。一个作
家正在一张大书桌上面写作,一页又一页写就的稿纸参差地叠在桌子的右
上角。稿子旁边的一杯清茶冒出了几缕热气。这样的简朴是迷人的。

但是我明白,维持简朴的生活仍然要依赖一定的基本费用。思想的风
筝正在自由自在地放飞,风筝下面那一根细细的线索不该遭到忽略。"基本
费用"是一个很重要的概念,一个人不得不耗费一定的物质养活自己的躯
体。基本费用的数目之内,每一文钱都像是一枚重大的筹码。某些难堪的
时刻,多少好汉曾经因为一碗粥或者一块肉而魂不守舍。

陶渊明是文人之中的隐士。他不愿意为五斗米折腰,挂印弃官,飘然而
去。如同《归去来兮辞》之中所写的那样,陶渊明的志趣是"园日涉以成趣,
门虽设而常关。策扶老以流憩,时矫首而遐观"。可是,如果陶渊明没有那
么几间茅屋和几垄田地,"采菊东篱下,悠然见南山"的日子还能寄存在
哪里?

"穷得只剩下了钱",这不过是新生阔佬的调侃之语。其实,只有傲视天
下的人才可能真正从心里蔑视钱。一些人回忆说,毛泽东的双手不愿意触
碰到钱,他对于钞票有一种强烈的厌恶。在他那里,钱的本质得到了无比清
晰的表现——钱不过是用来换取种种物品。如果一个人可以毫无困难地拥
有他所向往的任何物品,钱还会有什么意义?我的想象中,只有毛泽东才有
资格操着湖南口音的普通话轻描淡写地说:钱,不就是一些纸吗?

四

"基本费用"承担的是生存的起码需要。丹尼尔·贝尔在一本书里分辨
了需要和欲望。

一个人拥有一辆汽车和一套住宅是需要;一个人拥有九十双皮鞋和三
百套夏装却是一种欲望。需要是有限的,一个人只有一副躯体;欲望是无限

的,人心不足,欲壑难填——占有的贪婪不是躯体的使用所能够解释的。钱多不咬手。有了一百万的财产就要争取两百万,有了两百万理所当然地瞄准了三百万,这又有什么不对呢?

需要时常不声不响地升级为欲望,仿佛自然而然。一个人想吃饭肯定是正常的,一个人想吃得稍微好一些也无可非议。到酒店吃一顿又有什么了不起呢?酒店的菜比较丰盛,为了让侍者单独服务而偿付一些小费合情合理。酒店是一个公众场合,购买一套礼服略事打扮是应该的。穿上一套崭新的服装再蹬一辆破旧的自行车有些可笑,出租汽车方便得很。当然,出租汽车再方便还是比不上拥有一辆自己的小轿车。既然想买小轿车,就要争取一步到位;桑塔纳太大众化了,为什么不憋一口气干脆买一辆奔驰呢?的确,只要温度得当,渺小的需要就会一下子孵化出巨大的欲望。人们总是以为自己的胃、性器官以及种种躯体的感官渴求会不断地增加。美味佳肴,声色犬马,纽约的豪华住宅,巴黎的最新时装,文艺复兴时期艺术大师的珍品,东方古国价值连城的古董——这一切都有理由说成是需要。一心一意地想吞下整个世界的时候,钱哪里会有个够?这时,只有一个顿悟才会让人从欲望返回需要:重新了解自己的躯体。五官,四肢,一百公斤以下的体重,仅此而已。这副躯体的真正需要决不是一张无穷无尽的清单。托尔斯泰晚年急于将自己的财产遣散,一个简单的事实肯定触动了他——他的躯体仅仅要求一些粗砺的食物和粗布制作的衣裳。弱水三千,仅取一瓢饮,这才是需要。

五

某些时候,人们会有一个伟大的发现——钱是会自我繁殖的,只要有一定的环境。不要急于将钱交到某一个商店的柜台后面,拉回一些电器或者家具;也不要小心翼翼地将钱藏在枕头里面,每天晚上重新数一遍。可以将钱存放在银行里面,或者看准机会购买某种证券,从事某种投资。这如同精心地饲养一种特殊的动物。这样的饲养肯定会得到回报,这些钱终于生出了小钱。可爱的钱子和钱孙代代不绝,这是一个奇妙的炫惑。电器或者家具的购买十分有限,人们很快就会有餍足的时候;如果把钱当成繁殖另一笔钱的种子,谁还会觉得钱太多了呢?

这样,钱不再是商品交换的中介,钱有了自己的生命。钱的饲养成为一种神秘的行业。这个世界,多少人围绕着钱忙碌地奔走,费尽心机,并且诞生了诸如"国际货币基金组织""财政部""银行""总裁""董事长""总经理"这些含金量很高的组织和头衔。是的,这时的商品已经退隐,人们似乎仅仅和钱相互周旋。

然而,令人惊奇的是,钱在这样的游戏之中并没有经常露面。钱已经抽象为一系列数字体现在账面之上。股票,期货,贷款,融资,买空卖空,那些挺括的大面值钞票并没有到达现场。多数人对于两千万与两千五百万之间的差别没有具体的感觉,谁会冒险地用手提箱装着一大堆钞票走来走去呢?人们只不过看到几个数字的组合之中少了一个"五"字。拾到一个金元宝的快乐或者剜心挖肉的痛苦并没有立即兑现,数字的替身冲淡了将要产生的重大后果。

这就是金融的时代。人们时时刻刻地感觉到钱的存在,可是,人们又不知道大笔大笔的钱究竟存在于哪一处。

六

钱曾经让萨特产生了一种矛盾的心情,他不在乎钱,萨特自由自在地花掉了许多不期而遇的稿费,并且拒绝了诺贝尔文学奖。萨特经常为贫困的人们慷慨解囊,资助年轻人,在咖啡馆里付给侍者过量的小费。另一方面,萨特又不断地担心自己会缺钱。他从来不用支票簿,而是像农民一样将一大卷纸币装在口袋里。如果需要付一千法郎,他会一下子从口袋里掏出十万法郎来。萨特在晚年的时候承认,身上的大量现钱给他带来安全感。

钱是换取商品的符号。许多时候,钱的购买功能没有必要立即实现。一大笔钱原封不动地放在那里,暂时不与任何一间商店发生联系,这一笔钱仍会产生丰富的含义,这就像不发射的核弹头同样具有威慑力一样。一大笔钱仅仅是一叠纸张绘上特殊的图案,但它却是人们赖以存身的许诺。

伸出手来按一按自己的口袋,那几张救命的钞票还在,人们可以安心地喝茶或者会女朋友;如果那几张钞票变成厚厚的一叠,这时就会渐渐地出现另一种心情——尊严。

的确,这个世界喜欢将钱的数目作为有尊严与否的尺度。一只胃的暂时满足仅仅需要十元钱。如果一个人的口袋此刻拥有一千元,他就感到体内的一种昂然的气势——他可以高视阔步地走过街道,多余的九百九十元让他身上的每一块肌肉都感觉良好。钱是成功与否的通俗尺度。一个身家百万的人难免会自觉地将自己扮演为上层人士。钱无法立即转变为学识、品德或者良知,但钱就是产业、名声、荣誉和社会地位。这就够了。身高、口味、穿几码的鞋或者使用何种母语都不会像钱那样让一个人感到如此的自豪。油盐柴米的开支之外,钱的潜在意义就是鉴定一个人是否高贵。"势利"是一个富有概括力的复合词,"势"和"利"往往是联成一体的。人穷志短,家贫万事哀,没有钱的人怎么配享受尊严?鲁迅说过,倘若有谁从小康人家坠入困顿,那就可以看见世人的真面目。这是身临其境的惨痛之言。

七

电视剧已经将这句话传诵四方:钱不是万能的,但没有钱却万万不能。对于那些一分钱掰成两半使用的穷人说来,这的确是一个沉重的真理。不过,人们可能会惊奇地发现,许多悲剧却是在富裕的时刻上演的。钱是一剂猛药,可以救人性命,也可以取人性命。唐人张说写了一篇《钱本草》,用一百八十七个字解释钱的性能:

> 钱,味甘,大热,有毒。偏能驻颜,采泽流润,善疗饥,解困厄之患立验。能利邦国,污贤达,畏清廉。贪者服之,以均平为良;如不均平,则冷热相激,令人霍乱。其药无采时,采之非礼则伤神。此既流行,能召神灵,通鬼气。如积而不散,则有水火盗贼之灾生;如散而不积,则有饥寒困厄之患至。一积一散谓之道,不以为珍谓之德,取舍合宜谓之义,无求非分谓之礼,博施济众谓之仁,出不失期谓之信,入不妨己谓之智,以此七术精炼,方可久而服之,令人长寿。若服之非礼,则弱智伤神,切须忌之。

无论怎么说,锱铢必较也好,慷慨豪爽也好,总之,钱已经成了一件事情。只要涉及钱,问题的性质就变化了。一伙人围着一盘象棋残局品头评足,抬杠争辩;可是,一旦哪一方说要赌点什么,人们立即就噤了口,表情严重了起来——钱可不是闹着玩的事。

也许问题就在于,人们的表情往往过分严重一些。钱的魔力已经十分神奇,人们没有必要一惊一乍地进一步夸大。那些以钱为事业的人有机会多挣一些,人们无须嫉妒;某些明星开出天文数字的身价似乎不尽合理,好在这样的人目前还不太多。在我看来,"平常心"或许是看待钱的一种明智态度。多挣一点钱肯定是让人愉快的事情,但是没有理由因为挣得更多而勉强做一些让人不愉快的事情。钱能够让人们为自己创造一些小小的奇迹,诸如跨国旅行或者按照自己的愿望建造一幢别墅,可是因为这些钱而骄矜傲慢就会显得有些愚蠢。人们至少还要意识到,许多事情不是钱能够办成的——钱不能使一个人增加身高、改变年龄或者阻止太阳的升起。所以,一个人最好在钱的不同数目面前保持坦然和从容。钱多的时候可以过一过王子的日子,香车宝马,锦衣玉食;钱少的时候就像一个农夫,喂鸡养鸭,种稻割麦。钱是生活的一部分,而不是相反——生活是钱的一部分。俗人一个,说到钱是很正常的事情。引经据典也罢,夸夸其谈也罢,只要明白这个道理,日子就会过得安详自得。

(刊于《福建文学》1998 年第 3 期)